文學世界回眸

國際筆會香港中國筆會
六十八週年文集彙編

廖書蘭　主編

國際筆會
香港中國筆會
六十八週年
文集彙編

文學世界四眸

金輝基敬題

廖書蘭

主編

商務印書館

責任編輯：應　越
裝幀設計：涂　慧
排　　版：欣　妍
印　　務：龍寶祺

文學世界回眸
—— 國際筆會香港中國筆會六十八週年文集彙編

主　　編：廖書蘭

出　　版：商務印書館 (香港) 有限公司
　　　　　香港筲箕灣耀興道 3 號東滙廣場 8 樓
　　　　　http://www.commercialpress.com.hk

發　　行：香港聯合書刊物流有限公司
　　　　　香港新界荃灣德士古道 220−248 號荃灣工業中心 16 樓

印　　刷：新世紀印刷實業有限公司
　　　　　香港柴灣利眾街 44 號泗興工業大廈 13 樓 A 室

版　　次：2023 年 7 月第 1 版第 1 次印刷
　　　　　© 2023 商務印書館 (香港) 有限公司
　　　　　ISBN 978 962 07 4660 4
　　　　　Printed in Hong Kong

香港中國筆會六十八週年
癸卯三月朱鴻林敬贈

目　錄

今日會員

名家

序言一

　　人類的活動不離政治、經濟與文化，即使是純文學範疇，騷人墨客透過詩詞歌賦反映當時的社會情況，成為日後歷史的側影。

　　1949 年後，因香港特殊的歷史原因，許多學者大儒，騷人墨客會聚於此，集社雅集成立「國際筆會香港中國筆會」，效力創作文學篇章，可以說，南渡以來，有無數經綸手，無論學術論述、文藝作品皆百花齊放，歷久不衰，閃爍東方之珠的光芒！

　　本書收集筆會 1955 年至 2023 年 68 年來，文壇巨匠大儒之文章，例如羅香林、饒宗頤、王韶生、李璜、勞思光、余光中等；孔子曰「十室之邑，必有忠信，十步之內，必有芳隣」，來自中華文明的甘泉，印證中華民族的堅韌生命力！作者都是往聖繼絕學的脊樑，突顯其沉潛忠信本色。哲學家尼采曾說「一切文學我愛以心血來書寫的」。

　　本書是上世紀中葉至今的一道人文風景，更是香港的一扇文化窗口。少長文章雲集，薪火相傳，尤為可喜。特祝賀此書面世，本人隆重推薦！謹此為序。

劉北佳

2022 年 12 月 22 日

序言二

出版「國際筆會香港中國筆會」68 週年文集是我多年心願。

疫情三年多，使我得以安心留在書房，一遍遍閱讀筆會先後所辦的會刊：《文學世界》、《文學天地》、《文訊》，從中挑選了部分前人的大作鴻文，加上現今會員和名家作品，輯錄成為這一本書《文學世界回眸》。

筆會於 1955 年成立，當時香港處於一個特殊歷史的時空。南來的文人學者，對大時代的轉變徬徨不已，既不想留在大陸，也不想前往台灣，即形成所謂的「第三勢力」。如陳寅恪言：「南渡自應思往事」，於是雖留在香港教書和筆耕，依然胸懷神州，以賡續中華文化為己任，於是在「亞洲基金會」的支持下，於 1955 年 3 月 26 日假座界限街 156 號 A 友聯出版社召開成立大會，為中華文化的「弦歌不輟」邁出歷史性的一步。

筆會成立的關鍵人物是燕雲女士 (本名邱然，西名 Maria Yen，又曾用筆名「燕歸來」)，她是著名學者邱椿 (大年) 之女，穿針引線，網羅當時一流作家，撮合亞洲基金會支持，是一眾文學大家背後的英雄，更是筆會創會秘書長。據說，後來她到了意大利當修女。第一屆會長黃天石 (傑克) 擔任了十年的會長，這時亞洲基金會的贊助也到此為止。接手的是羅香林，也做了十年的會長，這二十年可說人強馬壯，是筆會最輝煌的年代，也是中國現代史最迭宕起伏的二十年。

1960 年《文學世界》刊登徵稿啟事，稿酬三十元至三百元，而當時一本《文學世界》售價僅一元而已，其中必有令人玩味之處。睹舊事，思今世，難免觸景生情；我看到本會季刊名家雲集，饒宗頤的詩詞與文章，羅香林、黃天石、劉以鬯、陳荊鴻、曾克耑、勞思光、冒季美、徐亮之、李素、陳蝶衣、李璜、王韶生、易君佐、金達凱等的詩文及小說赫然在列，是當時最重要的「文學場」（布爾迪厄語，the Field of literary production）。一本《文學世界》，就是半部「南來文人」創作史。這些近七十年前早已泛黃脆化的刊物，翻閱時竟像碎玻璃一樣，脆紙片紛紛落下，每翻閱一次，焦黃脆化的紙張一頁頁的邊角跌落，讓我心痛不已。逝者如斯夫，不捨晝夜！

從選文到打字，再到尋求出版社，我接觸過幾家出版社，初時，都很樂意出版，但後來都以種種理由推卻了，例如書稿內容雜亂、圖片質量不清晰，我不禁嘆了一口氣。我想，我可以妥協，但不會放棄！想到一個折衷的辦法，把一些比較敏感的文章和作者除下，換上本港現代名家作品，既不擔心觸犯法律，亦符合藝術發展局資助的要求，如需要有多少字數，多少頁碼。

所幸後來本港一家著名的出版社願意接手，並得到大力鼓勵和協助，最終順利成功出版。

筆會的作家與作品大都創作於五十年代後，時移勢改，顯晦興亡，當時的政治環境有別於現今，今人不宜以今日眼光厚薄古人。當年人和事已成歷史，但具有研究近現代史的價值，讓後來者對前賢都可多一分「同情地理解」。

由於筆會老一輩的作家大多已去逝，我需要一一找到其後人同意此次的再版，有些老作家的後人，遍尋不獲，周折數年，終找到的作家後人皆同意出版。

國際筆會香港中國筆會

金耀基敬題

因為書稿經多家出版社看過並給予審稿意見，除增修文章內容，也數次更改書名，幾經波折，由筆會 66 週年文集改為 68 週年文集。感謝金耀基教授賜題簽，朱鴻林教授賜書名，劉兆佳教授賜序，何文匯教授賜跋，徐康教授給予編輯意見，現任理事劉伯權先生、老冠祥博士、龐森先生、黃宇翔先生、黃元璋博士、毛嘉佳小姐的協助並給予編輯意見，終得以交由商務印書館出版。

「國際筆會香港中國筆會」成立於 1955 年，迄今已經 68 個年頭，當初我加入筆會是受朋友之邀，之後獲選為會長是一個意外賦予的責任。擔任了 12 年的會長，出版了這一本文集，算是完成了歷史任務，並為青史留下一份見證。

廖書蘭

2023 年 4 月 23 日

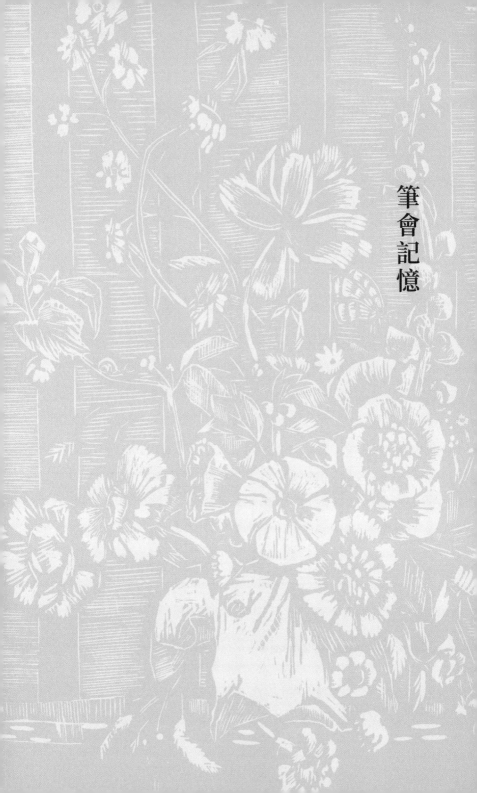

筆會記憶

國際筆會香港中國筆會會章
—— 第四十二屆會員大會修正通過 ——

CHINESE P.E.N. CENTRE (THE HONG KONG)

一、名稱

本會定名為「國際筆會香港中國筆會」THE HONG KONG CHINESE P.E.N. CENTRE

二、宗旨

本會由中國自由作者（詩歌作者、戲劇作者、散文作者、長短篇小說作者等）組成，以實現國際筆會會章之各項宗旨為目的。

三、組織

甲、會員

A. 凡具有中國國籍之香港永久居民担任編輯或從事文藝工作者，不論性別、年齡、種資、宗教及信仰，經本會兩位會員介紹，及理事會正式通過，即為本會正式會員。

B. 理事會得向對本會及中國文學有重大貢獻之中外作者，贈予名譽會員會籍。

C. 會員得以書面辭去本會會籍。

D. 凡與本會宗旨不符，對该本會暫時退出者，經會員大會出席會員，以三分之二以上大數通過，得取消其會籍。

E. 凡已去出原大會及未繼交會費者，即失去會籍，以後如申請入會則按一般手續辦理。

乙、會員大會

A. 會員大會每年由理事會召開一次，必要時得延期；如有正會員三分之一以上之會員提請，理事會即得另定最短期內召開大會，出席會員人數超過地數之半始為有效。

B. 理事會對外代表本會與各地筆會、出版界、文藝社團及類似機構進行聯繫。

丙、理事會

A. 會員大會每年選舉會長一人及理事十四人組成理事會（包括主席、秘書長、司庫各一人及其他理事十一人）；連選得連任。

B. 本會得隨時組織於國外中國文藝家之消息。

甲、本會為鼓勵並協助會員從事文藝工作，得舉辦各類文藝活動，例如文藝晚會、演講及討論會等，俾中國作者有機會交換意見，以促進文藝工作。理事會得推選會員為委員會之委員。

乙、本會經費之經費，由理事會向會外募集之。

丙、理事會對本會一切款項有處理權。

甲、每位會員須交每年年費港幣一百元，除交付國際筆會會費每年美金十元外，其餘作為本會文藝活動經費。

乙、本會會章之修訂，須由出席會員大會之會員二分之一以上通過，始為有效。

一九九八年六月三十日印行

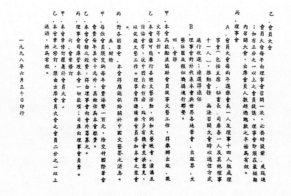

1998 年國際筆會香港中國筆會會章

二十世紀二十年代，梁啟超成為中國第一位國際筆會會員

徐速與愛女合影

1966年《當代文藝》週年晚宴，前排右起：林太乙、徐昭儀、林語堂太太、林語堂、唐君毅、李素、徐訏；後排右起：徐速、羅吟圃、于肇怡、翁靈文、馮鎬、趙聰、李輝英、蔡思果、黃思騁、李達生、鄭輕舟、張慧貞

左起：李秋生、周鯨文、徐訏、張國興、司馬璐、卜少夫，攝於1957年

會會長結上由廖顯樹前會長送予本會領帶。旁

國際筆會總會會長繫上由廖顯樹前會
長贈送的本會領帶

本會前會長江素惠於 40 週年會慶晚宴
與倫敦總會會長等嘉賓合影

七十年代，香港中國筆會青山郊遊留影

1954年，香港中國筆會《文學世界》創刊號書影

《文學世界》封面與封底

歡迎台灣地區代表團

1966 年 7 月，香港中國筆會歡送會員羅錦堂博士（前排左三）赴美講學

會員俞淵若、朱志泰、胡振海、裴有明在首爾合影

1985 年，會長岳騫在 30 週年紀念大會上講話

2007 年 2 月 2-5 日，本會與國際筆會倫敦總會合辦文學研討會，相關成員合影留念，余光中右一，總會會長右二，喻舲居左二，廖書蘭後排右二，張曉風後排右三，藝術發展局文學組主任後排左三

2015 年 7 月，會長廖書蘭博士與會員羅運承博士到
汶萊參加亞洲華文作家會議

2016 年 2 月 27 日至 3 月 1 日，香港藝
術發展局贊助香港中國筆會與鄉議局
研究中心合辦「香港文學講座系列」，
邀請司徒乃鍾主講「藝海鍾情」

2012 年，會長廖書蘭出席在韓國舉行
的第 78 屆國際筆會大會

印度普內大學校園內，會長廖書蘭參與國際語言種樹節活動，每一個分會分別種植一株樹，代表該城市的語言，日後會長廖書蘭親手種植的樹會以普通話發音

每個分會皆獲印度分會贈送《甘地傳》，左一為廖書蘭，左二為印度分會會長，左三為倫敦總會會長

2018 年，會長廖書蘭出席在印度舉行的第 84 屆國際筆會大會，與大學生在一起

2018 年，會長廖書蘭出席在印度舉行的第 84 屆國際筆會大會

2011 年，會長廖書蘭親往倫敦總會，陳述本會的合法地位，與國際筆會總會執行秘書主任及理事會面

2013 年，會長廖書蘭與執行秘書長和財務主任會面

2013 年，會長廖書蘭拜訪倫敦總會，執行秘書長，Carles Torner（左）歡迎

2008 年 9 月 17 日至 24 日，會長廖書蘭（右二）遠赴中南美洲哥倫比亞首都波哥大出席國際筆會第 74 屆大會，無論酒店大堂或街上，荷槍實彈的軍人隨處可見

2015 年 1 月 17 日，香港中國筆會舉辦慶祝 60 週年系列講座，圖為會長廖書蘭（左六）邀請林建強（居中）演講「三合會幫會文化的神秘文字」

2014 年 6 月 1 日，珠海學院亞洲研究中心與香港中國筆會主辦「歷史視角下的日俄戰爭研究」國際學術研討會合影，前排左一為廖書蘭，前排右三為李龍鑣，前排右四為胡春惠，前排右五為張忠栭

會長廖書蘭與 1955 年創會
會員、裴有明前會長（中）
以及胡志偉先生（左）合影

昔日會員

懷念羅香林前會長

丁淼

今年是 1979 年。

香港中國筆會 20 週年紀念的時期，是 1975 年。從 1975 年，到 1979 年，相隔了 4 年。

1975 年春，筆會舉行 20 週年紀念會，這本紀念性的文集，却延遲到現在 1979 年春才出版，竟相距了足足四個年頭。

細心點兒的讀者，注意到這情形時，可能會疑惑的想：「這是怎麼回事？」

在筆會來説，這四年裏，有不少事情，有不少變化，而最大的一件事，使人想到時會哀傷的，便是當年的會長羅香林先生，他於 1978 年 4 月 20 日逝世了！

筆會的成立，羅先生在紀念會的開幕詞裏説過：「要致力各種自由文藝的寫作或編刊，以表達人類的心聲，以促進世界的和平康樂，以保障人類的生存發展為使命的。」這種崇高的理想，我相信有良知的文化人，不會加以反對的，而且會願意盡一份子的力。

開會那時，不論出席的來賓和會友，不論登台講述的，不論寫成文字的，對文藝工作，都有一片忠忱，一片熱情，這本集子，如不出版，似乎辜負了大家的誠意。尤其是羅先生，他是當年的會長，當時的主持人，為了這本集子，他曾經親送部份稿子到敝寓，曾經寫信並親自包封文稿寄我，曾經當面洽談過多次，處處反映出他嚴正的責任心。所以本集不曾出版，是本會一種未了的工作，也是他一種未了的心願，更是他一種沉重的精神負擔。

現在，本集出版，可以説有二重意義。

第一：了卻本會的一件工作。

第二：完成羅先生的心願，慰羅先生在天之靈，並對羅先生致紀念之誠。

羅先生逝世以後，報刊已見過不少哀悼的文字。在本會的《文學天地》刊出者已有：李秋生、朱志泰、盧幹之、焦毅夫、陳本、黎炳照、王世昭、徐東濱等先生，何葆蘭女士等。本集既有紀念羅先生之意，我現在這裏，根據手頭資料，還要列舉他的著作，讓讀者可以認識羅先生在文史上的成就與貢獻。

羅先生的著作，依年列後：

（一）《粵東之風》（1928 年上海北新書局出版）

（二）《客家研究導論》（1933 年廣州希山書藏出版）

（三）《先考幼山府君年譜》（1936 年南京希山書藏出版）

（四）《劉永福歷史章》（1936 年南京正中書局出版，1957 年台北正中書局重版）

（五）《中國通史》（原名《本國史》，1937 年南京正中書局出版，1954 年台北正中書局改名重版）

（六）《方志目錄》（1938 年廣州市立中山圖書館出版）

（七）《顏師古年譜》（1941 年長沙商務印書館出版）

（八）《國父家世源流考》（1942 年重慶商務印書館出版）

（九）《百越源流與文化》（1943 年重慶獨立出版社出版，當時名《中夏系統中之百越》，1955 年台北中華叢書委員會出版時改名）

（十）《唐代文化史》（1944 年重慶商務印書館出版時名為《唐代文化研究》，1955 年台北商務印書館重版時改名）

（十一）《歷史之認識》（1944 年重慶獨立出版社出版，1955 年香港亞洲出版社重版）

（十二）《國父之大學時代》（1945 年重慶獨立出版社出版，1954 年台北商務印書館重版）

（十三）《國父與歐美之友好》（1951 年台北中央文物供應社出版）

（十四）《唐代桂林之摩崖佛像》（1958 年香港中國學社出版）

（十五）《中國民族史》（1959 年台北中華文化事業出版委員會出版）

（十六）《大地勝遊記》（1959 年香港亞洲出版社出版）

（十七）《一八四二年以前之香港及其對外交通》（1959 年香港中國學社出版，1963 年出版英譯本）

（十八）《蒲壽庚研究》（1959 年香港中國學社出版）

（十九）《唐代廣州光孝寺與中印交通之關係》（1960 年香港中國學社出版）

（二十）《香港與中西文化之交流》（1961 年香港中國學社出版，1963 年出版英譯本）

（二十一）《西婆羅洲羅芳伯所建共和國考》（1961 年香港中國學社出版）

（二十二）《流行於贛閩粵及馬來亞之真空教》（1962 年香港中國學社出版）

（二十三）《乙堂文存》（1965 年香港中國學社出版）

（二十四）《客家史料彙編》（1965 年香港中國學社出版）

（二十五）《國父的高明光大》（1965 年台北文星書店出版）

（二十六）《民俗學論叢》（1966 年台北文星書店出版）

（二十七）《唐元二代之景教》（1966 年香港中國學社出版）

（二十八）《中國文化論叢》（1967 年香港中國學社出版）

（二十九）《中國族譜研究》（1971 年香港中國學社出版）

（三十）《國父在香港之歷史遺蹟》（1971 年香港珠海書院
　　　　出版）

（三十一）《傅秉常與近代中國》（1973 年香港中國學社出版）

（三十二）《乙堂文存續編》（1977 年香港中國學社出版）

以上是可以稽考的，我想他一定還有著作，在報刊發表過，甚至尚未發表的，且看將來他的家族，或者他的同事門人等，是否有人為他搜集起來編印？

不論他的著作是否再有編印出版，上面列舉的，我相信足夠證明羅先生是一位真實有成就的史學家。

羅先生逝世了！流光如矢，人生如夢，信哉斯言！

本集出版，願留給真正愛好文藝者一叮點兒貢獻！

—— 出自 1979 年 10 月《二十年來的中國文學》

中國古典文學二十年來在香港之發展

王韶生在「香港中國筆會」20週年紀念文藝座談會講述
程法望筆錄

　　數年前余承會長羅元一教授之命，在香港大會堂講述「中國文學在香港之發展」一題，該文曾登載與崇基校刊。今天復承羅會長之命，在香港中國筆會廿週年紀念大會當中，向在座之會員及嘉賓作專題報告，此一報告，是上一次演講之延續，內容完全不同，但亦可作為研究地區性文學發展之參考資料。倘有疏漏不當之處，期望各位多多指教。

　　上次我講述之文藝團體如碩果社、堅社、春秋社等，因人事變遷，許多陷於停頓，但亦有文藝性團體繼起，所謂「十年人事經千換，何物能容易滯淹」不免發生一點感慨。

　　古典文學在香港之發展，關於團體方面，有研究性與創作性者，為亞洲詩壇，十年前彭澹園（國棟）先生由台北移席香港珠海書院，與甄伯俊（陶）先生會商，重張旗鼓，將亞洲詩壇移至香港出版，因地利人和各種因素，加之本以「文會友」之義，此一詩壇，果發生巨大之吸引力與影響力，每期均有日本、大韓民國、越南之高手及名家投稿，至於馬來西亞、新加坡、菲律賓、美國、加拿大之華僑及華裔，亦每期均有詩詞作品寄來發表，可說是「珠玉紛投」，不啻為亞洲自由人士之呼聲。

　　其次有南薰詩社，正社長為涂公逐先生，副社長為余少颿先生，加入者有粵籍亦有其他省區人士，可說為「南北和」，亦可說是

一時菁英，齊足並馳。該社名取義，本之於南風歌：「南風之薰薰兮，可以解吾民之慍兮，南風之薰薰兮，可以阜吾民之財兮」，令人嚮往「舜日堯天」之境界。台北之中國詩學研究所，與之「聲求氣應」，故此該社社員作品，亦分期發表於中華詩學。

以下是說香港中國文士對於古典文學之成就及業績，分類報告如下：

關於古文，首先要講者，為羅元一香林先生：其大著乙堂文存，共收文五十篇，詳於考訂序跋、傳記之作，固史家徵實之文也。非徒有其律度，且蘄至恢張王霸之業、視西漢之晁、賈，與唐之杜牧之、宋之陳同甫為近。此非余一人之私言，實文學界之公言也。從前姚姬傳會說過：「能為古文者，乃豪傑之士」。古文特色，為文字雅醇，議論敍述，有物理，有事理，有義法，有聲調，非淺識浮誇者所可議也。

其次為吳士選俊升先生，著有江皋集，及意義本堂附錄，集中收文凡三十篇，如繚金源教授傳、題盧冀野遺札兩篇，弔往傷離，彌見風義。其自序說：「至於散文諸篇……亦以立誠載道為依歸……可以識中年以後之里程，凡為學尚友、抱道淑世之心，以及感舊傷逝、悲歡離合之跡，皆於篇章中畧存鴻爪。」蓋夫子自道也。

其次為鐘藥園應梅先生，著有應梅文錄，其文長於議論碑記，論文宗旨則從韓愈，上推至司馬遷，認為文學之王都。（見其所著文論一書）眼界極高，視宋以後文家蔑如也。

又其次為會履川克峏先生，會先生為吳江闓生入室弟子，沃聞桐城義法，其所著橘頌盧稿，深得陰柔之美，信一代高手也。

關於駢文，在香港之駢文作家，有饒宗頤、岑衍璟、羅忼烈、甄陶、潘學增、潘小磐、蘇文擢、馬國維諸先生，其作品散見於各

書刊，佳者可以上追漢魏六朝，其次亦不下清代八家四六。潘學增先生尤能以駢語著書立說，在其所著樂觀室文存中，可以考見。岑衍璋先生，則有四六箋啓行世。從前蔡子明先生在北京女高師國文部演講「國文之將來」提及美術文有存在之價值，駢文固美術文，豈「大聲以色」者所可打到耶？

關於詩歌，本會出版之現代詩歌選一書，所選均極精，其中如羅元一教授之古今體詩，輓羅慈威將軍五律兩首之一云：「嶺表思名將，蠻陬挈戍軍；治安原有策，喪亂竟離羣。」此二十個字，可以概括羅上將一生歷史。即以詩論，沉鬱頓挫，論者許其近杜。又送林抑山教授榮休返英五古一首，樹義選言，情韵不匱，林叟讀之，竟至泣下，信乎其感動力深也。

其次為吳士選先生，其作品載於江皋集庚年酬唱集，詩雖不多，然要具雅人深致。作者為一教育名家，而詩文戞戞獨造，亦藝林之盛事也。

其次為王孝若紹薪先生，所著有海隱樓詩，及約庵詩錄，均行於世。余嘗題其詩卷云：「鈎勒曾窺張黑女，高吟今動屈翁山。」但其自述，如平生一首云：「平生書與字，皆欲學三王。」詩謂王維、王禹稱、王安石也。字謂王羲之、獻之父子，及寫石門銘之王遠也。又辛丑七十九生朝自述一首云：「文惟尊兩漢，詩欲學三王」足徵其詩學所自出。

其次為黃尊生先生，所著有小滄桑齊詩草及述懷等篇。嘗考中國文人，其文學思想，或出於儒家，或源於釋道。尊生先生留學法國，沃聞西哲學說，不復為傳統思想所限，沖羅抉網而出，神遊八表；其字句洗鍊，不染一點塵俗，有如藐姑射山之神人，肌膚若冰雪，綽約若處子，信可傳矣。

其次為李我生錫余先生，有萬葉堂詩鈔兩卷。世所稱為兼葭詩派者也。其詩精錬，彌見鑪錘，所謂金百錬而愈剛，玉千礱而盒彩者，是可傳也。李君為人，清標絕俗，似魏晉間人，其為詩，不矜才氣，不妄攀附。要與王摩詰相伯仲。

其次為熊魯柯潤桐先生，魯柯早歲既以詩名，為顒園五子之一。（五子為希穎、余心一、熊潤桐、李履庵、佟紹弼。）諸公要人，交口譽之。其詩長於律體，怊悵切情。身歿後，其門弟子區靜寶、潘兆賢兩人，掇捨其遺詩，得二百餘首，文十餘篇，為之印行，曰東莞熊魯柯先生詩文集。

其次為饒固庵宗頤先生，固庵撰有歐遊雜詩及白山集，蓋兩度遊歐之作品也。登山臨之水，聊賦新詩，足以遊目騁懷矣。法國漢學家戴密微教授嘗言：中國之山水及山水畫充滿哲學意味，所謂「智者樂水，仁者樂山，智者動，仁者靜」是也。固庵之山水詩，步武謝康樂；其摹擬技巧，此較顏延年、江文通尤勝一籌。

其次為閩侯曾履川先生，曾先生早已詩名，其所著橘頌盧詩稿，不特蜚聲南北，且飲譽雞林。自同光以降，閩省多產詩人，渠實個中翹楚。近人錢子泉（基博）先生撰現代中國文學史，曾有敍述。渠近年寫作之詩，編為橘頌盧近詩，印行。又以瘦金體手寫近詩數十首製珂版面世。橘頌翁之詩，極錘錬藻繪之能事，可謂工矣。

其次為順德陳荊鴻先生，著有蘊盧詩草，荊鴻為明末陳野岩先生後裔，飲譽文壇者數十年。其詩風華絕勝，信是才人之筆。夫人潘思敏女士，雅善倚聲，所作宴桃源豪華樓迎月詞，饒有科學思想，出語石破天驚，自李清照、朱淑真以次，無此見解也。

其次為中山王淑陶先生，著有海天樓詩，發端極工，大氣旁薄，酷似其三師原于老。所為排律，累數十韻，可以追踪杜少陵、

李義山兩家矣。

其次為徐又陵世清先生，著有小闇樓集，各體皆備。陳梅叟序其詩謂：「聲調蘊藉，則似樂亭；抒鬱陶，則似獨漉；寫感慨則罔怨尤之語，而隱涵無量悲智，則似翁山；絕句清麗，竟跨漁洋之樊，而進窺其堂奧……刻詩中意境新闢，屏棄腐舊纖俚之詞，誠今之孝穆也。」信非虛譽矣。

其次為潮安翁一鶴先生，著有浩然堂詩；其律詩精絕，類陳無己。又所長春吟、秣陵謠咏事詩，則類白香山新樂府，以視王壬秋之獨行謠尤有過之。一鶴出潮州王師愈先生之門，有青出於藍之譽。

其次為修水涂公逐先生，其作品散見於珠海書院文史學報，尤長於七律，化朽腐為神奇、似山谷，捶字練句、則似散原老人也。

又其次為順德蘇文擢先生，其作品散見於本港雜誌報刊。會君履川譽為粵詩之巨擘者也。鍥而不舍，將來成就，詎可限量。近作詩歌，尤激昂慷慨，於國俗民彝，三復致意，深得六意之遺，是不苟為炳炳琅琅者。

關於詞曲，現代粵中詞人，名家先後輩出，如陳述叔、黎季裴、劉伯端、廖鳳舒，均其著也。潮安饒固菴先生，拔戟而起，戛戛獨造，撰有晞周集，凡百二十七章。港大教授羅忼烈先生序其詞稱為「才大擬於坡山，格高無愧白石。」又稱其和清真詞，「字字幽窈，句句灑脫，瘦蛟吟鶴，冷萃弄春換徵移宮，尋聲協律。」

其次為合浦羅忼烈先生，著有兩少山齋樂府，由庚寅至庚戌，所收詞不及百首，皆精品也。

其次為寧陽甄伯俊先生，著有袖蘭館詞，所收詞凡百餘首。黃二明（華表）教授序其詞曰：「詞氣深厚」。「近更寢饋於周氏四家，核其所得，則稼軒為不少矣」。

其次為鳳城潘小磐先生，著有餘盦詞，南海潘思敏女士史題其詞曰：「翠岫留連，青溪洄洑，山容水態堪陶鑄。」又曰：「婉約新詞，逍遙雅句，吾家奕葉皆能賦。」皆紀實也。

又其次為東莞香棟方先生，著有江花四聲詞，甄伯俊先生序其詞云：「調音則微析深明，訂譜則嚴分律呂。……江草江花，吟豈終極，蠻風蠻雨，賦更能消」。足以知其梗概矣。

尚有一二事，須提到者，厥為日本詞家水原子瑞老先生，以文字因緣，樂與香港中國文士交遊，羅香林、饒宗頤、潘重規諸先生，東遊時，嘗館於其家。香港詞流，多與之唱和，其後輯為鳳凰台上憶唱蕭一書，誠藝林之佳話也。

又友人余少颿先生勤於蒐討，表彰前賢，編有粵詞蒐逸正續兩編。均可紀也。

二十年來在香港進行古典文學之作家甚多，此處報告所提及，僅其中一部份，而敍述之先後次序，亦僅係本人一時之聯想，并不一定表示其成就之高下。信口雌黃，罪過罪過！

—— 出自 1979 年 10 月《二十年來的中國文學》

《二十年來的中國文學》前言

朱志泰

　　國際筆會香港中國筆會成立與 1955 年 3 月 26 日，到 1975 年 3 月整整二十年，當時在會長羅香林教授主持下，由各位理事分工負責，籌備慶祝，其中一項主要活動，就是舉辦香港中國筆會 20 週年紀念文藝座談會，於 1975 年 3 月 29 日及 30 日，假九龍亞皆老街珠海書院禮堂，舉行了七次座談會，先由專人作報告，然後進行討論，內容廣泛而豐富。

　　會後，羅會長打算將文藝座談會的內容加以編輯出版，因限於筆會的經濟條件，幾年來未能實現。1978 年 4 月羅會長因病逝世，理事召開緊急會議，一致推選李秋生先生代理會長，議決舉行公祭及在《香港時報》出追悼特刊，並決定儘快出版本書以完成羅故會長的心願。

　　在本書出版之前，對於稿件的保存、整理、編輯、估價、付印等工作，丁淼先生、何葆蘭女士、岳騫先生、趙聰先生、焦毅夫先生及李秋生先生出力很多，徐東濱先生擠出時間為本書校對數次，幫助甚大，筆者均致敬佩感謝。

　　香港中國筆會在過去二十多年中的各種活動，筆者引用岳騫先生大作「中國筆會簡介」中的片段介紹如下：

　　　　香港中國筆會二十年來，對國際筆會活動，亦盡力之所及
　　　從事，計會參加國際筆會在日本、西德、巴西、美國、韓國等
　　　國召開的會議，及在馬尼拉、曼谷、台北等城市先後召開的三

次亞洲作家會議⋯⋯

至於筆會本身的活動，除歷屆大會、新年團拜，每年尚有兩次郊遊，港九名勝地區，遠至大嶼山、寶蓮寺、延慶寺，都有筆會同仁的遊蹤。

在 1966 年以前，本會會每月舉辦文藝座談會。從 1966 年預約開始改為公開活動，每個月最後一星期六下午在大會堂舉辦學術演講，前後辦十年。以後所辦文學天地，筆會皆是報紙副刊，前者發表與《星島日報》，後者發表於《香港時報》，目前《文學天地》已停，只有筆會每兩周一次在《香港時報》發表。（筆者注：筆會現仍繼續，由岳騫先生主編。）筆會尚出版有小說選、詩歌選、散文選，均由丁淼先生主編。（筆者注：另有筆會同人所著專書多種。）

謹以本書的出版，作為對羅故會長的永恆紀念。

1971 年 1 月
——《二十年來的中國文學》於 1979 年 10 月出版

中山先生的詩作

余詮詁

　　孫中山先生有沒有作過中國傳統的格律詩？一般以為中山先生一生精力都聚集於建立民國的大業，無暇及此。但以中山先生的學貫中西，早受中國文化薰陶，自有基礎，豈能不「在心為志，發言為詩」？只是史料不全，一般人無所了解罷了。

　　中山先生能詩，且有好詩，但不多見。據胡漢民「不匱室詩抄」中記述，民國七年（1918年），中山先生去日本箱根，日人宮崎滔天等數人來迎，宴會於環翠樓，宮崎席間求書，中山先生即席書寫：「環翠樓前蟾髯客，湧金門外岳飛魂」十四個字相贈。即以此聯為證，可知中山先生能詩。

　　中山先生的詩，今日尚可考校者有兩首，其一為1899年（清光緒二十五年），在日本選拔同志作為舉義時聯絡暗號的七絕一首：「萬象陰霾掃不開，紅羊劫運日相催；頂天立地奇男子，要把乾坤扭轉來。」

　　另一首是中山先生於1907年（清光緒三十三年）12月18日於鎮南關起義失敗後，退入安南之馬上口：「感來義氣不論功，夢魂忽驚征馬中；漠漠東南雲萬疊，鐵鞭叱吒厲天風。」

　　重讀中山先生僅存之詩，想見其雄偉氣魄。以上資料取材伍稼青「等持閣隨筆」。

——《文訊》2006年12月出版

中山先生的詩作

◎余詮詁

孫中山先生有沒有作過中國傳統的格律詩？一般以為中山先生一生精力都瘁集於建立民國的大業，無暇及此。但以中山先生的學貫中西，早受中國文化薰陶，自有基礎，豈能不「在心為志，發言為詩」？只是史料不全，一般人無所瞭解罷了。

中山先生能詩，且有好詩，但不多見。據胡漢民「不匱室詩抄一中記述，民國七年，中山先生去日本箱根，日人宮崎滔天等數人來迎，宴會於環翠樓，宮崎席間求書，中山先生即席書寫：「灌翠樓前錯賓客，湧金門外岳飛魂」十四個字相贈。即以此聯為證，可知中山先生能詩。

中山先生的詩，今日尚可考校者有兩首，其一為民國前十三年，在日本選拔同志作為舉義時聯絡暗號的七絕一首：「萬象陰霾掃不開，紅羊劫運日相催；頂天立地奇男子，要把乾坤扭轉來。」

另一首是中山先生於民國前五年十二月十八日於鎮南關起義失敗後，退入安南之馬上口：「一感來義氣不論功，夢魂忽驚征馬中；漠漠東南雲萬疊，鐵鞭比咤屬天風。」

重讀中山先生匯存之詩，想見其雄像氣魄。以上資料取材伍稼青「等持閣隨筆」。※

孫中山先生紀念集

向前創造

在香港中國筆會二十週年紀念文藝座談會上的一段話

李璜

　　會長，諸位先生女士，兩天來，這一座談盛會，在香港文藝界要算是破天荒。特約來賓與會友的報告與評論，計十四篇議論，大抵鞭辟入裏，多見精彩。會長要兄弟在閉幕時說兩句話，大家已有倦意，試為諸位添上一個餘興，強留倦客多坐十來分鐘。

　　綜合兩天來的議論見地，可以說給予滿堂聽衆及兄弟本人一個很好的啟發，這啟發是「向前創造」。本來文藝的前進，貴在創造。不過講著評者，乃能昭示我們許多創造的要點，這不能不畧為舉出。第一位余光中先生談「二十年來台灣地區的文學」，他分出了時代階段。第一階段是大陸到台的文藝作家，其創造的作品，多半是念舊懷鄉，離情萬種；第二階段則每寫留學，或移居異國，花果飄零，生根不易；第三階段，在近年以來，乃產生鄉土文藝，出色作者多半是台籍或生長在台者，有根而苗長較茂，生氣益然，是一可喜的現象。余先生的清澈分析，昭示出的要點是一個時代性的自發創造。所以余先生曾發問，為甚麼經過歷史上空前的抗戰大悲劇，而至還沒有一篇大文章，一首好史詩，來作時代的創發呢？徐速先生答復是，「有待」，我也覺終必有所交代的。

　　第二位王韶生先生報告「二十年來香港的傳統文學」，將香港的詩社詞壇列舉有：堅社，芳洲社，健社，春秋社，亞洲詩壇等。並列舉若干詩家詞人與古文家的創作多本，加以介紹，相當詳晰，

內容可觀。不過就兄弟作評論時曾說，香港古典詩文作者的圈子甚小，全靠香港的大專學校需要國學教授，才聚集少數的文壇宿將與詩翁，課餘即興，偶有寫作，兄弟也算在這個圈子之內，對於詩學，得益不少，然而我感到後起不易，難乎為繼。這也是與時代及環境有關，留在後面再說。

第三位黃思騁先生報告「二十年來香港的新文學」。黃先生提出一個大可注意的問題：新文學無論新詩、散文或小說，大都感到詞彙不夠用；作家未能博采習用名辭語句，閉門鑄辭，時嫌生硬難解。黃先生舉出三十年代若干名家用辭之疏漏處，而認為近年已漸有進境。黃先生所昭示的詞彙的創造，是很重要的，要博采習用之辭，更是必然的。不過博采不只是採荇採菲，只及民間，而對於古典詞彙也應注意。譬如說今天天氣為「春寒料峭」，這料峭二字便應予注意！這在乍暖還寒時候的春寒，不是嚴寒，也不是新涼，而峭急入膚，帶著冷意，故易染傷風。這是一個較僻的古辭，但形容深切，難見代替；其他淺近的還多，我覺得這是民族智慧所留下的結晶，不易輕棄，而應作適當的採用；不過我並不讚成把已經用濫了的「四字成語」還去強迫中小學生背誦，將毫無用處而徒誤人子弟。徐速先生在這一報告後作評論，因為他十年來專心主編一個文藝刊物，提倡青年寫作，用力甚勤，因感到後浪推前浪，新文學的前途是可以樂觀的。

第四位是遠來的日本漢學家水源渭江先生，他報告「二十年日本對中國文學的研究」，感到新近一代日本研究中國文學，已大不及他們前一兩代的漢學家，即未能往中國留學，而對於中國研究，寫與讀都很有限，因之他有「退步」之感。饒宗頤先生評論時，短短兩句話頗為精到：第一，他認為水源渭江先生有膽量直陳退步，這就是他有意在勉其國人人力求進步，毫不虛驕，難能可貴。第二

他認為美國研究中國文字，往往去日本取材作為翻譯研究，以為捷徑，其實美國人不知道他已隔了一重山，不易上路了。（我有通感，我曾見一位美國人研究李白，而取日本譯本，反增謬誤。）

第二日上午，我因有事未到會，沒有聽見趙聰先生的「二十年來中國大陸的文學」。趙先生是香港數一數二的中共現象的研究者，其議論之精闢可知。據座中人告我，趙先生分析大陸上的樣板文學，深入而有趣，發人深省，使我們了然奉旨成文，按本宣科，絕無創造可言，無創造又那有進步。評論者岳騫先生則對中共文藝向有批判高見，為眾所知，此評想更形容得妙到毫尖。至於姚天平先生的「二十年來新馬的華文文學」報告，亦在上午，我未聽着，實為憾事。不過我曾讀「蕉風」等文學刊物，中間作品亦多清新可喜，華僑青年的文藝創造應有其前途的。

我所最欣賞的是最後一位胡欣平先生（筆名司馬長風）報告「現代中國文學思潮的發展」。他從五四新文學運動說起，如數家珍，歷歷如繪的，將五四時代、二十年代、三十年代等等作家的文藝見地及其主張，加以分別評述，或醉心西化，或自命創新，其實不是飄搖不定，便是墮入窠凹；虛耗筆墨於彼此攻擊而創造成績，列一清單，並不令人滿意。胡長生所舉的內容甚為詳細而條暢，有錄音機記之，茲不悉述。而最可注意的為其結論之「賦得」與「即興」兩喻：賦得意為模擬，不去模擬中國的，而去模擬外國的，其為「傳道」與「試貼」則仍一事。但即興意在自發，自發始見創造，而創造歸結於思想之自由。此胡先生講話的要點。徐速先生與岳騫先生在評論時都稱胡先生若干年來用社會科學方法研究中國現代文藝史甚勤，故能言之有物，而且深中肯綮，發人深省。

最後我還要以兩分鐘說一下我個人的感想：第一香港地方，

確有寫作的自由，沒有人干涉作家的；只要不去問向外地的銷路如何，而能澈底的用力，客觀的看事，本着良知去自由創作，香港這一個天地雖小，而向前創造乃是大有前途的！並且能終如羅會長所言，實現筆會的崇高理想的。不過第二，我向在座這兩日來聽得津津有味的許多青年以至中年作家說話，則我們從事文藝創作，不管那一方面，須先要求一個「練」字（這個練字不是金旁），就是說，要求簡練，古文固重簡練，而白話文也應簡練。這就是剛才胡欣平先生說的「那是可以的」，不如一個「得」字之國語應聲來得練而達。

所謂「國語的文學」，即日文學，便不是一般的口水話，更不是翻譯外國的口水話。五四時代，大家都喜寫白話詩，那時我也寫過，但我的胆子不如我的同鄉會友（少年中國學會）康白情那樣大。他發表了一本「草兒集」的白話詩，把隨便講的口語都分行寫了出來。他曾寫：「紅得再不能紅了的紅葉啊，便嘻裏嘩喇落了下來，落了滿地！」於是別人看了給他對上：「白得再不能白了的白話喲，便胡裏胡塗寫了出來，寫了滿紙！」所以我常說，白話詩並不是不好，然而甚少好的白話詩。其所以難工，便是不去求簡練而尋辭琢句。昨天黃思騁先生會說新文字的辭彙不夠用，就是不肯用力於揀擇民間習慣與古典詩的辭句，而去生硬的自鑄，往往把作者自己的意境表達得未能貼切。昨天對古典詩曾用過心思的新詩人余光中先生講話，曾說到，要將傳統文學與新文學打通，成為一條路，而切忌水火不容。我覺得這一打通，須先從新詩文的簡練工夫上下手去揀擇民族智慧結晶的古典辭彙。我所以十分珍重像余先生這樣精於古典學的新詩人，即因舊詩發展至今天，已有時而窮，窮則必變。今天要在舊詩詞的格律、韻味種種規格躍自如，當行出色，超過古人，談何容易！大都感到費了氣力，終打不出佛祖的手掌。何舊詩多富

道家氣息，以田園派為正宗，而我們今日所處的環境，鳥語花香都難得到；滄桑之感，寫來寫去，似乎濫調。故我覺得舊詩文到今天應衝格律，換却境界，然後方能取勝，這一來，或者便可與新詩文相結合而貫通下去，不再會新舊互不相涉，而終必水乳交融了。

　　上面是兄弟恭聽兩天來諸文藝有修養者的高論，而發生的粗畧感想，綜合的陳述幾句，以作為這個盛會閉幕時的餘興而已。對與不對，還望指教！

1975 年 3 月 30 日香港

—— 出自 1979 年 10 月出版的《二十年來的中國文學》

詩經的特點

易君佐

述詩原

我這篇論述是以詩經為主題。

詩經是中國古代詩歌的總集。這些詩歌是怎樣而來的？就不能不探討詩的淵源了。

詩歌的發生，應該是遠在有文字以前。文字是語言的符號，語言是文字的聲音。聲音起於先天，符號起於人事。自有人類以來，就有語言，也就有聲音；這種聲音，就是歌謠。沒有文字的民族，也有歌謠。例如古代匈奴的民歌：「失我焉支山，使我婦女無顏色；失我祁連山，使我六畜不繁息。」漢書所載，雖是譯文，然而必定是匈奴本有這一支歌；像這種精粹的歌謠，也就是詩。

中國歷史悠久，古代歌謠很多，如禮記和大學所引的湯盤銘，史記宋微子世家所載的箕子麥秀詩，伯夷列傳所記的采薇歌，正因都是短篇，可以證實是先民的最精粹的語言，也就是好詩；又如吳越春秋中的斷竹歌，拾遺記中白帝皇娥之歌，帝王世紀中的擊壤歌，列子中的康衢謠，尚書大傳中的卿雲歌，尸子中的南風歌，偽古文尚書中的五子之歌，雖然有些是出於依托，未可以據為典要，但其中如虞氏君臣的賡歌，夏后氏五子之歌，句度和聲韻與詩經為近，或係中國最古詩歌的蛻形。鄭玄說詩始於虞，即在舜時已有詩，不為無見。至於匯集中國古代詩歌蔚為大觀而且信而有徵的，自然是首推詩經了。

可以說，人類自有生以來就有了詩歌。如果把它分析的說，詩

的起源有三點：第一是起於人類固有的情性，第二是起於情感的傳遞和知識的交換，第三是起於祈禱。

何以說詩是起源於人類固有的情性呢？凡是動物都有情性，而在人類為最厚，故人為萬物之靈。物接於外，情動於中，思有所發，志有所之，雖是嬰兒小童也知道嘔吟嬉笑，樵聲漁唱，勞者自歌，不須文字而音節天然。虞書曰：詩言志，歌永言，聲依永，律和聲，八音克諧。這是一種自然而然的音樂，也就是一種自然而然的詩歌。詩大序曰：在心為志，發言為詩。又曰：言之不足，故嗟嘆之；嗟嘆之不足，故永歌之；永歌之不足，不知手之舞之，足之蹈之也。這是說明詩歌產生的自然而然的過程。

何以說是詩起源於情感的傳遞與知識的交換呢？上古的社會，地曠人稀，沒有文字來通聲氣，人類彼此間感情的傳遞以及知識的交換完全仰賴於語言。在對面說話時，不妨囉囉嗦嗦，如果隔離稍遠，必賴傳達，詞繁意瑣，則傳言的或失去了真相，所以必使語言簡單化，整齊化，而且音樂化，使傳達的得着便利，容易記住，這就是詩歌是精粹的語言所由來。現在江湖上賣藝的人和醫卜星相之流，常有目不識丁而能背誦口訣，以相傳授，與詩的起源同一道理。詩的必要條件是有韻，能諧音的文字最有助於記憶。今日無韻的白話詩，讀千百遍也不記得，便失去了詩的原來作用。

何以說是詩起源於祈禱呢？初民穴居而野處，侶魚蝦而友麋鹿，加以洪水為災，生活的幼稚艱窘可以想見。最初是茹毛飲血，漸由漁獵而畜牧，由畜牧而耕種，而風霜雪雨之威，鳥獸蟲蛇之害，都足以制其死命。面臨這些危險和憂患，只有求神保佑，于是向天祈禱，避禍求福，化凶為吉。這些從人類心坎裏發出來的至誠至敬的心聲，往往會成為最好的詩歌。如禮記郊特性所載伊耆氏

的婚辭，就是祈田報賽的歌辭。伊耆氏相傳是上古之君，在黃帝以前，那時候沒有文字，婚辭也就是初民的詩歌。所以宗教的信仰對于詩歌的產生具有重大的影響。

詩歌發生的三大原素，大概不出上述三點。包含有 305 首詩的詩經，是集古代詩歌大成的總集。從這些作品裏，我們可以看出人類的情性與古代人民的生活。詩經的詩為甚麼能傳到這樣久遠呢？漢書藝文志說得好：「三百五篇遭秦而全者，以其諷誦不獨在竹帛故也。」這就是說：詩經的詩經過種種災難而能保存，正因它的流傳，不純靠文字而尚有賴於背誦。為甚麼能背誦？則全靠語言單純，富有情性，整齊而有音節，永遠可作感情傳遞與知識交換的媒介。古人的說話流傳下來的，決不如詩歌的永恒，詩歌就像人類永恒可以享用的一部錄音機。

辨六義

毛詩序云：「詩有六義焉：一曰風、二曰賦、三曰比、四曰興、五曰雅、六曰頌。」這與周禮春官太師所教的「六詩」相同，兩者在實際上是一樣的。孔穎達的毛詩正義說：「風、雅、頌，詩之異體；賦、比、興，詩之異辭。」以前三者為詩之體質上的分類，後三者為詩之作法上的分類。詩序上只有對於前三者的解釋，缺乏對於後三者的解釋。

對於風雅頌的解釋是：「風，風也，教也。風以動之，教以化之，上以風化下，下以風刺上，主文而譎諫，言之者無罪，聞之者足以戒，故曰風。是以言一國之事，繫一人之身，謂之風。言天下之事，形四方之風，謂之雅，雅者，正也，言王政之所由廢興也。政有小大，故有小雅焉，大雅焉。頌者，美盛德之形容，以其成功

告於神明者也。」漢書藝文志云：「古有采詩之官，王者所以觀風俗，知得失，自考正也。」禮記王制也有「命太師陳詩以觀民風」一語。可見風的主要意義，就是表現各國風俗的民間歌謠，人民藉此以抒自己的情愫，朝廷採此以考民心的趨向。風是民間文學，真正人民的作品。雅則是燕享朝會，公卿大夫的作品。頌則是祭祀宗廟鬼神歌舞的樂章。在詩旨上，風、雅有美有刺，頌則有美無刺。在詩品上，風多溫柔委婉，纏綿悱惻之音，雅多明白典麗，悲壯蒼涼之辭，頌多齋莊虔敬，嚴肅中正之作。自古各家的解釋雖有不同，大致不出此範圍。

所以詩經全部的編制如次：（一）風：周南、召南、邶、鄘、衛、王、鄭、齊、魏、唐、秦、陳、檜、曹、豳十五國風。（二）雅：小雅、大雅二雅。（三）頌：周頌、商頌、魯頌三頌。詩經的精華在風。風，係由各地採集而來，分國編撰的，其區域約當現在的甘肅，陝西（王、豳、秦），山西（魏、唐），河北與河南（邶、鄘、衛、鄭、陳、檜），山東（齊、魯）及湖北的一部（二南中江漢等篇），完全是中國北部黃河流域一帶，也就是那時代的文化中心區域。

自來解釋風雅頌的，歸納可分三派：一派是從詩的體質上說明其不同的，如孔穎達說周頌與商魯頌不同，周頌是以成功告神，商魯頌則以功績告祖；嚴粲說完全雅的本體者為大雅，雜乎風之體者為小雅；陳啓源說風之意義包風教、風俗、風刺。一派是從詩的作者上說明其不同的，如鄭樵說風出於「小夫賤隸婦人女子之言」，雅出於「朝廷士大夫之言」；朱熹說風多出於「里巷歌謠之作，所謂男女相與詠歌，各言其情」，雅頌則為「朝廷郊廟樂歌之詞」。一派是從詩的音節上說明其不同的，如孔穎達說雅的大小，由音節的大小而異，不由政事的大小而異。樂記師乙說：「寬而靜，柔面正者，宜

歌頌；廣大而靜，疏達而信者，宜歌大雅；恭儉而好禮者，宜歌小雅；正直而靜，廉而謙者，宜歌風。」清朝惠周惕說風雅頌以音別，不以政別，即本於此。梁啓超用音樂性來鑑別風雅頌的不同，都屬於這一派。

關於賦比興的意義，自古解說紛歧，但在大體上也有一定的範圍。鄭玄說：「賦之言鋪，直鋪陳今之政教善惡。比，見今之得失，不敢斥言，取比類以言之。興，見今之美，嫌於媚諛，取善事以喻勸之。」朱熹說：「賦者，直陳其事；比者，以彼狀此；興者，托物興詞。」鍾嶸說：「文已盡而意有餘，興也；因物喻志，比也；直書其事，寓言寫物，賦也，」程頤說：「興有興喻之意，比則直比之而已。」李仲蒙說：「敍物以言情，謂之賦，情盡物也；索物以記事謂之比，情附物也，觸物以起情謂之興，物動情也。」朱熹又說：「興者，先言他物以引起所詠之辭也；賦者，敷陳其事，而直言之者也；比者，以彼物比此物也。」日本人兒島獻吉郎說：「賦是純叙述法，比是純比喻法，興是半比半賦的章法，前半用比，後半用賦。」陳啓源說：「比興雖皆託喻，但興隱而比顯，興婉而比直，興廣而比狹。比者，以彼況此，猶文之譬喻，與興絕不相似也。」又說：「詩人興體，假象於物，寓意良深，凡託興在是，則或美或刺，皆見於興中。」——以上各種說明可以歸結說：賦尚直陳，比重引喻，興則由彼及此，三者都是觸物以起情；不過比興賦容易辨別，興則比較難以辨別。這就是詩的三種基本作法。

合風雅頌賦比興，就叫做詩的六義。

明詩教

甚麼叫做詩教？詩教就是詩的教育的意義及其功效。中國的教

化，以見於詩者為獨早，古詩叫做「聲教」。在文字未興或尚未普遍使用時，交換知識，聯繫感情，傳播教化，全靠歌謠的流通。中古以後，文物繁起，才有「文教」的稱謂，而其源實導於詩教。舜命夔教胄子，以詩言志。周禮：太師教六詩。孔子以詩為教人之先務，以溫柔敦厚之旨為詩的標準。孔子是一位大教育家，他用以教育弟子和世人的道理，主要的就是詩。他說：「興於詩，立於禮，成於樂。」又說：「小子何莫學夫詩。詩，可以興，可以觀，可以羣，可以怨。」又說：「誦詩三百。」對伯魚說：「汝為周南召南矣乎？」他日過庭，也問是不是先學詩？又說：「詩三百，一言以蔽之曰：思無邪。」孔子以為要樹立中國最優美的文化，一定要宏揚詩教，而詩教要到孔子才發揚光大起來。

朱熹解釋這個道理最為明白：「詩之所以教者，何也？曰：詩者，人心之感物，而形於言之餘也。心之所感，有邪正，故言之所形有是非。故聖人在上，則其所感者無不正，而其言皆足以為教；其或感之雜，而所發不能無可擇者，則上之人必思所以自反，而因有以勸懲之，是其所以為教也。昔周盛時，上自郊廟朝廷，而下達於鄉黨閭巷，其言粹然無不出於正者，聖人固已協之聲律，而用之鄉人，用之邦國，以化天下。至於列國之詩，則天子巡狩，亦必陳而觀之，以行黜陟之典。降自昭穆而後，寖以陵夷，至於東遷，而遂廢不講矣。孔子生於其時，既不得位，無以行帝王勸懲黜陟之政，於是舉其籍而討論之，去其重複，正其紛亂，而其善之不足以為法，惡之不足以為戒者，則亦刪而去之，以從簡約，以示久遠，使夫學者即是而有以考其得失，善者師之，而惡者改焉；是以其政雖不足以行於一時，而其教實被於萬世，是則詩之所以為教者然也。」這是朱子對於詩教的解釋，用教育的力量輔導政治的推行。

詩教所包括者雖極廣泛，但約略攏來不外道德教育與社會教育。道德教育在提示我們怎樣為人；社會教育在提示我們怎樣處世。為人之道，首在家庭的親睦：親慈子孝，兄友弟悌，夫婦相愛，而夫婦為人倫的起點。蓋有天地而後有萬物，有萬物而後有男女，有男女而後有夫婦，有夫婦而後有親子兄弟，而家族，而朋友，而社會，而國家，而天下，所以詩教首重兩性間的正常關係，而指摘其不正常的關係，以定道德的標準。大雅頌文王之德：「刑於寡妻，至於兄弟，以御於家邦。」故曰：「君子之道，造端乎夫婦。」三百篇以關雎為首，次以葛覃。關雎寫求愛求婚的真摯情感，葛覃寫賢婦孝女的歸寧。齊風南山，刺襄公通其女弟，而訓娶妻的正道。漢廣沐文王之化，即遊女不易求。城隅有淫亂之風，雖靜女不自保，蓋貞信之教興，而後強暴不敢侵陵。召南行露、野有死麕，都在建立女性道德。桃夭及摽有梅，則強調婚姻須及時。周南卷耳，朝夕思念，教以相夫之道。婦德無妒，見於樛木小星。至於桑中溱洧新台牆有茨諸詩，則刺兩性之淫亂。綠衣終風谷風興氓諸詩，則刺夫婦之失道。東門之枌，刺男女之棄其舊業。有夫婦而後有親子兄弟，所以注重孝悌。小雅蓼莪，述孝子不得終養。北山稱獨勞於王事，不得養父母。陟岵則思念父母。素冠則三年終喪。這些都是教孝之詩。孝之為道，事死如生，生能養而死能祭。三百篇中，仰慕祖先的作品甚多。大雅思齊，稱文王之美德。吉甫作詩，美宣王之中興。小雅棠棣，憫管蔡之失道，闡明兄弟友愛的至理。二子乘舟，述汲壽爭死的壯烈。脊令在原，兄弟急難，每有良朋，況也永歎，又由兄弟之倫而及於朋友。伐木丁丁，鳥鳴嚶嚶，更見朋友的真情實誼。

處世之道，約有數端：一是敦厚，關雎樂而不淫，哀而不傷，

小雅怨悱而不亂，這就是溫柔敦厚的詩教。召伯所憩，勿翦甘棠，可見遺愛之厚。毋逝我梁，毋發我笱，雖見棄於夫，而猶有餘戀。唐風羔裘，刺君暴戾，而尚不忍別事他君。十月之交，傷幽王失德，亦不忍獨求逸樂。二是謹慎：小雅桑扈：「不戕不難，受福不那」，戕作斂解，難作慎解，那作多解，即說人能謹慎，則受福自多。周南免罝，以椓木喻武夫，要有丁丁不已之功，才可以為王侯干城。小弁說：「維桑與梓，必恭敬止。」三是制慾：小雅小宛：「人之齊聖，飲酒溫克。」意思是說：雖聖人也不可縱口腹之欲。秦風小戎，寫婦人重公義而抑制私情，雖「亂我心曲，載寢載興」，也終無怨恨。四是勤儉：召南羔羊，寫當局衣服有常，為天下倡。周南茮苢，寫採藥女子的勤勞。邶風綠衣，寫染絲女的自立生活。唐風蟋蟀，寫農夫胼胝之真樂。五是愛國：讀鄘風載馳，則愛國之心，油然而生。讀秦風無衣，則尚勇之志，呼之欲出。小雅采薇，鼓舞抗敵。王風黍離，感慨興亡，所以熟讀詩經，對人生的修養，實在有極大的幫助。

英雄之死

岳騫

悼念

在抗戰期間一位慷慨赴義為國捐軀的無名英雄

一

抗戰期間，我曾經在軍隊裏當過一名起碼的小官，那時部隊駐在鄉下，距離城市很遠，每天除去上講堂，出操之外，唯一的娛樂就是賭博。

記得我入伍後的兩個星期，全團由前綫撤下來，換到後方整訓。團部距離師部大約十里路，我們連部距離團部只有兩里路，雖然生活行動都提高警覺，無事不敢亂跑，以防緊急集合，但躲在連部裏沒有事作，還是要打牌，在村子周圍都派上瞭望員，打牌時，也不敢高聲吆喝，以防被團部來的人聽到，如此周密防範，當然沒有問題。

可是那一天晚上，正打得興高采烈的時候，突然門簾一掀，悄悄進來一個人。我的坐位面向門口，當時未顧得看清臉面，只看到領章上一條金綫三顆星，我曉得糟了，一定是團部的官佐，因為營部只有副營長一人是上尉，我們却很稔熟。當時我牌也不再打了，只向外呶嘴。連長坐在我對面，不知道怎麼回事，掉轉身一看，哈哈大笑起來，拍着那人肩膀説：「半死，你真缺德，怎麼一聲不响進

來，把我們這位兄弟嚇壞了。」

其他兩位排長也是笑。我定定神，連長伸手介紹：「這是團部鄭軍械官，這是我們連裏岳排長。」

我趕快過去和鄭軍械官握手，仔細打量他有四十多歲，滿臉皺紋，表示着久經風霜；一對大而失神的眼球，象徵着半生的不得意，但是在握手時的孔武有力，却又透露出內心的熱情。他一面搖撼着我的手，另一隻手却拍着我的肩膀説：「兄弟，不用客氣，以後就喊我老鄭得了。」

「甚麼癆症（老鄭），癆症還不是等於半死。」連長大聲在嚷。

他放下我的手，回頭笑罵連長：「你這小子真不是人，帶着三個排長打牌，却不知道派人站崗瞭望，若是被團部其他官長看見了，豈不又是一塲是非？」

「誰説我們沒有派人站崗？任何來人都不能直接闖進來，只有你例外，因為你不是活人，只是半死，所以崗哨看見你，也不會進來報告。」連長越説越有理。我們又來了一個哄堂大笑。他木然沒有感覺，蒼白的臉孔泛不出一絲紅暈。這時，我由衷地生出一種同情心，他們愈是嘲笑得厲害，我愈覺得值得尊敬。從那時起，我認識了半死。

二

次日，午飯後，大家談話時，話題又轉到半死。連長嘆口氣：「人太好了，我們這一個軍裏面，不論大小官佐，認識他的人，無人不稱讚他是好人。但是，」連長頓了一頓。「好人有甚麼用？他的上尉已經當了十年還是照舊，和他同時當上尉的人都已當上團長或參謀長了。」

「就憑他這個萎靡不振的樣子，若當上團長，那怎麼成？」趙排長發表他的意見。

連長搖搖頭。「你說錯了，他所以萎靡不振，就是因為不得意，若是當上團長，還不是生龍活虎一般。當年在忻口作戰，他負傷不退，軍事委員會傳令嘉獎，誰不讚他勇敢。可是，戰役結束後，不但未升官，反而從上尉連長調為上尉附員，你說他怎麼不寒心？」

「那為甚麼原因呢？」我深為不解。

「甚麼原因？他既不是嫡派出身，又不是軍長小同鄉，缺乏了升官的條件，這就是原因。」連長本人也是行伍出身，所以越說越憤激。

我們三個人相顧默然。塲面很尷尬，我為打破僵局，轉移目標，另外提出個問題：「他怎麼得到一個半死的混名呢？」

「那說來就妙了。」連長又笑起來，忘記了剛才的不愉快。「那是他剛當上軍械官的時候，軍長老黑來檢閱，師長瘦猴子跟在後面。參加檢閱的部隊是師直屬部隊和我們一個團，由團長担任指揮官。檢閱過分列式之後，改行閱兵式，老黑走進官佐行列裏，一個一個細看，誰的舉手敬禮不合姿式，誰的風紀扣沒有扣齊，都要當時指出，加以申斥。我那時也在團部當附員，所以我和半死站在一起，就聽老黑走到他身邊，「啊喲」一聲，接着說：「你是怎麼搞的？」這時我知道糟了，一定是半死衣服沒穿整齊，但是，不敢偏頭看。

接着聽老黑說：「不要站在這裏跟我來。」半死滿不在乎，走在瘦猴子後面，儼然也成了大官。大家瞧着想笑又不敢笑。直到老黑把行列走完，回到司令台，又把半死帶到台上。老黑先講了一輪大道理，反正是天天講的那些話，我不說你們也知道。可是到後來轉

了話題，提到一般行伍出身的人不長進。

老黑說：「我對袍澤弟兄都是一視同仁看待，絕對沒有嫡派與非嫡派之分。有些行伍出身的老弟兄，時常背後抱怨，入伍時間早，功勞苦勞都有，為甚麼不能升官，大概是軍長把他忘記了。實際上決不是這麼一回事，軍長絕對沒有忘記你們，問題是要你們長進才成。有許多人入伍十幾年，到現在連自己名字都不會寫，我有甚麼辦法提拔他升官？」

老黑說到這裏，轉身把半死拉過來，同他比肩而立，指給大家看，縐着眉頭說：「就拿他來說吧！本軍官佐大部份都認識他，誰都知道軍長當團長時，他已當上尉連長，到今天他還當上尉，說來怪抱屈，若不是軍長忘記了，他早該當上團長了。可是現在你們再仔細看看，他够不够當團長的料，把兩千人交他帶，換你們任何人當軍長，敢不敢這樣做？」

老黑越說越有勁，黑臉脹的同豬肝一樣。再看半死也真不成話，風紀扣沒扣，上衣五個鈕子少一個，左邊大口袋上鈕子也沒有了；綁腿打了不到一半，只到小腿肚就完了。尤其說不過去的，全身衣服不一樣顏色，雖然都是草綠色，但由於穿的時間不同，帽子同衣服褪成三種顏色。我心裏想，這傢伙今天大概有意同老黑搗蛋，他跟老黑十幾年，對於老黑這種鬼脾氣，比誰都清楚，為甚麼專在今天他來檢閱時裝成這個樣子，挨罵也實在自找。

老黑又接着說：「軍人唯一信條，不成功即成仁，是不是能達到這個使命，平常也看得出。像他這種人，身子雖然活着，靈魂早被閻王爺收去了，還有甚麼用呢？已經成了半死。」

說到這裏，瘦猴子站在老黑背後，首先撲吃笑了，台下幾千人整個笑起來，這倒是稀有的塲面。老黑最後也笑了，拍着他說：「回

去好了，回去仔細想想軍長説的對不對，只要能決心上進，將來還是有希望的。」

半死轉身敬個禮，大搖大擺走下來。老黑看到他的背影，又搖頭嘆口氣。從那一次起，『半死』的混名算是傳開了。」

連長説完，我們三個大笑起來，對半死又增加一層認識。

三

以後有一段日子整訓，我們總是同團部駐在一起，因為同連長是老弟兄，都是行伍出身，感情特別好，所以悶了就跑到連部來。半死不打牌，愛喝酒，不過酒量並不大，每次來連部吃飯，總要喝一壺酒，每當喝到蒼白臉上現出紅暈的時候，就滔滔不絕的談起來，談到畢生經歷過的無數大小戰役，每次都是衝鋒當先，撤退斷後。半死特別愛提到的是忻口戰役，擊潰板垣師團的往事。據他説那時老黑還當師長，在忻口戰役負了傷，旅長催命鬼脱去上衣，赤膊掄着大刀，嗚嗚叫的哭着，帶領他們一羣不要命的傻小子衝上去，把老黑搶下來，並且親抱機關槍堅守河口，等到援軍到達，一舉把日本最精鋭的板垣師團擊潰了。結果老黑傷愈之後升了軍長，師長一缺無論從哪方面來説，都該催命鬼遞升，可是偏從外面調來瘦猴子，催命鬼改調為附員。他一氣之下，去西安作買賣再也不回來了。

半死説到這裏，指着連長説：「老黑説我當團長不够料，我承認。可是你見過催命鬼，你説他當總司令也够料吧！」

連長點點頭表示同意。

半死又接着説：「那為甚麼師長都不給他當呢？説我們現在師部參謀長李小鬼，在軍渡作戰時，日軍攻擊，他當團長，帶着一團

人跑上陝西，游了一個多月才回來。正是催命鬼當他的旅長，催命鬼呈報老黑一定要殺他，結果不但沒有殺，又調到師部當參謀長升為少將哩！你說這是甚麼理？」

「喝酒罷！渾小子，這個道理你還不懂，怪不得你永遠當上尉。」連長邊說邊笑，替他斟上一杯酒。

「我懂！我懂！催命鬼和我一樣，都是行伍出身，所以……」半死仰脖子又喝一杯。

我們三個排長都是嫡派出身，交換一下眼光，感覺非常難為情。我從那日起，心頭加上了一個石塊，總覺得火山已臨爆發前夕。

半死不打牌，我們每次打牌，他總是坐在旁邊看，但喜歡作參謀，而牌術又不高明。因為我對他客氣些，所以半死總是坐在後面看我的牌；每打一張牌，他都要批評對不對，有時他認為這張牌打錯了，已經丟到桌面上，他還要伸手替我拿回，再從我手中的牌拿一張打出去，實在有點不勝其擾。

我有時問他：「你的牌既然打的這樣好，為甚麼不打？」

「你能不能包他贏？」半死未開口，連長接上了腔。

「打牌哪有包贏的呢？」我笑了。

「所以問題就在這裏：他若是輸了，回去老婆一定不答應，起碼要擰耳朵，說不定會挨打。」連長談起半死，向來不留餘地。半死當然不服，說連長造謠。

連長說這件事不必強辯，總有一天要他現形。

過了一個禮拜，部隊發餉了。領過餉之後，隊伍剛解散，連長過去同半死咬下耳朵，半死點點頭跟我們的隊伍來了。到了連部裏，半死進門就喊勤務兵：「打酒去。」

「慢來。」連長擺擺手：「先把牌擺好，今天非同你打牌不可。」

「同我打牌？」半死有點慌了。「你不是約我來吃酒？」

「不講吃酒，你肯就來嗎？一定要先把餉包送回家去，今天上了當了。」連長說着打個哈哈。

半死神色大變，囁嚅着說：「那怎麼成！」

「坐下吧！」我過去拉他一把。「那一定就會輸了呢？」

半死無可奈何坐下了。其實看到他那種忐忑不安的樣子，我已經斷定他必輸。會打牌的人都有這種經驗，坐在牌場上愈是怕輸的人，一定要輸。

果然，打了四圈，半死輸掉十塊錢。拾元在當時已經是一個不小的數目，我彷彿記得那時上尉軍餉是一百八十多元。可是半死寧死也不肯再打了。飯也不吃，一定要走。臨走時拍拍我，小聲說：「兄弟，你借十塊錢給我。」

我們幾個人頓時大笑起來。我掏十塊錢給他。連長洋洋得意的說：「半死，你自己承認怕老婆了吧！」

「並不是怕，實在是免生閒氣。唉！免生閒氣。」半死一臉苦笑，在我們笑聲中溜出去。

其實要絕對肯定說半死怕老婆，也有點冤枉，其動機可能真是免生閒氣，但到了非生閒氣不可時，半死也不退讓的，有一件事，可以証明他對太太並不是無條件服從者。

那是當我們從游擊區退到後方整團時，遠在數百里以外的太太們，都趕到前方和丈夫團聚，半死的太太自然也是其中的一個。

那天剛剛來到，下午我們幾個人在連長領導下浩浩盪盪開往半死公館。半死好像有點預感似的，看到我們大夥一齊去，顯出手足無措，知道一定有惡事降臨。他住了兩間民房，中間用高粱桿作籬笆，分成一明一暗，我們在外間坐下，連長和半死太太本來極熟，

當時喊道：「嫂嫂，我們來看你哩！出來喲！」

半死太太倒挺大方，應聲而出。連長替我們介紹：「這幾個小兄弟都是我連裏排長，和鄭大哥相處極好，聽說大嫂來了，特來問候。」

半死太太連說不敢當，又問候大家好，倒茶，拿烟，非常客氣，坐下陪我們談話。半死坐在那裏一言不發，頸垂在胸前，眼也不睜，好像他也作客似的。

他們夫婦兩個的態度成了鮮明的對照，我心裏正在奇怪，這一對個性完全不同的夫婦，在一起如何相處？坐了幾分鐘，半死太太起身到裏邊去了，我們預先排好的一幕戲劇便正式開演。

連長首先發難，指着半死說：「你真該死，這位大嫂那裏不好，嫁了你可說是彩鳳隨鴉。你還不知足，在外面又搞一個女人，你自己摸摸良心覺得對不對？」

連長的聲音恰到好處，表面上像是說笑話，實際上却令裏面的人隱隱約約也可以聽到。漸漸地，房內發出悉索之聲，我們意會到半死太太一定靠近籬笆偷聽，大家交換一個微笑，聲音又放低些。

奇怪的是半死，坐在那裏一動不動，更不發言，任憑怎樣說，根本不理。

趙排長過去推他一下，笑着說：「你不要發呆，這個問題非解決不可，大嫂雖然不曉得，時間久了，沒有不知道之理。況且，你的薪餉也無法支持兩個公館的開支。」

「這真叫自作孽不可活。」連長長吁一口氣。我心裏暗暗好笑，連長當初別當兵，去當電影明星，一定會有相當成就。

「依我看，不如今晚和大嫂說明，把兩個公館攏在一起，既可撙節開支，也省得將來的麻煩。同樣作賊，自首的罪究竟輕些。」平

常不大説話的張排長，今天口齒也非常伶俐。

本來連長分派許多話要我講，但我看見半死的可憐樣子，不忍再講下去。他們又七言八語亂講一通，還是我開口：「不早了，我們走吧！」

我們幾個人站起來辭行，半死太太並未出來送，只説一句：「對不住，不送你們了。」結尾嗓音都梗了。我心裏覺得非常不安，這場玩笑可能開大了。

第二天早晨出操未見半死。收操回去，半死已在連部坐着，垂頭喪氣，臉上幾條手爪痕。我先進門看見不禁呆了。半死看見連長，站起來指着他的臉説：「你這小子這場玩笑開的好，我的家庭被你拆散了。」

「甚麼」？連長一驚，手中的步兵操典掉在地下。

我過去把半死按在椅子上，小聲地説：「不要發脾氣，慢慢地説。」

「還説甚麼呢？」半死頹然坐在椅子上，頭又垂下去。

「到底怎麼回事？」連長急了。

「昨天你們走後，我老婆出來問我，新討的女人在那裏，要我帶她去看看，我把她帶哪裏去呢？」半死説到此處，抬頭看看我們。大家都想笑，又不能笑。

「最初我告訴她沒有這回事，是你們開玩笑，她一定不信。後來我惱了，乾脆承認我又找了女人，但是她管不着。於是她撲上來抓我的臉，我就按在地下打她。兩人打了半夜。天明她已捆好行李要走，我出來了。」

聽完半死談話，大家嘴角都失去笑容，臉上表情非常嚴肅。連長頓頓腳，帶着哭喪臉説：「走！我們去看看。」

趕到半死公館，半死太太的眼睛哭得像核桃一樣，當真行李也捆好了。幸而天色還早，消息尚未傳出去，若被其他官佐眷屬知道，這場事真無法收拾。

連長確實有兩下子，進門就説：「大嫂，現在長話短説，我們昨天講的話都是開玩笑，你不信我可以對天起誓。」

説着，他真到外面房間向地下一跪，誠惶誠恐的説：「上有青天，下有黃土。昨天我們幾個人所説鄭大哥在此地另娶老婆，盡屬虛言，倘有半句真話，叫我下次作戰時，死在戰場，屍骨不能還鄉。」在部隊中，這是第一毒誓，輕易沒人敢起。

半死太太愕然出來，問道：「王連長，這是甚麼意思？他自己都承認了，你何苦賭這麼重的咒？」

事情已有了轉機，我們過去七嘴八舌把昨天這件事解釋清楚，趙排長又回去把半死拉來，一場風波才算息了。不過，害了半死請了一週病假；臉上傷痕未平復，他不敢出來。

四

半死平常很吝嗇，輕易不花一個錢，到我們連裏來喝酒，永遠沒有掏錢買過。不過大家也都能原諒他，知道他經濟窘迫，收入僅夠維持，無法亂用。同時又知道他的太太厲害，錢也不准他自由支配。可是有一次，他又做出一件出人意表的事，那是在追擊砲連劉連長的追悼會上。

劉連長也是行伍出身，粗眉大眼，典型的關西大漢，為人勇敢而機智，各方面對他印象都好，在全團行伍軍官中，公認為最有前途的人。

某次，團長命令劉連長派一個排，配屬第二營作戰。第二營的

任務是堅守一道小河，阻止敵人前進。本來劉連長是可以派一個排長帶去的，可是他不放心，恐怕排長達不成任務；同時，他同王營長私交很厚，大家都是行伍出身，有一種特別感情。考慮一下，決定他自己帶一個排去。到了前線就發生接觸，日本人的炮火既密而又準，一營四個連長，陣亡兩個傷兩個。突然一個炮彈飛來，一塊小破片炸進王營長腹中。王營長也是鐵漢，用手掩着肚腹，咬緊牙根支持，想把他的職務交給副營長再退下去；偏偏那位副營長不在，而這時劉連長聽說王營長負傷，趕快跑去。王營長已經痛的受不住，看到他來就說：「劉連長，隊伍交你指揮，我要退下去了。」

劉連長毫不躊躇，拍拍胸把任務接下來，又支持了十幾個鐘頭，援軍趕到解了圍。可是，就在最後五分鐘，一個榴彈砲砲彈飛來，把劉連長炸死。陣地雖存，他卻完了。

本來軍人戰死是本分。不過劉連長這次死在見義勇為上，假若不是太熱心的話，他絕不會陣亡；再加之他平常人緣好，所以開追悼會時，許多人禁不住痛哭流涕。當團部高指導員宣佈，劉連長尚遺下太太及兩個兒女，今後生活困難，希望大家量力捐助時，半死首先站起來報告願捐半月薪餉，這真是想不到的事。大家見半死尚且如此，誰也不甘茲後，我們這些沒有家累的小伙子，乾脆就捐一個月。集腋成裘，數目頗為可觀。

散了會，我忍不住問半死：「你下半月生活怎麼維持，要不要設法？」

「不用！」半死連連搖頭：「大不了喝半月稀飯，生活苦些也就過去了。」

「大嫂不肯呢？」

「不會的。她要不滿意，我可以告訴她：她比劉連長太太幸運

的多哩！人家為國犧牲，我們吃些苦總是應該的。老實講，若不為劉連長盡點心，我總覺得神魂不安。現在雖然白天吃不飽，但是夜裏却睡得着。」

聽完半死的話，我幾乎流下眼淚，不知說甚麼好，只是呆呆的望着他。

「呆看甚麼？你不認識我嗎？」半死笑了笑。

「以前雖然認識，但並不十分了解，今天才算完全認識清楚。」我說時覺得有點慚愧。

「不！尚不能說十分了解，最大限度不過八分吧！可是，有一天會讓你完全認識我的。」半死說時仍含着微笑，但笑的是那麼安詳泰然。

五

以後又過幾個月，我因為害病進後方醫院。病好之後，醫生證明不能再從事軍旅生涯，於是退伍，到一間學校裏教書，和半死就分開了。兩年後，老黑升了總司令，瘦猴子也升了軍長，率領部隊進入山東。那一段生活是相當艱苦的，因為過了隴海路沒有國軍一個據點，白天要和日本人打，一到黃昏新四軍就攻上來了，一天二十四小時，經常在戰鬥中。勉強進到豫魯交界地區的邵白集，和大規模日軍發生遭遇戰，因為正在行進中發生的戰爭，我方沒有絲毫準備，部隊並未集結一起。瘦猴子只帶了一個團和軍直屬部隊，剛渡過一條小河，敵人就在河壩上出現，以居高臨下之勢，槍砲齊發，我方只能沿着小河且戰且退，傷亡相當重大。敵人也沿着小河追來。退了有兩里路，又有一條橫溝，本來可作掩護抵抗一陣的，不過這時太陽已經平西，瘦猴子考慮一下，假若打到黃昏，新四軍

再攻上來（一定的事），四面毫無屏障，説不定就會全軍覆沒，無論如何，在黃昏以前，非佔領一個村莊不可。可是敵人步步緊追，又無法脱離戰鬥，唯一辦法，只有派一小部兵力加以阻擊，使大部隊能退下去。但是，派誰呢？因為擔任這種任務的，不僅是敢死隊，而且是必死隊，雖然軍令如山，派誰都不敢去，可是瘦猴子也有些躊躇了。

經過仔細考慮，瘦猴子把任務向大家説明，公開徵求意見：誰敢接受這個任務？全體官佐面面相覷，沒人開口。那時半死已調軍部當附員，却在人羣中舉起手，喊道：「報告軍長，我去。」

瘦猴子一楞，愕然道：「你去，你成麼？」

全體視綫都集中在半死身上。半死笑嘻嘻地説：「我當然成，只要給我四個人，一挺重機槍，一定能擋住日本小鬼。」

瘦猴子點點頭，着軍部特務營挑四名精壯士兵和一挺捷克式重機槍交給半死，並掩護他擺好「掩體」，然後全隊向北撤退。這時日軍已經追到，半死的一挺重機槍開始發威，一直打到黃昏，陣地被毀，五個人全部陣亡。可是日軍死在重機槍之下的起碼在五十人以上。這一個平凡而偉大的人，用他自己的鮮血，寫下中華民族光榮的詩篇，他不僅成仁，而且成功，靠了他的掩護，幾千人才脱離險境。也許直到這時，所有的人們——包括我自己在內——才完全認識清楚他，但是他已死了。

六

半死死後的第五軍，原來的軍長老黑已升任某區司令官，指揮五個師在沂蒙山區進剿新四軍，全軍覆沒，老黑本人「從容」被俘，應了當初罵半死的話「既未成功，又未成仁。」

不過，比起瘦猴子，老黑還算「難得」；瘦猴子後來升到兵團司令，鎮守天津塘沽。平津淪陷後，他率部浮海南撤到上海；以後輾轉退到台灣，交卸兵柄來到香港住了幾個月，居然去北平向「人民」靠攏。最近又看到他和許多「同志」聯合發表告軍校同學書了。

看到他們所作的事，想起他們過去站在司令台上所講的話，就感覺一陣傷心，就聯想起半死——那個光明，磊落，代表民族正氣，永遠不死的人。

隔

思果

有一年我從南昌到九江，特地去看垂死的孫，他的肺病已經到了醫不好的階段了。我去的時候，他那間房的窗門關着，暮秋陰暗的下午，另有一種無名的哀愁。孫見了我，就拿棉被遮住了口，意思是怕我受到他的傳染，並叫我不要走近他的跟前，不用說，不久他就去世了，但在他還活着的那一刻，我已經感覺到我們中間有了一重障礙：生死。我只覺得背上一陣發寒，心往下沉。真的，不必等死亡到來，人與人之間就會有種種的阻隔了。

昨天劉告訴我，張自殺了。現在這種時候，差不多每天都有人自動作古；一個人跳樓，等於一隻螞蟻掉在金魚缸裏，誰也不會大驚小怪。除非子夜深巷裏有人發見一個少女的屍體，經過報紙一番渲染，才會引起人的注意。但張是我的好朋友，這話在我聽來，就不那麼簡單了。多少年來，我一直惦記他，他總是一個有良心的人，熱愛朋友，着重理想。可是我們早已受到地理的和信仰的離間，活在兩個不同的世界上，誰也不能寫信給誰，我只有當他已經死了。這次若不是他自殺，說不定關於他的消息，我還是一些也沒有，我們誰也不知道哪一天才能互相傾吐心裏真實的話，像往日一樣。就我而論，張的死不過把不確定的絕望，變為確定罷了。我難道還能知道一些關於譚、鍾、魏，這些人的消息麼？他們不都在故鄉活着嗎？

仔細想起來，我的忙碌的生活甚至把我鄰近的朋友也都擋了駕了。韓住的地方離我家只有半分鐘的路，可是他來找我談天，總看見我在寫稿，桌上鋪了稿紙，堆了些參考書。他望了一下，便起身

說：「不攪你了，你忙吧。」後來他就不來了。現在除非有要事，我極少有客，「有朋自遠方來」的快樂，我已經沒有。朋友之間，正有千百種阻隔；種種因素，使我們不能親近。誰能免於寂寞的感覺呢？有時我忽然想起，「好久沒有見老蘇了，等那一天找他聊聊。」這是心聲，也帶着些譴責。事實上，誰也沒有義務，該在一定期間之內，探訪他的某一位朋友一次。有時遇到要緊事情非處理不可，不得不去看一個朋友，心裏就埋怨這一個下午完了；但藉此却和他談了一陣，把腹中幾個月的積想消散，未嘗不是一種意外的收穫。情感上的要求是多重的負擔啊！

蘇比我年長，是個「不好詣人貪客過」的隱士。我已經年餘沒有見過他了，我真想念他。蘇是一個十足的君子，有風趣，不貪榮利，雖然中年過了，還有小孩的率真。我見到過二十幾歲的人，已經對運動、音樂、文學、戲劇，全無絲毫興趣；對人對事沒有熱烈真實的情感。但蘇對於人生當中極小的玩意如和孩子們踢皮球、爬山等，無不全神貫注地當一件有趣的事去做。可是我漸漸覺得不容易再和他親近了，因為他的夫人（一位熱心的宗教家）總是當着我的面責備他，批評得他十分難堪，使我無法應答。我知道每一個有天良的律師，都不免要替最邪惡的罪人辯護的，可是蘇這樣一個無辜的人，受他的夫人的控訴，我竟然啞口無言。他用懇求和受了委屈的眼光，凝視他夫人的那副神情使我受不了，而她夫人的雄辯，本是遠近聞名，一旦遇到得意的話題，絕沒有中途鬆勁的時候。我每次去看蘇，總懊悔不該去的，但又怕他怪我把他忘了。現在我情願讓誤解橫梗在我們之間，決心不再去找他談天了。

但除了第三者的在場，誤解也會把朋友變成路人。文是個決意終身不娶的人，我們的嗜好相同，在患難中相識，應該是最好的朋

友了，可是我們的友愛卻變成憎惡的根源。雙方的個性在不加掩飾的時候，就像水火一樣的不能相容。文失去了相依為命的母親，斷絕了本無情愛的父親，又沒有兄弟姊妹，甚至沒有朋友，我對他懷着無限關切，以他的親兄弟自居。但他向來就忍受不了他母親對他的關切。他說他已經不是個小孩子了。他有一次埋怨我對他過分婆婆媽媽，他說他會照顧自己的。他知道我的子女多，生活困難，立意要接濟我，可是我屢次拒絕他的接濟，使他生氣。誤會上又加誤會，終於我們絕交了。但朋友的交情，那裏是人能絕的，我總不免時時記起他來。我記起他來，心中就充滿了痛苦。我們的復交已經絕望。我們不曾好好在一起玩過。我們並不是卑劣之徒，但彼此卻不能為友。要是我們從不相識那多麼好 —— 我們都驕傲，誰也改不了誰一分。面對着一個悲劇，而不能把結局改得幸福一些，命運的力量可真太大了。

至於性情相近的人，本可以很愉快地相處的，可是偏偏有許多外在的關係，從中作祟。彭是我過去的一個上司，以前我寫「人與人之間」一文提到過他。他這人為人忠厚，飽經世故，博覽羣書，但是從來沒有忘記他是我的上司。他在和朋友談笑中，看見我走進他的辦公室，立刻臉上的笑容就斂了，很死板地問我「有甚麼事嗎？」等我把公事說完，走了出去，笑聲又從我背後爆發出來，使我覺得我和他好像是兩種不同的動物，或者我是從另一個星球上來的。不過彭是一個能幹的主管員，言出令行，誰也不敢不聽他的話，他雖然嚴厲，可並不刻薄，從不虧待旁人。他的地位迫使他和我們保持一個距離，不由得他盡乎人情。每到了他和我們見面的時候，他就得帶上一個面具，把他的真我藏起來。我們本來可以互相傾訴自己的情懷，交換一些感想，分享一個故事的趣味，或者使對

方的精神生活豐富一些。但不行，他是我的上司。

我也做過別人的上司，我拿我的助手當朋友，平時有說有笑，結果誰也不怕我。我不但發不出命令，連我的請求都會遭到有些人的完全不理。我明知我的上司是對的，可是我不願意學他，也學不會。我並不是沒有面具，但我的面具拿在手上，總戴不上臉。我知道我永遠不能做（也永遠不願做）別人的上司──我只想做我自己的上司。一個「不能令」的人手上有了權，不但不幸福，反而要受痛苦，雖然有雄心的人覺得，大丈夫不可一日無權。有時為了環境所迫，做起別人的上司來，我只有希望我的同事了解我一些；我珍視他們的友誼，同時也依賴他們的勞務。

僚屬的關係還在其次，最普遍而不幸的是貧富的關係有了懸殊。本來人的貧富並不足為友情的障礙；成為障礙的是貧富的遷移。我有很多家道康裕的朋友，我們從不曾想起彼此的處境這一個問題。李是個富家子弟，但是他勤學，毫無紈袴習氣，我們有共同的興趣，就成了密友。但許過去是和我一樣靠薪水度日的人，不知怎麼一來，他發遠了，他的財富使我非常難堪。這真是一件荒謬的事情，完全不該怪他，只怪我的偏狹。難道別人可以富有，許偏偏不可以麼？我說不出理由，我只曉得我再不想上他家的門了。我每見了他，他總要想法使我得些好處，這真是難能可貴的感情，但他用汽車接我送我，却使我極不舒服，我特別害怕他的司機。他見我好久不去，總想方法找我，見了面要怪我，「思果，我忙得很，但是歡迎你來談心。」當我們談些舊事，談得高興的時候，忽然他的新朋友來了。立刻他們暢談起來，一個說昨天輸了萬把塊錢，錢倒是小事，牌打得不痛快。一個說過兩天要到日本去換換空氣。過一會他們咬咬耳朵像是單單就怕我聽了他們的話似地，使我立在一旁，

進退兩難。這樣，我發現那使許成為富翁的百萬銀元，可把他和我分開了，我們再不便重做好朋友了。

相反地，我之失去了喬這樣一個最有吸引力，最愛好文學的朋友，却完全是他的窮造成的。他失業了多年，受盡了生活的煎迫，我們見了面已經沒有談笑的快樂了。不知怎麼的，他又染上了吸鴉片的習慣。每次見面，他總是又黑了一些，又瘦了一些，又老了一些。大家到了一塊兒再聽不到他談甚麼李白、杜甫，或是新發現了誰會寫舊體詩，也聽不到他問起我近來讀了些甚麼書籍，寫了些甚麼文章。他唯一關心的是我每一次能給他多少錢，即使是三五塊也好。我在他眼裏，已經從一個「很有希望的文學青年」變成了一個救急的錢囊；而我呢，看見他就得考慮怎麼樣才能在我的孩子不失學的條件之下，使他的孩子有一口粥喝喝。看到他瘦得那樣難看，我想請他飽吃一頓，也不容易。他急切需要的是現款，他寧可省下吃飯的錢來去抽一口大烟。我有時真深深地痛恨他了。不光是恨他，我也恨自己，因為我對他的需索已經厭倦，我變得刻薄起來。他那裏我再不去了。我幾次叫他戒烟，他總使我失望，使我無理地遷怒於他的家人。我甚至對他的孩子的同情心也大為減退。我希望他們走遠些，或者我離開香港。我完全不記得朋友是要共患難的。但我的善良的心腸，也有甦醒的時候，然後我才覺得我的忍耐在受着很嚴厲的考驗。

再說興趣，這又是大大的一重阻隔。我生長在舊式的內地縣城裏，從小過的是樸素的生活，後來又忙着工作，還要自修讀點書。所以到現在不會打麻將，不會跳舞、不會打橋牌、不會開汽車、不會游泳。當然我又不會打網球。有許多朋友我渴想結交，都因為我不會這些玩意，只得放棄。戴竭力鼓勵我學橋牌，我也買過克伯臣

的許多本名著，讀來津津有味。可是我沒有時間打，所以到現在不會打。我始終沒有一副本錢去學打麻將，當然也沒有時間去打。看來今生也休想會學會這樣玩意了。我非常喜歡運動和音樂，我想我一定會喜歡跳舞的，但我始終沒有空閒去跳。偶然適逢其會，遇有女子要我和她跳舞的時候，我的慌張和新兵上陣的慌張是差不了多少的。至於游泳，我雖然在海邊玩過六七年，也只能在海邊划幾下，倘若遠一些，就要沉下去了。不幸我有時要和生長在新社會的大都市裏的人來往，使我受不少無妄之災，多次孑然向隅。我和吳、周、盧這班朋友並非彼此個性格格不入，而是我們很難玩在一起。

在這些事情上，黃是我的伴兒。哥倆空下來唱兩句京戲，打幾十分鐘籃球。他又能拉一手好胡琴，真是喜歡唱的恩人。中國人論婚姻，總要講究「門當戶對」，就是顧到隔與不隔的問題。又說「寧娶大家奴，不娶小家女」，因為像襲人、紫鵑那樣的女子，雖然是「底下人」，很能夠跟爺們玩在一起的。這本來是題外的話，但也可以看出，朋友也是以類聚的。

在我所失去的朋友裏，嚴是很可惜的一個。我們相處很多年，一直很友善，似乎沒有甚麼隔閡。但後來我奉了天主教，他奉了基督教，不同的宗教，就把我們拆開了。我說這話，不得不聲明，並不是我會拿異教徒當仇人。到現在我有很多異教的朋友，大家親密地來往。不過嚴不是這種人。他太熱心，太愛朋友，所以他關心我的靈魂的是否得救，遠超過我關心左鄰木匠的兒子是否肯領洗歸宗。他每次見我總要帶許多新教的書來，並告訴我他無時不求上帝指示我的道路。「真不懂你怎麼會相信天主教的，完全注重形式，不注重精神！」我天生不是一個會傳教的人，我對他的許多指摘，心裏不服，嘴裏卻說不出。到後來他看見我固執不從，又找了他的

道長來向我宣講，我忍受不了，對他們只好避而不見了。按照天主教徒的本分，我應該把他帶回正道，但像我這樣有些畏羞的人，哪有這種勇氣向他做這種事呢？我只有求天主的萬能來指示他了。

在種種障礙中，我隨時覺得着男女性別的壁壘。有人以為只要心地光明，男女一樣可以來往，做親密的朋友。這話誠然非常中聽，就像說，只要有愛情，王子一樣可以娶乞丐做妻子一樣。不過事實上，一個美麗的少婦和一個英俊的少年，倘不是由於戀愛而時常在一起研究學問，討論問題，此唱彼和，一同到郊外寫生，到夜總會跳舞，連幾歲的小孩子看見了也會覺得奇怪的。除非年齡上已經有了很大的距離，貧富又很懸殊，或者兼有某種親密的血親，男女交友的可能性總是很少的。否則和我往來的人當中怎麼幾乎沒有女子的呢？最糟的是「看上去真是天生的一對」，這種男女會見了彼此自然會有忌諱，往往要躲避開了。人的心理微妙複雜，怎麼知道在甲女崇拜乙男的藝術天才中，不含有對異性的歡喜？怎麼能夠預先料到相同的興趣，不會在日後引起和藝術完全無關的情愛？無論如何，我痛苦在過去二十年中我錯過的幾個女子；為了禮儀的關係，我不得不把她們的姓名隱藏。這幾個人，有的機智，有的詼諧，有的博學，有的生命力洋溢，最不幸的是，有的同時是絕美的人。我不得不把她們從我的朋友的名單中一一加上黑的方框，使我的世界上少去許多異奇的光彩——僅僅乎因為她們是女子。也許等大家都老了，性別消失，我們又可以親近了。但那時也許天各一方，或者人琴俱亡，或者又生了別的阻隔，誰知道呢？

悼念失去了的朋友，實在是受熱情之累。有人心如鐵石，對人無愛無憎，無痛地過了一生，倒着實叫人羨慕，但這種人要學他却也不容易，且不說他的一生看不見陽光。

枉拋心力作詞人

陳蝶衣

使命感敦促着我

回溯到四十多年以前，我的投入歌詞寫作這一行列，曾有一種無形的「使命感」敦促着我，倒並非只是「文字遊戲」那樣簡單。

首先要提及較為遠期的一項因素：國父孫中山先生，生前寫過「博愛」二字，我在童年時期的腦海裏，就留下了深刻的印象。及至「博愛」編成了故事，拍成了電影，又有一首〈博愛歌〉作為主題曲，我聽了也深受感動。

這時候，對於歌曲的教育性與影響力，已有了初步的認識。

到了八年抗日戰爭的後期，我在上海看到了一部周璇主演的電影《鸞鳳和鳴》，也有一首主題歌，歌名〈不變的心〉，起句是：「你是我的靈魂，你是我的生命。」接着是配合片名「我們像鴛鴦般相親，鸞鳳般和鳴」。

乍看來似乎只是鴛鴦蝴蝶派的措辭，通過了管絃的伴奏也不過是所謂「靡靡之音」而已！

其實如上的措辭乃是衍文，旨在掩護。真正重要的涵義是如下的數句：

> 經過了分離　經過了分離　我們更堅定
> 你就是遠得像星　你就是小得像螢
> 我總能得到一點光明　只要有你的蹤影

一切都能改變　變不了是我的心
一切都能改變　變不了是我的情

在重複了如上的堅定意願，作出「信誓旦旦」的表示之後，方始再用「你是我的靈魂，你是我的生命」二語作結。

出於前輩歌詞作家李雋青先生之手的如上之措詞，可就不是情歌那樣簡單了！它立即使我體會到，「遠得像星」及「小得像螢」的形容詞，是一種借喻設譬的寫法，所影射的乃是遭受到砲火威脅，因而蹙地千里萬里，不得不搬遷到重慶的、我們的國民政府。

歌詞鄭重地暗示，只要有政府的存在，淪陷區的人民就能得到「光明」的照射，也就是不至於永遠沉淪在黑暗中。

蘊蓄着愛國情操

當時的上海，已成為日本侵略軍四面包圍的孤島。僥倖的是，尚有英、法兩個租界的存在，因此孤島上的人民，還能夠獲得一些喘息的空間，享受一些局限性的自由。

我也可以從容不迫的肩負起《萬象》月刊的主編任務，為孤島上的人民發散一些「精神食糧」。同時也得以看到張善琨先生主持之下的「新華影業公司」製作的《鸞鳳和鳴》之公映，並聽到了借題發揮的〈不變的心〉，由女主角周璇以堅強的語氣、柔和的歌喉之演唱。

必須坦白地說，當時的我，深受「信誓旦旦」的歌唱所感動，而忍不住要「潸然淚下」。

我相信，孤島上的人民在戲院裏聽到了〈不變的心〉之演唱，必然也能夠體會到「響外別傳」的訊息，而對搬遷到了大後方的「國

民政府」，滋生了一種強烈的「嚮往」心情。

我，繼此之後一次又一次的聽，聽姚莉在「仙樂舞廳」的歌台上唱，聽梁萍在「國際飯店」的「孔雀廳」唱，一聲又一聲的唱出：

> 一切都能改變　變不了是我的心
> 一切都能改變　變不了是我的情

我，每聽一次，便掉一次眼淚。我，當時還是青年人，還有的是青年人應有的熱血、熱忱。

除了私衷的共鳴之外又發覺到，此種具有極深極深的「愛國情操」之歌曲，實在有「發揚光大」的必要。

我認為，這也是文化工作之一。文化人「責無旁貸」，應該肩負起來的工作。

於是，投入這一行列的潛意識，從此時此際起，也就在我的心坎裏開始萌芽。

堅定了我的信念的一項想法是：情歌，可以利用形式，作為掩護。在苦難的時代，形格勢禁的環境裏，也可以發揮「愛國情操」，成為一首又一首具有「敵愾同仇、團結禦侮」的戰歌。

「推崇的是愛，追求的是美。」便是我開始撰寫歌詞而擬就的兩句標語，用以代表我的潛在信念。[1]

1　「推崇的是愛，追求的是美」是陳蝶衣先生創作歌詞的潛在信念，並由此積極砌築「通國皆歌、通國皆舞」的桃源世界。

開始了借題發揮

從理想，到實踐，給予我機會的仍是「新華」後期的「華影」，將要開拍的一部歌舞片，仍是周璇主演，仍是方沛霖執導，原定的片名是《傾國傾城》。

電影小生顧也魯新婚燕爾，我曾參加過他的喜宴，他在婚後亦常來「萬象」編輯室小坐、聊天。有一日，我提及了〈不變的心〉，指出這是一首具有「愛國情操」的歌曲。

顧也魯聽出我也有承擔寫作責任的語氣，很快就找到了方沛霖，轉達了我的意向。方導演很快就來到《萬象》編輯室，示我以《傾國傾城》的劇本，徵求我的同意：能否撰寫全部歌詞？

一言既出，駟馬難追，只好允諾，坦言嘗試。

但是，片名可不行呀！「現在是抗戰時期，不能國亦傾、城亦傾呀！」

我對方導演提出了如上的意見，他立即憬悟，作出的反應便是：左思〈魏都賦〉所說的「瞠然相顧」。

方導演立即道出了連串的「對！對！對！」作出了「我再想過」的決定。

握手訂交，就在此刻，同時也註定了我的投入撰寫歌詞行列之命運。

次日，方導演就迫不及待，重臨「萬象」編輯室，帶來了新的片名，叫做《鳳凰于飛》。

我說：「對了！這是最好的歌舞片名，我也可以借題發揮了！」

實際上是：我已以一個晚上，最快的速度，看完了等待開鏡的劇本，胸中早有了成竹。

方導演再一次與我握手，道別而去之後，我便要為「拜託」而自我策勵。

首先是配合劇中的兩場連續性歌舞，寫出了《鳳凰于飛》主題曲之一、之二，然後是〈前程萬里〉，然後是〈笑的讚美〉與〈霓裳隊〉，最後則以象徵團圓的〈合家歡〉作為總結。

演繹出博愛精神

隨着抗戰時期出現的妻離子散、家破人亡的悲慘局面，我便反其道而行之，在兵凶戰危的陰影之下，借着主題歌之一、之二，寫出了戰區民眾的渴望。

〈鳳凰于飛〉之一的起句是：

在家的時候愛雙棲　　出外的時候愛雙攜

之二的中心思想是：

分離不如雙棲的好　　珍重這花月良宵
分離不如雙攜的好　　珍惜這青春年少

利用這些字句，逗引戰火中的顛沛流離之聯想。

〈前程萬里〉是一而再、再而三的呼籲：

我們要振作起精神　　奔向那萬里前程
用以鼓勵孤島上的男女青年奔向大後方，參加「共赴國難」的行列。

〈笑的讚美〉首先強調：

笑是愉快的前奏　笑是甜密的信使

它　帶來了無限的興奮

它　帶走了無限的憂慮

然後歸結到：

唯有熱情的笑　能創造人類的幸福

唯有縱聲的笑　能治療精神的痛苦

另一首〈霓裳隊〉，重點在於：

用我們的歌喉　播送快樂的種子

用我們的舞袖　驅走愁悶的元素

也具有〈笑的讚美〉同樣的、一貫的「反侵略」涵義。

後來，〈笑的讚美〉歌詞曾被輯入商務印書館出版的《情緒心理學》一書，也有謬承讚美的介紹。

〈合家歡〉的第一節是：

走遍了萬水千山　嘗盡了苦辣甜酸

如今又回到了舊時的庭院　聽到了燕語呢喃

孩子你靠近母親的懷抱　母親的懷抱溫暖

第二節是：

經過了雨雪風霜　歷盡了艱辛困難

如今又回到了舊時的庭院　聽到了母親的呼喚

孩子你靠近母親的懷抱　母親的懷抱溫暖

最後的結句是：

> 從此後我們合家團圓　莫再要離別分散
> 從此後我們合家喜歡　莫再要離別分散

以上的歌詞隱喻的是：我們的政府已經「還都」，情況有如慈母的歸來，讓我們重新投入溫暖的懷抱，不再是「孤島」上的「孤兒」了！

凡此種種，都是用情歌作為掩護，寫出國父昭示的「博愛」精神，作為「愛國情操」的適當發揮。

謊桃源徒存幻想

預期的最後勝利，終於到來。熱切的還都願望，終於實現。

不只是譬喻慈母的政府已回到了舊時庭院，淪陷區的孤兒已靠近溫暖的懷抱，此外的電影事業也有了新的開始。

在上海，從頭做起的是收拾殘餘而建立的「中電」二廠。

二廠仍要開拍歌舞片，用以彌補、治療戰火遺留下來的創痕、創傷，導演仍是找到了人稱「阿方哥」的方沛霖。

阿方哥再次枉駕，委託我編寫新歌舞片劇本，我以無此經驗而力辭，並介紹陶秦執筆。

女主角則由於周璇已應邀去了香港，遂亦經由我的居間，擢用當時的女高音歌星歐陽飛鶯出任。

陶秦為此而編寫的劇本，也就取名為《鶯飛人間》。而我則利用機會，寫出了主題歌〈香格里拉〉。

從〈香格里拉〉開始，我肩起的任務是庾信的如下兩句詩：「由來千種意，並是桃花源。」

〈香格里拉〉描寫的世外桃源景色，已是知者盡知，不必縷述的了！

繼此之後，我也來到了香港，肇始了從未試過的編劇工作，除了〈香格里拉〉由歌曲衍化成為劇本，搬上了銀幕，由韓菁清主演之外，更有一系列由「小野貓」鍾情主演的《桃花江》、《風雨桃花村》、《多情的野貓》等等，無一不是以山村為背景，目的只有一個，寄託我的「謊桃源」思想。

「謊桃源」語出湯顯祖的「牡丹亭」傳奇，有如下之句曰：「把護春台，都猜做謊桃源。」

「瞑者目無由接，無由接而曰見，謊。」則又是語出《呂氏春秋‧先識篇》。我在稿箋上、銀幕上致力營造的桃花源，在現實世界中，還是不知坐落何處？理想中的「通國皆歌、通國皆舞」，類此的昇平景象，大概仍只能見之於舞台上的「幻象」演出了。

——出自 1993 年《香港筆會》創刊號

遼金詩概述

陳荊鴻

詩至唐宋而極盛，唐詩宋詩的總集、別集多至千數百種，真是數不勝數。但有宋一代，雖享國三百餘年（960-1276），而偏安之局卻佔了時間的大部份，其始是遼的內侵，繼而遼被滅於金，而金的內侵，則比較遼的版圖更廣。遼金兩代，雖然在中國歷史上不列為正朝，但那時南北對峙的局面，事實上是佔有悠久的時間。北朝一樣開國稱孤，他們的文化政制儼然仿效中國。況且淪陷區的民眾仍舊是宋朝遺留的人民，在那裏，當然也有他們的歷史文物。不過，卻被後世遺忘了，因此他們流傳下來的作品，也就比較稀少了。

現在我要講的是詩的一方面，遼金兩代的詩，在宋詩中，是選不到它的。從來人們只有談唐詩、宋詩。遼和金，雖然介乎宋的年代裏，但它卻不是宋，而是割據一方的所謂異族的治下，不能列於正統，因此，遼金的詩人便無聲無息地不為後人所稱道，有之，只元好問一人而已。我以為詩不但可以興、觀、羣、怨，更可以反映一個時代的風俗、文化。我們研究宋詩，同時便不應該忽略了遼詩和金詩，他們有他們的背景，他們有他們的地位，歷史俱在，總是不能磨滅的。

關於遼金兩代的事蹟，後世了解的都不多，元脫脫撰遼金二史，亦頗疏略，裏面沒有經籍和藝文志的記載。遼起朔方，文獻本少，它的政制是規定國人著作不得傳於鄰境的，難怪修史者也感到材料艱澀，考證困難。比較可資稽覽的，還是遼代王鼎所著的焚椒錄一卷，金代元好問所著的中州集中卷，尚足以窺見當時各家著述

的片鱗一爪。至於後人所補輯的，有清厲鶚的遼史拾遺、清繆荃孫的遼藝文志、清孫德謙的金史藝文略，清龔顯曾的金藝文志補錄等。我們從那些書志上，也可以約略了解到遼金兩代，在文化上也有其建樹的。不過這一時期，南北民族之間戰事頻仍，人們在不安定的社會中過活，經濟和文化的發展當然受着很大的影響了。

遼自阿保機建國，歷九主，二百又六年。金自阿骨打建國，也歷九主，一百二十年。兩代享國的時間大致相同，但就文化來說，遼卻遠不及金，單說詩一方面，家數多寡已無可比較。此中因素可有如下不同之點：遼國世尚武勇，歷代君主性耽畋獵，文事似不比武功為重，而且遠據朔方，風氣也大異於中土。全國貴族不出耶律氏和蕭氏兩姓，中原文化，除少數人士特感興趣，樂為研究外，其他便是關內歸附的部份人物，所以名家寥寥可數。或以為遼國當時嚴禁文字出境，各家作品流傳未廣，也不無關係，但我們從現在所見的遼詩中，稍有可觀的正是微乎其微，因為作品未臻佳妙，就算出境，怕也未必流傳的。至於金的一代，一切環境便大有差別了；完顏氏入主中夏而後，都燕都汴，奄有山左、山右、河南、河北整個區域，金的民眾大部份亦即中土的民眾，習尚文化不異昔時，故家耆舊猶有存者。況復開科取士，人材輩出，史稱明昌泰和間，文物嗜好酷以宣和，所以許多卓越的作家，都在那時脫穎而出，大可以和南宋諸詩人分庭抗禮。

遼金兩代，雖然同是偏安朝廷，同是恃強宋夏，同是異族入主中國，而在文化方面兩相比較，便有懸殊。在遼詩中首屈一指的，倒推懿德皇后蕭觀音，其次是文妃蕭瑟瑟，都是女子手筆。其他如聖宗耶律隆緒、興宗耶律宗真、道宗耶律弘基、東丹王耶律倍，以至於趙延壽、李澣、劉三嘏、馬堯俊、趙良嗣、耶律乙辛、李顯、

郎思孝等，都可說性情吟詠，但以言造術，則卑卑不足道了。還有見於「玉石觀音像唱和詩碑」的，凡二十餘人：鄭若愚、韓資望、趙庭睦、梁援、趙長敬、史仲愛、劉璟、曲正夫、于復先、王仲摹、張識、孟初、李師範、張橋、韓汝礪、釋智化、釋性連、釋性鑒等，據承德府志所載，已說「詩不甚工」了。

　　至於金詩，光皇璀璨，各具所長。廢帝完顏亮之「立馬吳山第一峯」，早已傳誦人口。世宗完顏雍、顯宗完顏允恭、章宗完顏景、密國公完顏璹等，皆能揚芬摘藻，斐然成章。至於元好問，更以一代大家的重望，雄視千古，父子兄弟並稱能手。吳激、蔡松年有吳蔡體之稱。黨懷英、趙渢也有黨趙之稱。他如虞仲文、宇文虛中、施宜生、趙秉文、楊廷秀、王庭筠、王若虛、李俊民、高士談等也均各樹一幟，饒有法度。而劉著、韓璘、張斛、蔡珪、馬定國、劉曉、劉汲、王寂、李晏、史旭、劉迎、周昂、劉昂、酈權、蕭貢、師拓、趙元、田錫、秦略、雷琯、麻九疇、王元粹、劉昂霄、田紫芝、李夷、李汾、邢安國、辛愿、杜仁傑、張澄、趙滋、王渥、段克己、段成己、耶律履、許安仁、楊雲翼、白賁、馬舜卿、申萬全、王礎諸人的作品，多半由中州集介紹出來，大都清新可喜。

　　從遼金兩代的詩看來，我們不獨可以稍為了解當時的文化風俗，還可以從許多詩裏，略知當日的史跡，有些詩雖不佳，但可以作詩史讀，所以仍有它的存在性。現在，先列舉一些遼詩如下：

　　耶律隆緒　遼聖宗，小字文殊奴，景宗長子，在位 49 年（983-1031），遼史稱他：「幼喜書翰，十歲能詩，既長，喜音律，好繪畫。」契丹國志也說他：「以契丹大家所譯白居易諷諫集，詔諸臣讀之。」

國璽詩

一時製美寶，千載助興王。

中原既失鹿，此寶歸北方。

子孫皆慎守，世業當永昌。

考遼史儀衛志稱：「會同九年，太宗伐晉，末帝表上傳國寶一，金印三，天子符瑞於是歸遼。」又聖宗本紀稱：「太平元年秋，遣骨里取石晉所上玉璽於中京。」據宋孔仲平珩璜新論載：「仁宗朝，有使虜者，見虜主傳國璽詩。」就是指這一首詩，是石晉稱兒於遼的故事。

耶律宗真　遼興宗，字夷不堇，小字只骨，聖宗長子，在位25年（1031-1055）。遼史稱他：「好儒術，通音律，熙五年四月，曲水泛觴賦詩。九月，獵黃花山，獲得三十熊，因以命題，詩試進士於廷。」

司空大師不肯賦詩以詩挑之

為避綺吟不肯吟，既吟何必昧真心，吾師如此過形外，弟子爭能識淺深。

考遼東行部志：「師姓郎，名思孝，早年舉進士第，更歷郡縣。一日厭棄塵俗，祝髮披緇，居覺花島海雲寺。興宗時，尊崇佛教，自國主以下，親王貴主皆師事之，錫號曰司空輔國大師。」在海山集中，載有和主詩二首：「為愧荒疏不敢吟，不吟恐忤帝王心，本吟出世不吟意，以此來批見過深。」「天子天才已善吟，那堪二相更同心，直饒萬國猶難敵，一智寧當三智深。」看那雄主高僧互相唱和，詩都不很高明，但以遼人研習中土文化，有這末修養工夫，已算是

難得的了。

耶律弘基　遼道宗，字涅鄰，小字查利，興宗長子，在位 46 年（1055-1101）。遼史稱他於「清寧三年八月，以君臣同志華夷同風詩進皇太后。」

題李儼黃菊賦

昨日得卿黃菊賦，碎剪金英填作句。

袖中猶覺有餘香，冷落西風吹不去。

考李儼，字若思，析津人，仕遼，賜姓耶律，遼史作耶律儼。宋陸游老學庵筆記載：「遼相李儼作黃菊賦，獻其主耶律弘基，弘基作詩題其後以賜之。」就是指上面那一首，在遼國幾個君王的詩中，以他的吐屬最好。

蕭觀音　遼道宗后，樞密使蕭惠之女，清寧初，立為懿德皇后。遼史稱她：「姿容冠絕，工詩，善談論，尤善琵琶。」

伏虎林應制

威風萬里壓南邦，東去龍翻鴨綠江。

靈怪大千俱破膽，那教猛虎不投降。

據遼王鼎焚椒錄載：「清寧二年八月，上獵秋山，后率妃嬪從行在所，至伏虎林，命后賦詩，后應聲而就，上大喜，出示羣臣曰：『皇后可謂女中才子也。』」我們現在統觀所傳遼詩，也認為她的作品確是庸中佼佼的。

君臣同志華夷同風應制

虞廷開盛軌，王會合奇琛。到處承天意，皆同捧日心。

文章通蠡谷，聲教薄雞林，大宇看交泰，應知無古今。

看她那堂皇冠冕之作，出自朔方女兒家之手，花蕊夫人不能專美了。

懷古
宮中只數趙家妝，敗雨殘雲誤漢王。
惟有知情一片月，曾窺飛燕入昭陽。

絕命詞
嗟薄祜兮多幸，羌作儷兮皇家，承昊穹兮下覆，近日月兮分華。
託後鈞兮凝位，忽前星兮啓耀，雖羸累兮黃耇，庶無罪兮宗廟。
欲貫魚兮上進，乘陽德兮天飛，豈禍生兮無朕，蒙穢惡兮宮闈。
將剖心兮自陳，冀迴照兮白日，寧庶女兮多慚，遇飛霜兮一擊。
顧子女兮哀頓，對左右兮摧傷，共西曜兮將墜，忽吾去兮椒房。
呼天地兮慘悴，恨今古兮安極！知吾生兮必死，又焉愛兮旦夕。

據焚椒錄載：「蕭后自製回心院曲十章，命伶官趙惟一演奏，宮婢單登亦善箏及琵琶，每與惟一爭能，怨后不知己。后乃召登與惟一對彈四旦二十八調，皆不及。登既慚，益蕭后。登妹清子嫁為教坊朱頂鶴妻，為樞密使耶律乙辛所昵。乙辛與后家不睦，因偽作十香詞，使蕭后書寫，后並書懷古詩一首於紙尾。乙辛遂持此誣后與趙惟一私，上因使參知政事張孝傑與乙辛窮治其事，械擊惟一，酷刑誣廢。獄成，上猶未決，指懷古一詩曰：「此是皇后罵飛燕也，如何更作十香詞？」孝傑曰：「此正皇后懷趙惟一耳。」上曰：「何以見之？」孝傑曰：「宮中只數趙家妝，惟有知情一片月，是二句中已

含趙惟一三字也。」上意遂決，族誅惟一，賜后自盡。后乞更面可汗一言而死，不許，乃望帝所而拜，作絕命詞，閉宮以鍊自經，年三十有六。聞者莫不冤之。」

蕭瑟瑟 渤海人，幼入宮，天祚（耶律延禧）即位，冊為文妃。契丹國志稱她：「聰慧閒雅，詳重寡言，自少工文墨，善歌詩，時作歌諷諫，不避權貴。」

諷諫歌

勿嗟塞上兮暗紅塵，勿傷多難兮畏邊人。不如塞卻奸邪之路兮選取賢臣，直須臥薪嘗膽兮激壯士之捐身，便可以朝清漠北兮夕枕燕雲。

詠史

丞相來朝劍佩鳴，千官側目寂無聲。養成外患嗟何及？禍盡忠良罰不明。親戚並居藩翰位，私門潛蓄爪牙兵。可憐往代秦天子，猶向宮中望太平！

遼史載：「女真亂作，日見侵迫，帝敗游不恤，忠臣多被疏斥，妃作諷諫歌，又作詠史詩，天祚見而銜之。播遷以來，郡縣所失幾半。諸皇子中以妃子晉王敖盧斡最賢，素有人望，元后兄弟蕭奉先保先深忌之，誣南軍都統余覩謀立晉王，以妃與聞，賜死。」又據宋趙德麟侯鯖錄載：「契丹天祚文妃，喜文墨，嘗作詠史詩以諷上，被誅，後其子晉王亦受誅，母子俱賢也。」觀上兩作，遼人而有這麼吐屬，誠覺難能可貴，況直聲卓見超過時流，正可和蕭后後先輝映，在遼詩中，配得上稱能手的，已佔盡了。

耶律倍 字圖欲，遼太祖阿保機長子，從征渤海，破之，改其

國曰東丹，封倍為東丹王。

海上詩

小山壓大山，大山全無力。

羞見故鄉人，從此投外國。

據遼史載：「太祖崩，述律后欲立中子德光，信乃讓位其弟。德光即位，對信疑忌，以東平為南京，徙倍居之，並置侍衞陰伺動靜，倍乃泛海奔唐（後唐），臨行，立木海岸，刻此詩。唐明宗賜姓李，名贊華，後見害於李從珂。」又明詩一葵堯堂外紀稱：「東丹王泛海奔唐，載書數千卷，習舉子，每通名刺，云鄉貢進士黃居難，字樂地，以擬白居易字樂天也。」

趙延壽 本姓劉，恒山人，父邟，為蓚令。梁開平初，滄州節度使劉文守陷蓚，其裨將趙德鈞獲延壽，養以為子，遂改姓趙，後降遼。遼史稱：「延壽美姿容，好書史，唐明宗妻以公主，拜駙馬都尉。後來歸，太宗以為幽州節度使，封燕王。嘗許以滅晉後以中國帝延壽，故摧堅破敵，延壽常以身先焉。」

閼題

黃沙風卷半空拋，雲重陰山雪滿郊。

探水人回移帳就，射鵰箭落著弓抄。

鳥逢霜果飢還啄，馬渡冰河渴自跑。

占得高原肥草地，夜深生火折林梢。

據宋李昉太平廣記載：「趙延壽，將家子，幼習武略，即戎之暇，復以篇什為意，常在虜廷賦詩，南人往往傳之。」

劉三嘏 河間人，仕遼，嘗充賀宋生辰及元旦副使，遼史稱：

「劉慎行累遷至北府宰相，子六人，一德，二元，三嘏，四端，五常，六符。嘏，端，符，皆進士，嘏，端俱尚主為駙馬都尉，嘏獻聖宗一矢斃雙鹿賦，上嘉其瞻麗。與公主不諧，奔宋，歸，殺之。」

自陳

雖慚涔勺赴滄溟，仰訴丹衷不名。寅分星辰將降禍，兌方疆宇即交兵。春秋大義惟觀釁，王者雄師但有征。救得燕民歸舊主，免於戎虜自稱兄。

據宋田況儒林公議載：「劉三嘏與遼公主不諧，慶曆（遼穆宗年號）秋，携妾及一子投廣信軍，言虜主西伐元昊，幽薊已虛，我舉必克。所謀凡七事，復為詩以自陳，朝廷以與虜誓約既久，三嘏虜位顯，納之恐生釁，械送還。」

李澣　後唐天成中進士，後降遼，仕至宣政殿學士。通志藝文略稱：「李澣，晋末人，陷契丹，以偽遼應曆年號名集。」

留題和凝舊閣

座主登庸歸鳳閣，門生批詔立鼇頭。

玉堂舊閣多珍玩，可作西齋潤筆不？

據宋釋文瑩玉壺野史載：「李澣登科，在和凝榜下，同為學士。會凝作相，澣為承旨，當批詔。次日，於玉堂舊閣，悉取圖書器玩，留一詩於榻上，人皆笑其疏縱。」

關於趙延壽、劉三嘏、李澣三人，雖均仕遼，但皆中土人士，他們的作品都散見於宋人的筆記中，是因事而傳的，若論詩格，則自郐以下。要找遼代的詩，卻少得可憐，以上所舉，雖是管中窺豹，亦可見其一斑了。

至於金詩，則充實許多，佳作如林，不可與遼詩同日而語，現在列舉一些金詩如下：

完顏亮 金廢帝，字元功，太祖長子宗幹第二子，弒熙宗而篡其位，後伐宋，將渡江，為叛兵所弒。太定二年，降封海陵郡王，後追廢為庶人。

南征至維揚望江左

萬里車書盡會同，江南豈有別疆封？

屯兵百萬西湖上，立馬吳山第一峯。

元劉祁歸潛志載：「海陵庶人南征至維揚，望江左賦詩，其志氣亦不淺。」又據宋岳珂程史載：「金主亮將圖南牧，遣施宜生來賀天申節，隱畫工於中，使圖臨安之城邑，及吳山西湖之勝以歸。既進繪事，大喜，瞯然有垂涎杭、越之想。」又宋羅大經鶴林玉露載：「孫何帥錢塘，柳耆卿作望海潮詞贈之，此詞流播至金，金主亮聞歌，欣然有慕於三秋桂子，十里荷花，遂起投渡江之志。」

完顏雍 金世宗，太祖之孫，金史稱他：「躬節儉，重農桑，家給人足，號小堯舜。」

本曲

　　猗歟我祖，聖矣武元，誕膺明命，功光於天。拯溺救楚，深根固蒂，克開我後，傳福萬世。無何海陵，淫昏多罪，反易天道，荼毒海內。自昔肇基，至於繼體，積累之業，淪胥且墜，望戴所歸，不謀同意，宗廟至重，人心難拒，勉副樂推，肆予嗣緒。二十四年，兢業萬幾，億兆庶姓，懷保安綏。國家閒暇，廓然無事，乃眷上都，興帝之第。屬茲來游，惻然予思，風物減耗，殆非

昔時，於鄉於里，皆非初始。雖非初始，朕自樂此。雖非昔時，朕無異視。瞻戀慨想，祖宗舊宇，屬屬音容，宛然如覿，童嬉孺慕，歷歷其處，壯歲經行，怳然如故。舊年從游，依稀如昨，歡誠契闊，旦暮之若。於嗟闊別今兮，云胡不樂。

據金史載：「大定二十五年四月，帝幸上京，宴宗室於皇武殿。上曰：『今日甚欲成醉，此樂不易得也。昔漢高祖過故鄉，與父老歡飲，擊筑而歌，令諸兒和之。彼起布衣，尚且如是，況我祖宗世有此土，今天下統一。朕巡幸至此，何不樂飲？』於是起舞。上曰：『吾來故鄉數月矣，今回期已近，未嘗有一人歌本曲者，汝曹來前，朕為汝歌。』及歌至慨想祖宗音容如覿之語。悲感不勝，泣數行下。於是諸老人更歌本曲，如私家相會，極歡而罷。」

完顏允恭　金顯宗，世宗第二子，章宗之父。世宗立為皇太子，未即位而崩。

風箏
心與寥寥太古通，手隨輕籟入天風。
山長水闊無尋處，聲在亂雲空碧中。

據金元好問中州集載：「山陽民家有御書此詩。」

完顏景　金章宗，顯宗嫡子。據宋周密癸辛雜識稱：「金章宗之母乃徽宗某公主之女也，故章宗凡嗜好書箚，悉效宣和，字畫尤為逼真。金國之典章文物惟明晶為盛。」

宮中絕句
五雲金碧拱朝霞，樓閣崢嶸帝子家。
三十六宮簾盡捲，東風無處不楊花。

命翰林待制朱瀾侍夜飲

夜飲何所樂？所樂無喧譁。三杯淡醲釀，一曲冷琵琶。

坐久香成穗，夜深燈欲花。陶陶復陶陶，醉鄉豈有涯！

據元劉祁歸潛志載：「章宗天資顯悟，詩詞多有可稱者，其宮中絕句及命翰林待制朱瀾侍夜飲詩，真帝王作也。」

完顏璹　字子瑜，金章宗諸孫，哀宗時封密國公，自號樗軒居士，晚年自刊其詩，號如菴小稿。

思歸

四時唯覺漏聲長，幾度吟殘蠟爐釭。

驚夢故人風動竹，催春羯鼓雨敲窗。

新詩淡似鵝黃酒，歸思濃於鴨綠江。

遙想翠雲亭下水，滿陂青草鷺鶿雙。

據元好問中州集載：「燕都遷而南，密公但以所藏法書名畫自隨。因軍興，官俸減削，又宗室之貧無以為資者，時典衣置酒，終日不聽客去，爐薰茗碗，或橙蜜一杯，有承平時王家故態，使人愛之而不能忘也。」

宇文虛中　字叔通，益州廣都人，宋進士。宋高宗建炎二年(1128)，以資政殿學士充祈請使至金，被留，官以翰林學士，掌辭命，尊為國師。後以謀刼金主，事泄被害。

在金日作

　　遙夜沉沉滿暮霜，有時歸夢到家鄉。傳聞已築西河館，自許能肥北海羊。回首兩朝俱草莽，馳心萬里絕農人生一死渾閒

事，裂眥穿胸不汝忘。

據宋施德操北窗炙輠錄載：「宇文虛中在金作三詩，謂人生一死渾閒事，後仕金為國師，遂得其柄，南北講和，大母獲歸，往往皆其力也。迨欲挾淵聖以歸，前五日為人告變，因急發兵直至金主帳下，金主幾不脫，遂為所擒，審如是，始不愧太學讀書耳。」

高士談　字子文，一字季默。宣和末，任忻州戶曹，後仕金，為翰林直學士，以宇文虛中之禍株連被害，著有蒙城集。

梨花

中原節物正，梨花配寒食，黃昏一雨過，滿地嗟狼籍。

塞垣春已深，花事猶寂寂，朝來三月半，初見一枝白。

爛漫雪有香，瓏鬆玉仍刻，芳心點深紫，嫩葉栽輕碧。

懶慢不出門，隻餅貯春色，殷勤遮老眼，邂逅慰今夕。

一尊對花飲，況有風流客，酒闌思故鄉，相顧空太息！

這詩末二句充分表露抑鬱心情。按宇文虛中被繫，以家多中國圖書，亦為謀反證據之一，虛中曰：「死，吾自分。至於圖書，南來士大夫家家有之，高士談圖籍尤多於我，豈亦反耶？」因此，士談亦被拘，遭殺害。

韓璘　金人，謀歸宋，不果，遇害。

題扇寄弟

雝雝鳴雁落江濱，夢裏年來相見頻。

吟盡楚詞招不得，夕陽愁殺倚樓人。

據宋葉紹翁四朝見聞錄載：「北方之豪韓玉，紹興初，挈家而

南，授江淮都督府計議軍事。其兄璘在北，嘗以扇寄玉。甲申春，璘來歸至亳州，為邏者所獲，所與交者三百餘口，同被害。」

施宜生　本名逵，字必達，浦城人。宋宣和末，為穎州教官。後仕齊，既又北逃，仕金，為翰林學士，遂易今名，字明望，自號三住老人。宋周密癸辛雜誌謂他易名為方人也。

題都亭驛
江梅的爍未全開，老倦無心上將台。
人在江南望江北，斷鴻聲裏送潮來。

據金史載：「海陵命施宜生為賀宋正旦使，宋命張燾館之都亭，因間，以首丘諷之。宜生顧其介不在旁，為瘦語曰：『今日北風勁。』又取几間筆扣之曰：『筆來，筆來。』於是宋始儆。其副使耶律闢離刺使還以間，坐是烹死。」

楊廷秀　字茂才，華州人，大定中進士，官至平涼府同知。致仕後，以被誣舉義伏誅，著有楊晦叟集。

成臯道中
瘦馬成臯道阻長，崢嶸冰雪老年光。
九關欲上虎豹怒，三徑未歸松菊荒。
嵩少雲烟聊駐馬，漢唐宮殿兩亡羊。
鄭南嶺下梅花發，千里相思空斷腸。

據楊晦叟遺集敘錄載：「金自大安貞祐以來，四境交兵，棄燕竄汴，忠義之士誠有不容坐視者。讀其成臯道中詩，挾悲憤之氣，惜乎竟遭誣陷，與李公直駢首族滅。」

吳激　字彥高，宋宰相栻之子，使金，以知名留之，官翰林待

制，出知深州，著有東山集。

題瀟湘圖

江南春水碧於酒，客子往來船是家。

忽見畫圖疑是夢，而今鞍馬老風沙。

這詩後二句有不盡悵懷家國之感。

蔡松年　字伯堅，真定人，仕金，官至尚書右丞相，晚號蕭
閑老人。

庚申閏月從師還自潁上對新月獨酌　十三首錄一

我家恒山陽，山光碧無賴。月窟陰風篁，十里瀉澎湃。

茲焉有樂地，不去欲誰待。自要塵網中，低眉受機械。

據金史載：「天眷三年，都元帥宗弼領行台事伐宋，蔡松年兼總
軍官六部事。」所謂從師潁上，就是指這一役。元好問中州集稱：
「百年以來，樂府推伯堅與吳彥高，號吳蔡體。」

黨懷英　字世傑，號竹溪，隨宦為奉符人，應金世宗大定十年
試，擢進士甲科，官至翰林學士承旨。

夜發蔡口

落霞墮秋水，浮光照舡明。孤程發晚泊，倦棹搖天星。

藹藹野烟合，翛翛水風生。遠浦浩渺瀰，微波淡彭觥。

畸鳥有時起，幽蟲亦宵征。懷役歎獨邁，感物傷旅情。

夜久月窺席，慷慨心未平。

王庭筠　字子端，熊岳人，金大定十六年進士，官至供奉翰
林，稍遷修撰，自號黃華山主。

書西齋壁

世事雲千變，浮生夢一場，偶然携柱杖，來此據胡牀。

有雨夜更靜，無風花自香。出門多道路，何處覓亡羊？

趙渢 字文孺，號黃山，登進士第。明昌末，官禮部郎。

黃山道中

小轂城荒路屈蟠，石根寒碧漲秋灣。千章秀木黃公廟，

一點飛雲白塔山。好景落誰詩句裏，寒驢馱我畫圖間。

膏肓泉石真吾事，莫厭乘興數往還。

據趙秉文滏水集稱：「本朝百有餘年間，以文章見稱者，皇統間宇文公，大定間無可蔡公，明昌間則黨公。於是，趙黃山、王黃華俱以詩翰名世。」

趙秉文 字周臣，滏陽人，大定進士，官至禮部尚書。晚年自號閑閑，著有滏水集。

寄裕之

久雨新晴散痺頑，一軒涼思坐中間。樹頭風瀉無窮水，

天末雲移不定山。宦味漸思生處樂，人生難得老來閒。

紫芝眉宇何時見？誰與嵩山共往還？

王若虛 字從之，藁城人，承安二年經義進士，官至翰林應奉，轉直學士，著有慵夫集、滹南遺老集。

還家 五首錄一

回想夢裏繁華事，幸及當年樂此身，閒立斜陽看兒戲，憐渠虛作太平民。

元好問　字裕之，太原秀容人，金興定五年進士，官至翰林知制誥。金亡不仕，著有遺山集。父德明，兄好古，並有詩名。

箕山

幽林轉陰崖，鳥道人跡絕。許君棲隱地，惟有太古雪。
人間黃屋貴，物外只自潔。尚厭一瓢喧，重負寧所屑。
降衷均義稟，汩利忘智決，得隴又望蜀，有齊安用薛？
干戈幾蠻觸，宇宙日流血。魯連蹈東海，夷齊采薇蕨。
至今陽城山，衡華兩丘垤。古人不可作，百念肝肺熱。
浩歌北風前，悠悠送孤月。

自題中州集後　五首錄一

平世何曾有稗官，亂來史筆亦燒殘。
百年遺稿天留在，抱向空山掩淚看。

據元郝經陵川集稱：「遺山先生當德陵之末，獨以詩鳴，上薄風騷，中規李杜，粹然一出於正，天才清贍，邃婉高古。」他為人傳誦的作品，還有琴台、論詩絕句等，最著名的也不下數十篇，在這裏不及徧舉了。

以上所述不過是遼金兩代詩的概略。而金的一代有許多名家的作品，限於篇幅，還未能一一介紹出來。我們以為金朝的詩人，比宋朝南渡後的詩人，不覺有甚麼遜色之處。至於高視羣儕，自然推元好問居首。野史一亭，毅然以金源文獻自任，表彰百年來文人，大有俯視吳儂之意呢。

狠心的婆娘

黃思騁

漢成老爹那時已經很老邁了，老到須要柱着手杖，扶着墻壁才能行走的程度。

他的生活非常孤苦，沒有兒女，也沒有家產，住在遠房的一位侄媳的家裏。有時候，他在家裏悶不過，便摸索着從那條陰濕的巷子裏走過來，想同別家的人一起聊聊天，或者找幾筒旱煙吸吸。

他每次走路，總是低沉地嘟噥着，彷彿只要自己能够聽得到就够了。

「好狠心吶，好狠心的婆娘……」

他摸到我們大門前的石礅上坐下來，把手杖柱在胸前，喘息着。我看見他的一頭帶黃的白髮，失神的眼睛嵌在滿是縐紋的臉上，沒有牙齒的嘴蠕動着，好像在咀嚼甚麼東西的樣子。

這時，不是我的嬸娘，便是我的大嫂，就會聞聲走到大門口來看看，然後拿着煙桿和煙盒子出來，遞給漢成老爹說：「吸桿煙吧，漢成老爹，你這幾天看來更清健一點了。」

漢成老爹一面伸手接過烟桿，一面回答說：「我在等來春呀，我想把身邊的這塊古玉賣掉，再到城裏去找那個狠心的婆娘去！」

「你現在老了，即使找到她，還有甚麼用呢？」

「我非找到她不行，她現在正在逍遙呢！」

漢成老爹呼着旱烟，又把他的故事照着老樣子叙述一遍——

「你們說，這還成甚麼世界？」他舉着烟桿說：「那一年，我遠路去做生意，搭夜車回到家裏時已經半夜過了。我的肩上背着鈔

票，手上拿着雨傘，用腳踢大門，可是等了半天都沒有人出來開門。當時我心裏想，即使婆娘睡着了，睡在門邊的阿德總應該聽到的吧。」

「後來雨越下越大，我還是站在廊檐下，褲子早就濕了，提着傘子的手也斷了。我簡直懷疑家裏出了命案，或者家裏的人都一齊中了毒。我愈想愈害怕，便靜下來聽聽。這時一陣大雨已經過去，我把耳朵貼在門上聽聽，發覺裏面有悉悉索索的聲音，然後是一個花瓶落到地上。」

「我把心事放寬時，門打開了，出來開門的正是阿德。他的身上披着破睡衣，似乎有點發抖。他不說甚麼話，只叫了聲老爺。我總覺得他這天晚上有點甚麼不對，想舉起雨傘來重重地搋他幾下。」

「『你睡得像隻瘟豬似的，難道我敲了那麼久的門你還聽不見嗎？』我說。」

「『對……對不起，老爺，我醒不過來！』」

「『醒不過來，這還成甚麼話，你明天給我滾吧！』」

「『老爺，我跟了你十幾年了，你讓我到哪裏去呢？』」

「『不管，』我說：『你趕緊收拾起來好了。』」

「我上了樓，把淋濕的衣服脫在樓梯口，就往自己的房裏跑。」

「我開亮了房裏的燈，婆娘醒過來了，問道：『是誰啊？』」

「『是我』，我把裝鈔票的袋子放下了，生氣地說：『阿德現在越來越不成話了。我在外面足足敲了一刻鐘的，他還不曾聽到 —— 我叫他明天趕早走路！』」

「婆娘從被窩裏伸出兩隻手臂來，說：『這也難怪阿德，雨實在下得太大了，他一定聽不見敲門的聲音。』」

「我不理睬她的話，打開衣櫃來換衣服。等到換好以後，就取

起錢袋想下樓去把帳算一算清楚。」

「『你忙甚麼呀，明天算帳不是一樣嗎？』婆娘説。」

「『我一會就來，到明天説不定記不清了。』」

「『唉，老是錢呀錢的，錢把你迷住了嗎？』」

「我跑下樓，剛一坐下，阿德就站在我的跟前了，他把衣服穿得整整齊齊，説道：『老爺，你打門我是聽見的——』」

「『哈！這才奇怪，既然聽見，為甚麼不起來給我開門？』我説。」

「『是太太，她……她……』」

「我一怔，疑心是婆娘勾搭了他，就拍了下枱子説：『你居然這麼大胆！』」

「『不，老爺，是這樣的——』」

「『你快説！』」

「阿德哆嗦着，眼眶裏噙着淚水，一個字也説不出來。我站起身，不知所措地房裏走來走去。」

「『一點不錯，如果你不是在樓上，怎麼會聽不見敲門的聲音？』」

「『不，老爺，你想錯了，』阿德大叫起來，『是太太，她叫我——』」

「我的周身發冷，不知道他要説出甚麼話來。這時候，樓梯響了一陣，阿德把話縮回去，婆娘出現了。她望望我，又望望阿德，説道：「阿德，老爺既然叫你走，你就走好了，我想他是不會虧待你的！」

「阿德低着頭，看也不看我們一眼，只顧擦眼睛。婆娘走到我的身邊，説道：『為這一點小事，何必這樣動氣呢？』」

「『不，等他把話説完了，他非走不可！』」

「『阿德，你有甚麼話，就當着老爺的面説好了。』」

「阿德半天都説不出一句話來，過了一會，他突然嚎哭起來，轉身跑出房去。」

「『哼，』我説：『我當初僱他來的時候，完全是看他老實，那知道他色胆包天！』」

「『你説甚麼？』婆娘叫起來，『你是不是以為我同他 —— 』」

「『怎麼樣？難道不是這麼一回事嗎？』」

「她拍的給我一下耳光，把我打得好久都説不出話來。」

「『你敢這樣糟蹋我！你以為我會偷傭人嗎？』她説着，怒沖沖跑上樓去了。」

「我摸着自己的臉坐下來，帳也不想算了，便順手把鈔票鎖在保險箱裏，關上燈上樓去了。」

「婆娘已經睡在牀上，用被窩包着身子啼哭。我走過去，輕輕坐在牀沿上，安慰她説：『我現在明白了，我冤枉了你，要不然你一定不會打我的耳光的。』」

『我對她説了一大堆好話，然後站起來，無聊得想喝點酒，便走到通向小房間的門邊。婆娘把頭伸出來，説道：『你要甚麼？』」

「『我想喝點酒。』我説。」

「『桌子上不是有一瓶嗎？』」

「『那瓶酒早就走了氣，我不想喝。』」

「『這麼夜深，還喝甚麼酒！』」

「『我在路上着了涼，想喝一點解寒氣。』」

「『來吧，進了被窩不就暖了嗎？』」

「她再要説下去時，我已經推開了小房間的門，就順手向着平時放酒瓶子的那個架子上摸去。啊呀，天哪！你們猜我摸了甚麼？

「我摸到了一把頭髮，毛茸茸的。我打了個寒噤，把手縮回來，一面叫阿德，一面去拿棍棒。」

「婆娘知道事情不妙，掩着臉哭起來。」

「阿德氣呼呼地衝進來，手上拿着菜刀，説道：『老爺，你見到他了嗎？』」

「他走過去開電燈，我去一看，發覺裏面站着一個人，身上披着一條氈毯，赤着腳，站在那裏直打抖。這個人我從來不曾見過，年紀大概二十六七歲，然而長得並不漂亮，有點像理髮師的樣子。」

「阿德揚了下菜刀，説道：『老爺，你叫我拿他怎麼辦？』」

「我把棍子遞給他，説道：『重重地打他幾棍，把他趕出去！』」

「阿德一面打，一面咒罵，直到他抱着頭逃出房間，向着街上竄去為止。」

「這一下，甚麼全明白了。婆娘抽噎着對我説：『既然你已經知道，當然不會再愛我了，我明天離開你就是。』」

「我本來是在發怒的，但經她這麼一説，心就開始軟了。你們知道，我當時已經四十五歲，但她是我的填房老婆，還只有二十八歲。我一向很喜歡她，順從她的意思。所以我説：『這一次我就這樣饒了你，以後你要自愛才好！』」

「自從這一次以後，她明白了我愛她的弱點。每逢我疏於監視她的時候，她就出去荒唐去了，對我的態度也一天壞過一天。有些人不滿她的所作所為，暗地裏寫無頭信給我，打電話給我。然而我還是容忍了她。我只要她肯做我的妻子就行了。」

「到了有一天，她很夜深還不曾回來。我獨自坐在牀上等她，想等她回來以後，好好同她談談，希望她荒唐得能使人看得過去一點。大約兩點鐘光景，她回來了，滿臉通紅，老遠就能聞到酒臭。她的衣領沒有扣上，鞋子的後跟也未拔起，就搖搖幌幌地走到我的

面前，用手提包在我的臉上打了一下，說道:「喂，如果我要同你離婚，你打算給我多少贍養費呀?」

「『甚麼?離婚，這是為的甚麼呀?』」

「『這就是說，我看上別的人了。』」

「『你說的是那天晚上的那個人嗎?』」

「『當然不是他!』」

「我站起身，走到房間的另一頭，對她說道:『我已經閉上一隻眼睛了，你難道不會可憐可憐我嗎?』」

「『愛情豈是可憐能辦得到的，我請你看得明白一點，放我走吧!』」

「我突然之間有了一股勇氣，說道:『你儘管走吧，希望你不要後悔才好!』」

「『給我十萬塊錢，讓我好好地走路。這一點錢我想你是看得開的!』」

「『十萬塊錢?你向我提出離婚也要我給你錢嗎?』」

「『當然，要不然你教我們怎麼生活?』」

「『世界上那有這麼便宜的事?這簡直是敲詐!』」

「『如果你不給，一定會後悔的。』」

「『這真是奇怪，還叫我後悔 —— 我是準定不給了。』」

「老實說，我當時雖然在生意上賺了錢，可是也沒有像她所想的那麼多。我把許多不動產算在一起，也不過二十萬塊錢。她要我十萬塊錢，我除非把產業賣掉。」

「她生了氣，離開我，好幾天都不回家來。到了有一個禮拜天的早上，她來了，不問情由就同我打架，把房間裏的傢具統統打翻在地上。我正要問一問清楚的時候，有一個高大的男人帶着幾個警

察來了，説道：『他就是瘋子，請你們把他帶到瘋人院去吧！』」

「四個警察過來捉住我的手，拚命地朝外拉。我一面暴跳，一面叫道：『我不是瘋子，他們誣害我！』」

「我愈是反抗得厲害，他們也愈抓得緊。就這樣，他們把我裝上有鐵窗的車子，開着走了。到了瘋人院，我想好好地辯白幾句，可是兩個穿白衣服的醫生走過來，手上拿着針筒。我正要説話時，他們已經把我按倒在地上，我叫喊，我暴跳，但那個醫生却抓住了我的手臂，把鎮定劑注射在我的身上，然後揮揮手説：『十八號房間！』」

「我在房間裏昏昏地睡了一覺醒來，看看門關着，房間裏一個看守的人也沒有。在附近的房間裏，瘋子在敲打着牆壁。後來，一個男看護進來了，我就對他説：『我並不是瘋子，是被老婆誣害的人。』他對我笑笑，連連地點頭。」

「『你得給我想想辦法，打個電話到警察局去，叫警長來一趟，我有話對他説。』看護還是笑，還是點頭。」

「到了晚上，院長帶着醫生和看護來了，他們毫不動感情地站在我的面前。我就對院長説：『我不是瘋子，我是被誣害的人哪！你得替我弄弄明白才好！』」

「院長笑着點點頭，看護接着説：『他有一種心理上的恐懼，害怕被自己的太太陷害。我第一次到房裏來時，他對我所説的也是這幾句話。』」

「『當然是這麼一回事，而且事實上我已經被陷害了。』」我説。

「院長轉向看護，説道：『把他的話記錄下來，我們慢慢找他的病源！』」

「我一把抓住院長的衣袖，可是還不曾説話，他們已經把我捉

住，推在牀上，説道：『你在這裏是很安全的，用不着害怕。誰也不能在這裏害你的！』」

「他們走出去時，把門鎖上了。我歎了口氣，苦思着脱身的方法。這一晚，我一點也沒有睡着，我決心把我受害的經過寫出來，可是房裏甚麼也沒有。午夜過後，我拿着一粒鈕子，劃着把一切經過寫在牆上，然後上牀睡覺。」

「第二天，看護發覺牆上寫着許多字，便站在那裏靜靜地讀着。等到醫生進來，看護對他説：『他昨天晚上似乎很清醒。』」

「『那是一定的，那種鎮定劑是最有效的一種。』」

「『不，醫生，我實在是沒有病的人，我應該怎麼樣證明我自己呢？』」

「『即使是現在，他似乎還很清醒。』看護説。」

「『那是因為藥力還沒有完全過去。』醫生説。」

「『不，醫生，』我説：『我本來是清醒的。』」

「醫生把我按在牀上，説：『我相信你的話，再過幾天你就可以出院了。』」

「不久，婆娘來了，身邊跟着那個高大的男人，一起進來的還有院長和主任醫師。我一看見她，心裏只顧冒火，但她却滿不在乎地站在那裏，對院長説道：『他現在好得多了，前幾天看見人就打，還摔壞了許多東西，所説的話誰也聽不懂。』」

「你説謊話，我何嘗打過人，摔過東西，那是你自己幹的！」

「婆娘退到牆邊，指着我對醫生説：『看吧，他又不對了！我的天，他為甚麼會變成這個樣子的！』」

「我忍不住，撲過去抓她的頭髮，四五個人一起圍上來，把婆娘奪回去，砰的一下把門關上了。我打着門，在房間裏狂喊，直到喉

囓嘶啞為止。」

「後來，他們又捉着替我打針，我就反抗，弄得辯白的機會都失去了。」

「到了有一天，主任醫師來了，手上拿着一本簿子，緩緩地坐在我的牀前，問道：『你還能記得你的名字嗎？』」

「怎麼不記得，我叫李漢成。」

「你覺得你的太太待你怎麼樣？」

「這個女人壞到了極點，她在外面偷男人，還要來敲詐我，要同我離婚。」

「『不過，李先生，你的太太是位非常賢淑的女人，他對待你好過一般的太太。請問你是從甚麼時候起，對她發生懷疑的呢？』」

「我把一切經過告訴了他。這時看護也站在傍邊，輕輕地對醫生說道：『他所說的話同他的太太所說的完全一樣，是恐懼心理所產生的誤會。』」

「『完全不是，醫生，她是存心誣害我的。如果你們還要把我當成瘋子關在這裏，我的財產就要被她捲光了。』」

「『那末』，看護說：『這當中還有財產的恐懼，也應該記錄下來！』」

「我愈來愈按捺不住，說道：『你們是些甚麼東西！你們簡直冥頑不靈，像我這樣清醒的人，還能算是瘋子嗎？』」

「他們笑看，站起身來，退出房間。我正要跟出去，他們就把我攔住，把門關上了。我憤怒得踢着門，嚷道：『你們這些瘋子！你們這些劊子手！你們這些強盜！』」

「有一天，一個清潔夫進房來掃地，我就抓着這個機會，對他說幾句話，我說：『喂，朋友，你給我到警察局去一趟，把我的話傳給他們聽，叫他們來帶我出去。還有，到我的家裏去看一看，回來告

訴我。我將來一定重重報答你。』」

「『我早就覺得你不大像個瘋子。』他說：『前幾天我在那裏掃地，醫生在問你的太太，我越聽越不對勁。說你在房裏看見排着的衣帽，把他當成是甚麼男人，就棒打腳踢，一定要把它推出去。我當時心裏就想，這一定是個壞心眼的女人。』」

「『在這個醫院中，你是真真清醒的人，你一定能幫我的忙了。』」

「清潔夫嘆口氣，說：『那些醫生，天天和瘋子在一起，都弄得昏頭昏腦了，哪裏還能分得出誰是瘋子，誰不是瘋子。不過，話說回來，在這個世界上，要清清楚楚分出瘋子和平常人來，的確是很難的！』」

「第二天，清潔夫來看我，說警察局的人已經來過，他們和院長談了一會，就回去了。說到我的家裏，只有阿德還在，天天在四處找我，據說婆娘已經捲好了我的所有走了。」

「阿德來看我時，為時已經太晚了，我們在醫生的監視下談了幾句，他就出去替我奔走去了。他見到了我的幾個朋友，他們大為不平，立刻來與瘋人院交涉，要求把我放出來。院長當時就說：『你們要把他接回去也可以。不過他是個瘋子，應該讓原來的經手人 —— 他的太太 —— 來接回去才合手續。』」

「『院長，照這樣看來，你才是個瘋子！』我的那些朋友說：『他的太太由於你們的協助，早就把他的財產捲着跑了，你還想叫她來見你嗎？』」

「『我們瘋人院收留病人，總是照單收進，照單付出的。你們既然都是他的朋友，就請你們寫好收據，把他領回去吧。』」

「我回到家裏時，保險箱已經打開，銀行存款也已取出，連家裏值錢的衣服都典當完了 —— 婆娘走得從容到了極點。」

「我去警察局報案，然而世界有這麼大，你到那裏去找他們？」

「自從婆娘走了以後，我心裏非常後悔。我不該對她一再容忍，讓她在外面胡作非為：到頭來，看着她把我的財產捲跑。我的生活開始潦倒，做生意不起勁。我的名譽受了損害，再也不想同外界的人接觸，以免傍人拿我當作談話的題材。」

「我的生意漸漸退縮，第一年賣掉一點不動產，第二年又不能維持。這樣過了幾年，我只剩下了光身一個人了……」

漢成老爹說完，大聲地歎息着。然後，他抬起頭來望望天色，自言自語地說：

「春天快要來了，我要去找她去，要不然她才逍遙呢！」

他站起身，猛然地咳一陣，走進巷子，摸索着回去。

唐詩的特徵

黃天石

　　詩的發展至於唐代，可謂躋登到最高峯了。無論從質與量兩方面看，都具有驚人的收穫。

　　從量的方面計算，流傳的詩有四萬八千九百餘首，成名的詩人有二千二百餘人。

　　那些巨量的傳作是經過披沙揀金留存下來的，若非超超元箸，決不會傳存到今天，其中被淘汰的，被湮沒的，更不可勝數。

　　詩人中包括有帝王、后妃、將相、士大夫、和尚、道士、倡妓、廝役、諸色人等。身份不限於某一階層，生活的反映包羅萬象。

　　從質的方面研討，清高宗謂：「詩至唐而眾體悉備，亦諸法畢該。」即是說，從詩經、離騷、魏晉、六朝遞嬗而至唐代，成為一個羣龍奔赴的大結穴。體裁方面，古來所有的無不有，古來所無的另有創製；技巧方面，更巧奪天工，窮究人力，燦然如萬花齊放了。

　　唐代是詩的朝代，唐詩是詩的黃金時代。

　　唐詩的質與量何以會如此驚人？

　　首先應歸功於統治者的倡導。唐代開國之初，即以聲律取士，提倡詩歌。唐太宗帝京篇序云：「余以萬機之暇，遊心藝文。」

　　唐太宗是個愛好文藝的皇帝，閒來自己便潛心吟咏，其詩如：

　　　　……玉匣啓龍圖，金繩披鳳篆。韋編斷仍續，縹帙舒還卷，對此乃淹留，欹案觀墳典。

　　　　……去茲鄭衛聲，雅音方可悅。

他的藝術觀顯然是繼承國風的正統思想，要用詩歌來感化天下。

唐太宗以開國之君，遊心藝文，流風所被，他的王子王孫也都寢饋詞章，文酒歡讌，君臣唱和，朝廷蔚為風氣。中宗九月九日幸臨淮亭登高序云：「陶潛盈把，既浮九醞之歡。畢卓持螯，須盡一生之興。人題四韻，賦同五言，其最後成，罰之引滿。可見君臣們的雅興不淺了」。

當中宗壽誕那天，內殿賜宴，賦柏梁體聯句，酒酣，謂恃臣曰：「今天下無事，朝野多歡，欲與卿等詞人，時賦詩宴樂，可識朕意，不須惜醉。」

唐明皇更是一位風流天子，詩才清悛，其早渡蒲關詩之警句如：

> 鐘鼓嚴更曙，山河野望通，鳴鑾下蒲坂，飛斾入秦中。地險關逾壯，天平鎮尚雄，春深津樹合，月落戍樓空……

降及宣宗，尤愛重文士，對於朝臣有科名出身的，特加青睞；如有遺才落第，則惋惜慨嘆。他自己出身帝王家，以不能應進士試為憾，在宮內自題「鄉貢進士李道龍」，做皇帝忽然發起科名癮來，頗得有趣。

根據上述那些軼聞，在上者既重文輕武，在下者自然靡然風從，有唐三百年的藝文盛極一時，能不歸功於皇室的倡導嗎？

其次，我們試探索自風騷至駢儷的一千餘年來各體蛻變之跡，其間累積着極豐富的文學遺產，都由唐代繼承。唐人光前裕後，把詩歌之學精研到盡善盡美，功不可沒。我們試分三部門來研究：一是音韻、二是詞彙、三是格律。

先說音韻。

詩以聲律為主，首重音韻。提到中國的音韻學，先儒苦心鑽

研，不知流了許多血汗，才有若干階段的成就。最感困惱的，中經秦始皇焚書坑儒的浩劫，古代韻書失傳，但六經之中早有韻文，如詩經的：

> 女曰鷄鳴，士曰昧旦，子興視夜，明星有爛。將翱將翔，弋鳬與雁。弋言加之，與子宜之。宜言飲酒，與子偕老，琴瑟在御，莫不靜好。

數行中便叶三韻，此其一例。又如左傳的虞箴：

> 芒芒禹跡，畫為九洲。經啓九道，民有寢廟，獸有茂草。各有攸處，德用不擾……

詩經的洪範篇：

> 無偏無黨，王遊盪盪。無黨無偏，王道平平。無反無側，王道正直……

「王道平平」這一句，你若不懂古韻，準會讀作「平平」，但在這裏，卻要讀作「便便」，才叶音韻。

秦火之後，讀先秦之書，觀困可戀。漢代孫義，因鑽研爾雅，始創「反語」，釋為音義。「反語」後人改為「反切」。

甚麼是反切呢？略近拉丁文的母音與子音的拼法。前人注音，只能說：「黃讀若王」；「音讀若陰」。可是這種注音不一定準確，反切則脣齒喉顎並用，例如：

福，讀若畐，反切方六。
祿，讀若彔，反切盧各。

現代國語中有個新字「甭」，便是「不用」的反切。又如蘇語之「覅」，也是「勿要」之反切。

有了反切的方法，音韻學進入一個新階段，讀起古書來也容易上口。然而去古日久，各家有各家的説法，聚訟紛紜，爭論不定。直至六朝梁武帝時，沈約著四聲韻譜，音韻之學才奠始基，可惜書又失傳。至隋代陸法言製廣韻，共分二百零六韻，後經唐人孫愐訂正，唐韻才算確定。

經過上述許多變革，音韻之學至唐代而大。唐詩人吐音協律有軌轍可循，吟咏獲得莫大的便利，所作皆音韻鏗鏘，聲律精美，其成就突過前人，絕不是無因而至的。

這是唐人詩特徵之一。

次談詞彙。

唐人承繼風騷辭賦的歷代文學遺產，詞彙的豐富使他們的作品自然華贍典雅，不同凡響。杜詩：

五更鼓角聲悲壯，三峽星河影動搖。

昔人註釋云：「禰衡撾漁陽摻，其聲悲壯。漢武時星辰動搖，東方朔謂民勞之應。」又謂：「不行一萬里，不讀萬卷書，不知杜詩。」即是説，杜甫之詩沒一句沒來歷。其實豈獨杜詩為然，唐人的作品幾乎莫不皆然。我們隨意瀏覽，可舉之例太多，總括一句，便是：「典來尋我，不是我去尋典。」杜工部所謂：「讀書破萬卷，下筆如有神。」這都是文學遺產的賜與，如王謝子弟，裘馬翩翩，自有一種豪華氣象。

要詞彙豐富，固然要運用典故，但必須澤成自然，如天衣無縫，不落痕跡，才是妙手。例如白居易的長恨歌：

上窮碧落下黃泉，兩處茫茫皆不見。

作者是信手拈來，不費氣力。但若加以註釋：「碧落：東方第一天，語出道家。」「黃泉：不及黃泉，無相見也。語出左傳。」那麼一來，是三家村老學究授徒矜博的作風，豈不掃興！

高手用典，在忘其典之為典，所謂物我兩忘。韓昌黎非三代之書不讀，所以他的文章胎息萬古，一字一句，都鎔經鑄史，奔赴腕底，不典典，卻句句說他自家的話。詩人中杜甫而外，如李義山，以善學杜著稱，他的詩珠輝玉秧，氣象萬千，使人不可逼視，字字有出處，而不必一一研究其出處，猶諸大家命婦盈頭珠翠，遍體綺羅，不是和璧隋珠，便是吳被蜀綿，何須你自命識貨，指出它那一件名貴呢？唐人詩都有這種長處，正如出身富厚之家，穿戴出來的皆非凡品。

詞彙富贍是唐人詩特徵之二。

又次論格律。

在討論唐人詩的格律之前，先得解釋：何謂格律？白樂天的所謂格律，分別詩的體裁為「格詩」與「律詩」。格詩是五言古詩；律詩是五七言律詩與絕句。依這分類，格詩即「古詩」，律詩即「近體」。

那只是白樂天個人的分類法。我們這裏的所謂格律，則依據詩學術語的一般用法：格是風格；律是紀律。詩之講究風格也如做人之講究品格；詩之重視律法，也如行軍之重視紀律。根據這一定義檢討唐人詩的風格，其超邁前古者安在，其啟示後人者又安在？是值得一談的。

前面說過，「詩至唐而眾體悉備，諸法兼該。」體裁方面，四言、五言、六言、七言，無不俱備。法則方面，六義中之風、雅、頌、賦、比興，也都用盡。但那些都是傚效而非創作，傚古之製，好極也是假古董。四言興於周，騷體倡於楚，五言盛於魏晉六朝。陶淵

明也做過四言詩，卻是晉人的味道。張平子的四愁詩，雖好而仍是漢人的味道。為甚麼呢？時遠代湮，只能得其形似，而不能得其神似；高手縱能得其神似，也不過「似」而已，非真神也！唐人所作五古，李杜號稱大家，氣魄終不及漢魏之厚，神味也較遜魏晉六朝之醇。所以唐人的做古詩，博採眾長，兼收並蓄，如果比起他們創製的「近體」五七言的律詩絕句來評價，便見高下了。由此推論，唐人最大的成功不在他們倣倣古風，而在他們創製近體。

歷來研究唐詩的，把這一代的詩劃分為四個時期。自開國至開元為初唐；開元至大歷為盛唐；大歷至太和為中唐；太和以後為晚唐。也有持異議而劃分為三時期的，以元和為盛唐與晚唐的分水嶺。那些不同的區分觀點，對本文無關宏旨。這裏所要研討的，是古風蛻變而為近體的軌跡。我們觀初唐之作，聲調漸漸擺脫了魏晉六朝的遺風，不獨初唐四傑王（勃）楊（烱）盧（照隣）駱（賓王）有披荊斬棘之功，各家也都不約而同的向着新目標前進。唐太宗冬日臨昆明池詩有句云：

柳影冰無葉，梅心凍有花。

虞世南的侍宴應詔詩有：

綠野明斜日，青山澹晚煙。

馬周的凌朝浮江旅思詩：

太清上初日，春水送孤舟。山遠疑無樹，潮平似不流。岸花開且落，江鳥沒還浮。羈望傷千里，長歌遺四愁。

上舉五言，對仗工整，音節和諧，顯然不是唐以前的作風。不

過通首看來，還不甚純粹，或多少殘留着六朝人的氣味，或擺脫不了應制排律的嚴格束縛。至於馬周那一首，除結句外，雖置諸盛唐晚唐集中，也很難看出蛻化期間的痕跡。

我們若能屏棄成見，説甚麼初唐盛唐為盛世之音，中唐晚唐為衰世之音，以純藝術的觀點來批判有唐一代的詩歌，我們敢説：後期的作品比前期的風格更完美，聲律更精細。就五言近體論，如杜甫、王維、孟浩然，如李商隱、溫庭筠、杜牧、韋莊等，他們所作都比初唐的詩人顯得愈純熟了。

唐人的七古也琅琅可誦，李杜之作毋庸説，如高適、岑參等皆天才橫溢，為一代巨霸，不過這裏要討論的是唐人的近體詩，只好割愛不談。七律非李白所長，他才氣奔放，受不了這種拘束。律詩如軍行有律，此席非讓給杜甫不可了。杜詩中的諸將五首、秋興八首、以及懷古諸作，傳誦人口，絕非偶然。我最愛他的登高詩，尤其是前四句：

> 風急天高猿嘯哀，渚清沙白鳥飛廻。無邊落木蕭蕭下，不盡長江滾滾來。

自童年迄今，未嘗或忘，每一朗誦，便覺秋氣逼人，天地愁慘，長江如在眼前。昔人於盛暑日展觀梅圖，若在風雪中對冷蕊疏枝，涼澈心肺，藝術感人之深，真有此一境界。杜老登高詩，聲調如肅殺秋風，詞華如蕭條秋色，意境如抑鬱秋心，可謂詩中神品了。

我對唐賢並無專尊杜甫，而貶黜諸家的偏見。山之美，有雄偉，有奇秀，有清峻；水之美，有汪洋，有浩瀚，有澄澈；詩之美，有雄渾，有清新，有俊逸。司空表聖定詩格的次第為二十四品，使後人得以各從所好，也像人的風度一般，龍鳳之表，松鶴之姿，各

因其內蘊而表現不同的神采氣韻。

前引杜詩是舉格律之美的一例。通首平仄諧和，只有起句第五拗，念起來自然順口。以下再舉另一例拗體，儘管平仄不調，卻自然協律，無佶屈聱牙之病，試舉李商隱的「落花」五律為例：

高閣客竟去，小園花亂飛。參差連曲陌，迢遞送斜暉。腸斷未忍掃，眼穿仍欲歸。芳心向春盡，所得是沾衣。

那首拗體詩，開頭便音節高亢，聲如裂帛；結句則幽思綿邈，無限嗚咽，念來一樣的順口。其原因何在？據清人趙飴山所著聲調譜，其註釋此詩如下：

> 平平仄仄仄，下句仄仄仄平平，律詩常用。若仄平仄仄仄，則為落調矣。蓋下有三仄，上必二平也。
>
> 律詩平平仄仄平，第二句之正格，若仄平平仄平，變而仍律者也（即是拗句）。仄平仄仄平，則古詩句矣。此格人多不知者，由一三五不論二語誤之也。
>
> 起句仄仄仄平仄，或平仄仄平仄，唐人亦有此調，但下句必須用三平或四平。如仄平平仄平，平平平仄平是也。

趙氏之說，只解釋得一半。李詩「高閣客竟去」，是「平仄仄仄仄」。既是一平四仄，下句承接應用一仄四平，為甚麼不用「仄平平平平」而用「仄平平仄平」？（即「小園花亂飛」那句）以及頸聯第五第六句「腸斷未忍掃，眼穿仍欲歸。」仍用起句同樣的音節？趙氏沒有說出理由來。

我們不應責怪趙氏說不出理由，拗體的音節千變萬化，無窮無盡，沒法舉一例以概全體，學者只有神而明之而已。上面說過，格律如行軍之有紀律，平時操演，你容易看出壁壘嚴明，旌旗整肅，

但到了戰場接觸，卻難免發現混亂狀態。然而雖似混亂，調度時仍以嚴明整肅為原則。「用兵之妙，存乎一心，」這個道理，軍律與詩律無異。大抵做拗體詩的必然在平時是遵守格律最嚴的，浣花玉溪兩大家都以格律嚴明著稱，所以能變而不失其正，拗而愈覺其順。

唐人的五言絕句如：

月黑雁飛高，匈奴夜遁逃。
欲將輕騎逐，大雪滿弓刀。

——盧綸

千山飛鳥絕，萬徑人踪滅。
孤舟蓑笠翁，獨釣寒江雪。

——柳宗元

七言絕句如：

遠上寒山石徑斜，白雲深處有人家。
停車坐愛楓林晚，霜葉紅於二月花。

——杜牧

冰簟銀牀夢不成，碧天如水夜雲輕。
雁聲遠過瀟湘去，十二樓中月自明。

——溫庭筠

那些都是大家所熟知的詩，不必一一引例。但欣賞的程度，憑各人自己的智慧去領會了。大體言之，五絕以盛唐為最，七絕以中晚唐為最，從格律中表達那神韻意境，都抵達高度的藝術水準。

那是唐人詩特徵之三。

本刊之所以編印唐詩研究特刊，旨在鑑古以知今。現代人正

盛倡新體詩，我們相信詩的發展必然有它的新方向，不容置疑。然而從國風演進到唐詩，不是一蹴可幾的，像音韻的轉變、詞彙的累積、格律的修整，這期間，前賢經過無數努力，皆有進化的痕跡可尋。從唐代歷宋元明清以至民國，無時不在循着進化的軌道前進。將來蛻變成怎麼樣？我們雖不能預言，卻可判斷一個大勢，便是無論從音韻、詞彙、格律各方面說，都必須繼承與整理舊有的文學遺產，然後才有新的創造。天上沒有無故掉下來的東西，雨是先要吸收水蒸氣而後降落。地下也沒有無故生長出來的花木，先得泥土的培植而後能萌芽結果。這道理比「一」字還淺白。那末，這一特刊的主要意義，與其說為了整理國古矢，毋寧說為了替開拓詩國新領域者先做一番鋪路工作！

　　附言：唐詩研究特刊先還李杜王孟元白溫李八大家，特約當代對八家詩專修的權威學者分別執筆，承其精心撰作，編者於此，謹致感佩的謝意。唐代大詩人不限於八家，限於篇幅，俟將來有機會時再出續刊。

唐詩與宋詩

曾克耑

　　近代舊詩裏鬧得最起勁的問題，便是關於唐詩和宋詩的爭執。有的尊唐薄宋，為明代前後七子和清末王闓運這班人所主張；有的祧唐祖宋，為清末做同光體詩人所主張。但是明人的尊唐薄宋是完全不折不扣的，他們把宋詩看到毫無價值；而在唐代裏，又特別推崇盛唐，大概是震於李、杜的大名罷了。至於近代同光體之祧唐祖宋，却並不把唐人完全抹殺；他們雖然提倡荊公、宛陵、后山、簡齋山谷，但對於杜、韓，仍是傾心佩服的，甚而至於孟郊的奇險，柳州之深秀，和晚唐綺麗之作，也都在他們祈嚮之列，所以當時便有「宋骨唐面」以及兼採「晚唐北宋」這些話頭。但其結果，明人尊唐，只成了偽體，清末諸賢，倒有了成就，這是甚麼緣故呢？現在我可以引清代第一詩人（姚永概語）通州范肯堂（當世）先生的話來解答。范先生在他答俞恪士（明震）先生信裏，有如下的話：

　　「抑願恪士守吾言者，無為尊唐薄宋，蹈明人之陋習。且明人何嘗不說到做到，何嘗不有絕特過人處，而何以卒不逮蘇黃諸君子耶？此有道焉，依人與自立之不同，為己與為人之各別也。不但此也，文章有世代為之限，賢豪之興，心氣萬古一源，皮色判然殊絕，五六百年間，薄近代之所為而力求復古者，未有不流於偽與俗者也。」

　　上面這一段話，把明人的毛病，説得何等真切，何等詳盡。本來強分唐宋，是一件極無聊的事，宋詩由唐時出來，是無可諱言的事實。但宋詩能在詩壇佔領時代之一席，當然有他的道理。唐代

有唐代的作家和作風，宋代也有宋代的作家和作風，在表面看來，似乎有區別，而骨子裏卻是一脈相承。我以為唐詩譬如祖宗，宋詩譬如子孫，唐詩譬如老師，宋詩譬如學生，我們不能說，祖宗一定好過子孫，老師一定強過學生。我們更不能說，子孫絕對趕不上祖宗，學生絕對超不過老師，只看各人努力罷。但無論哪方面出色，他們原本是淵源一脈的啊。這就是范先生所說「皮色判然殊絕，心氣萬古一源」的道理。如果學詩的人，不在心氣上追求，而只在皮色上分別，那便大錯特錯了。至於唐宋本是一家的說法，我現在還要引清末詩壇的批評大家，我們同鄉老師陳石遺（衍）先生的話來証明。陳先生在他所選的《宋詩精華錄》序上有如下的話：

> 清袁簡齋，文士之善謔而甚辯者也。有數人論詩，分茅設蕝，分茅設蕝，分唐宋之正閏，質于簡齋。簡齋笑曰：『吾惜李唐之功德不逮西周，國祚僅三百年耳，不然，趙宋時代猶是唐也。』由斯以談，唐諸大家，譬如殷之伊尹、仲虺、伊陟、巫咸，周之周公、太公、召公、散宜生、南宮适；宋之諸大家，譬如殷之甘盤、傅說，周之方叔、召虎、仲少甫、尹吉甫矣。

由這段議論看來，簡直可以說唐詩和宋詩本是一朝代的產品；各朝大詩家，不是開創的人物，便是中興的元勳，還有甚麼時代可分，正閏可談呢？不過朝代是分了，這「唐詩」「宋詩」兩名詞，在詩壇裏成立了，我們便不能不分別來討論，不能不細心去探討：它們的淵源如何？它們演變到甚麼地步？它們各有所長在哪裏？這兩朝代的詩的成功因素在哪裏？如果把這些問題解決了，那麼甚麼正閏，尊卑這些無聊問題，便不必去解決而自解決了。

在最近新文壇裏，都喜歡談創作，以為無所依傍，自我作古，

便可以為所欲為了。我不知道像近代英國的曼絲斐爾蕭伯納這些人寫詩，寫劇本是不是先有所摹倣而後來創作的呢？如談到中國舊詩的話，照我們傳統習慣來講，那第一步不能不從摹倣入手，第二步才能談到自己創造；這便是昔人所說的，「有所法而後成，有所變而後大。」「法」便是摹倣古人；「變」便是自我創造。我今天來談唐詩和宋詩，便是說我們要從「法」字入手。但談到詩的範圍，可法的不只唐宋；唐宋而上，還有「三百篇」、「楚詞」、漢、魏、六朝；由唐宋而下，還有元、明、清三個朝代。為甚麼我們單提出「唐」和「宋」兩個朝代呢？因為這兩個朝代的詩是一班詩人爭論的焦點，所以我們不能不詳細討論一番，使一般人有明確的認識和深切的了解。

我現在且把中國詩分為四個時期。我們除「三百篇」不論外（這是照韓文公的辦法，韓詩有「曾經聖人手，議論安敢到」的話，其實四言古詩已是詩壇裏過去的東西了），五言古詩是成立於漢代，我可以說，漢代是童年時期，那時的詩是天真未鑿，淳樸簡古。六朝是少年時期，那時的詩是風華掩映，詞藻紛披。到了唐代是盛年時期，那時的詩是眾流朝宗，萬花齊放，無體不備，無美不臻。到了宋代便是晚年時期，那時的詩是去蕪存清，剝膚存液，抉發幽隱，直湊淵微。唐詩是集大成，宋詩是更深造；詩到了宋代，差不多可以說天地元氣，山川精華，都發洩盡了，所以元遺山有「詩到蘇黃盡」的慨歎了。元、明、清已到無可發揮時代，所以只有在唐、宋兩個時代中找出路，形成了相爭相輕的形勢。

我們今天先來談唐詩。唐詩何以有輝煌燦爛的成就？我概括起來是有如下的四個因素的。

第一是詩體的大備。我們知道詩體的轉變是由四言而五言而七

言，但自漢到六朝，只有五言古詩（共三言、四言郊廟樂章，不在討論之列）；七言古詩，雖說自柏梁體開始，鮑明遠也有七言詩，但律詩絕句，很少看見。齊、梁的新體詩，大概便是由古轉律過渡而未成熟的作品，所以讀起來不大協調，我們看初唐作品，也每每如此。這並不是他們故弄玄虛，作拗體（拗體另有拗的方法，但絕對不是未成熟的），也實在還未十分成熟，我們絕對不能拿古人的錯誤奉作金科玉律的。因為有了齊、梁詩人努力在求轉變，所以到唐初就有了宋之問、沈佺期出來，律詩便成立了，而唐人對於體裁作法，還另有革命創造的表現，如漢代的樂府是可以合樂來唱的，大概是三言、四言、五言的古詩，到了六朝有長短不齊的句調，到了唐代，絕句由齋梁新體詩出來卓然成立，而七絕便代五言起而為唐代的樂府，當時伶工所唱的，都是唐人七絕詩，如玄宗叫李白做清平調三章以及旗亭賭唱的故事，都是說明絕句在樂府上的地位。而另一方面，像杜工部、白樂天這些詩家，以為六朝人的擬古樂府，舊調陳陳，實在討厭，所以杜公便自創新題來詠時事，如三吏、三別這些寫現實的詩，不用樂府舊詞，而實有漢、魏遺意。白樂天更是痛快，他簡直創出新樂府來諷刺時政了。這是一種轉變。至於五言古詩，據王漁洋說，漢、魏古詩，沒有超過十韻的，以為言簡意足，而杜、韓竟用好幾十韻，他以為不合漢、魏一脈。我不知道我們做詩是要死守古人成法嗎？還是要發揮自己本能呢？如果說漢魏五言用韻少，我們便不該做長詩，那麼律、絕都是漢、魏所無的，何以王先生還是以絕句見長呢？我更不知道王先生曾讀過「孔雀東南飛」和蔡琰的悲憤詩沒有，這些詩是否只限於十韻？要曉得杜、韓所以做長韻，乃是他們才力過人處，用革命精神來創造。王阮亭那裏配懂得這個道理呢？又如律詩在唐詩正規辯法不過八韻，而杜

工部竟能夠擴充到自十韻到一百韻，這便是元微之所恭維的，以為李太白還不能經過他的門外藩籬，那能夠升堂入室呢？杜之所以如此的做，也實在因為他的才力過人，所以才能如此的創造。

　　第二是人才的極盛。體裁大備了，並且有增加改變的趨勢了，如果沒有人才，還是不行，唐代詩所以極盛，真由于詩人之多。我們試把「全唐詩」打開來看，計共有四萬八千多首詩，而作者竟到了二千三百多人；這二千多家中，足以代表整個唐代的，至多也不過一二十人。我現在試把這個時代，照古人的分法，分作四個時期來敘述：自高祖武德到玄宗開元初約九十幾年，叫作初唐，這期的代表作者有王勃、盧照鄰、楊烱、駱賓王、沈佺期、宋之問、陳子昂、杜審言、張九齡這班人；自開元天寶到代宗大曆初年約計五十多年為盛唐，這個時期的代表作者有李白、杜甫、王維、孟浩然、韋應物、高適、岑參、李頎、崔顥、王昌齡，而因為在這期裏產生了中國最偉大的詩人——李白和杜甫——所以盛唐兩字，似乎念起來更響亮些；自大曆初到文宗太和九年約七十餘年叫作中唐，這期的代表作者有韓愈、柳宗元、孟郊、賈島、白居易、元稹、劉長卿、張籍這批人；自文宗開成到昭宗天祐三年，約八十餘年叫作晚唐，這期的代表作者便是李商隱、溫飛卿、杜牧、司空圖、陸龜蒙、皮日休這批人。這四期的作者都是相當了不起的詩家。他們的作風，有沉雄的，有豪放的，有奇險的，有深刻的，有澹遠的，有典麗的，有飄逸的，有高秀的，有老嫗都解的，有高文典冊的，真是五花八門，各有各的面目，各有各的特點。我們應該細心虛心的去搜求他們各個優點，而不能一筆抹煞説，中、晚不如初、盛，元、白不如韓、孟，因為繼清徹淡遠之後，一定要有沉雄悲壯之作；在驚險奇麗之後，一定會有平易舒婉的詩，而矯正平淺，又必定要

來一個典麗的作品，相代相救，相反相成；譬如四時的代謝，五味之各別，只能說我欣賞這種，却不能把不欣賞的排斥，因為各有它的特點啊。我們懂得這個道理，對於古人的作品，便不至有是丹非素，黨同伐異這些謬見了。

第三是思想的繁富。思想是文學之母，這是無可否認的。我們看戰國時代，百家爭鳴，九流並舉，那真可以說是黃金時代。在諸子著述裏，真正有文學最高意味如莊周、韓非兩家的並不多，然而他們在文學界都站住了，這是甚麼緣故呢？就是因為他們思想豐富，見解和學術超卓，各有各的主張，內容充實，所以他們的文章也就隨之而站住了。唐代詩歌的發達也逃不了這個公例。唐代是我國文化學術傳播到外國極盛時期，而國內學術，也和儒、道、釋三家有絕大關係。儒教自隋末王通河汾設教，唐代開國功臣如房、杜之流都出他的門下。唐太宗開文學館討論經義，又下詔立周公、孔子廟，又叫孔穎達作「五經正義」（這部書直傳到現在奉為治經圭臬）。因為儒術的發達，所以詩人都有一種內聖外王的抱負，憂民愛國的心腸，而杜公便自說，「法自儒家有。」他的「一飯不忘君，窮年憂黎元」的念頭都是儒家精神的表現。韓昌黎更是以道統自負的人。至于道家和道教，本來是兩椿事，但因方士的附會，帝王的推尊，便儼然成立了一宗教與儒、釋分庭抗體起來。唐代市王姓李，便以為是老子之後，對李老子特別推尊，而玄宗還有御註的「道德經」，所以當時方士神仙的思想是充滿了詩壇，李太白神仙出世的詩，便是受這種影響。但這兩派思想領域還不夠大，自從佛法入中國，它那種精深超妙的哲理，竟然把中國文學界另闢了一個新天地。晉代謝靈運這位大詩人，便是「南本涅槃經」的再整理的人，可見他的佛學的湛深。到了唐代有玄奘、義淨兩大師求法歸來，大

肆譯經，太宗、高宗且為作聖教序記；而譯經潤文，又都是當時有名學者，政府既如此提倡，學理又能厴服儒者的心靈，所以能詩的人，沒有不通佛法的（只有韓昌黎除外）。不只王維、柳宗元、白居易是崇信佛法極深的人，即儒家詩人杜工部也有「願聞第一義，迴向心地初。」這些句子；而刻劃萬象的孟東野，也有「曾讀大般若，細感肸蠁聽」這些句子，可見佛法流披的普遍。因為詩是寫心靈的東西，如果沒有微妙玄遠的佛法滲入超世、超物、超人生的意境，哪能使人讀了飄飄然好似要遺棄萬物而與造物遊的思想呢？

第四是時代的偉大。大凡世間的事，大而國家，小而個人，大都不外盛衰兩字的循環推動着。而個人的身世，又隨着大環境走，和國家、時代息息相關。唐代是中國文治、武功極盛的時代，但到後來的衰亂，也是一個不平凡的局面。詩歌因感受兩方面的影響，所以能够產生偉大的作品。我們讀杜詩：「憶昔開元全盛日，小邑猶藏萬家室……九州道路無豺虎，遠行不勞吉日出」，可見當時的承平和富庶。人民生活優裕，文化自然容易發展，可以大吟其詩。一方面又因為國家的文治武功卓絕，外夷分化的多，新羅、百濟、高麗、吐蕃、日本都派遣子弟僧徒來入國子監讀書，接受中國文化。因為民族活動力強，創造意識也極其豐富，又加以中外一家，交通便利，所見所聞，超過前代，人民眼界既闊大，心胸又開展，智識因之越豐富，思想因之也越超卓，所以他們寫出來的詩歌，也就波瀾壯闊，盛極一時了。但這不過講盛的一方面。自安史倡亂，一鬧便是好幾十年，人民陷於動亂時期，不止政治紊亂，社會經濟崩潰，人民生活也極其流亡奔竄之苦，啼飢號寒之慘。詩人經喪亂之後，對於現時代有了深切的認識，聽着人民的慘痛呼號，不由不發出悲哀的共鳴，表現是沉痛的，內容是真實的，意境是逼真的，

這種文學，那能不使人感動呢？所以我説，沒有唐代？之亂，絕對產生不出像杜工部這樣偉大的詩人。詩本是言志的東西，心中有憤憤不平的感慨，平時無可發洩，到做詩時，便和盤托出；所以太史公曾説，「詩」三百篇大半是聖賢發憤的作品。屈原甚麼寫「離騷」呢？是因為「怨」，這所謂怨，便是心中不平之感；而這些不平，並不只是自身遭際上的窮通得失，而是國家民族的盛衰存亡，詩人本着憂民憂國的心理，發出悲天憫人的歌詠。在盛世寫豪華，不見得人人讀了有同感，而寫亂世的流離，便會使讀者流淚。現在我們處在這個大動亂的時代裏，如把杜公的「三吏」、「三別」、「北征」、「奉先」這些詩拿來讀，好像我們也曾經過天寶之亂似的，也可意味着他是預為現代寫照。唐代有了兩個極端相反的極治和極亂的鏡頭，所以那時詩界裏的大攝影師的攝影題材便不枯寂了。

有了上面所説的四大因素，唐代的詩是不由得它不造成昌明盛大的領域。唐詩領域的廣大也許可以和唐代的強盛等量齊觀。唐代的政治早已完了，而詩歌還是燦爛輝煌地籠照着赤縣神州，從這一點可以知道立言的不朽了。功名事業可以烟銷雲散，惟有文字英靈，雖歷萬刧而常新的。我們做詩的人，遇着現下的大時代，可不勉力麼？唐詩是够盛了，但盛極又何以為繼呢？宋詩何以能繼唐而起，並且有知唐人分庭抗禮的趨勢？在明前後七子和清末王湘綺這班人，以為唐代有了杜、李兩大詩聖，便可壓倒一切（其實李遠不如杜）。杜雖包羅萬象，為詩壇不祧之祖，但宋代諸大師也不是杜所能完全範圍得住的。他們有他們超絕的天資，精深的工力，獨闢的意境，豈是唐人所能壓倒？我們應該知道豪傑的產生是不限時代的啊。

我們雖然不能尊唐薄宋，但是近代祧唐祖宋的人們，又多半以

為唐詩膚廓，宋詩精切，想拿宋來代唐，我以為這都是一偏之見，看見一部分而未看見全體的說法。唐人固然有膚廓的毛病，但如杜工部、韓吏部、柳柳州、孟東野這些詩人，雕鏤萬象，精能之極，你能批評他們的詩在皮面上做嗎？宋詩誠有空疏的毛病，但如梅宛陵、王臨川、蘇東坡、黃山谷這些大家，他們的詩超乎萬物，玄妙之極，你能說他們沒有內容嗎？所以我們不讀詩則已，如要讀詩，那麼一定對於某一代、某一家、某一派都要作深刻的研究，虛心的探討，這才可以知道授受的淵源，別擇的途徑，綜合的工夫，自開門戶的本領，某家、某派和我性情相近，我應該走那一條路，那麼對你才有益處。既不可人云亦云，即使是古今名人的話，也未必十分可靠，一家要自出手眼來衡量。當你自己還不甚懂得詩的甘苦，你的眼光靠得住嗎？當然是不可靠。那麼我們只有靠古大家的指示，參以自己的體會，還要自己會做，要做得好，知道古人甘苦所在，然後才可以論斷古今人的高下好壞。大概古今大詩人的議論必定精確不錯，因為他們是內行的緣故，因為他們知道甘苦的緣故，因為他們是過來人的緣故。如果有些人，作詩未作到家，或者有偏見，甚至於一句詩也不會做，也要來編詩學通論、詩學史這類書，那只有東抄西抄毫無主見的一團糟而已！拿這種書來指導，來學，真是荒天下之大唐，滑天下之大稽，終於誤盡天下蒼生而後已。

要把這種風氣挽救過來，我是主張一定要找行家、專家來寫，這才不至於鬧笑話，才對於後學有益；譬如叫一位不會弄菜的廚師寫食譜，不懂得修飾的小姐寫美容術，這結果是可想而知的。我的廢話也拉得太長了，現在言歸正傳。我要問：到底宋人具何種本領在唐詩極盛之後，公然能自開領域來和唐人抗衡呢？我以為這也有四大因素：

第一是別擇的謹嚴。宋人生在唐後，學詩如果想不從唐人入手是不可能的，但學唐人而能够真正別擇的，只有宋代聰明的詩人。我們看見唐人派別和作者的繁多，真有目迷五色之感，但到宋人眼裏，便給唐人一個總清算總結帳。他們不只把唐人應制詩打倒了，膚廓堆砌的毛病擯棄了，學樊南的西崑體被歐梅打倒了，元、白的長慶體也被羈入冷宮了，用險怪字眼的玉川子樊宗師又被開除了，連世所稱為詩仙李白的詩也被貶入第四家，即如杜公五言長排為元微之所極端推崇的，宋人似乎對此也不甚起勁，並且杜公「致遠思恐泥」的小毛病句子，也被東坡搜剔出來了。他們這種作法對麼？我以為十分的對，因為他們有真知灼見，知道某種當學，某種不當學；就是有大名氣的詩人，他們也一樣的搜疵索垢，不為他們的大名所駭倒，這是學者應具的精神。他們一方在揚棄，那麼所宗尚的又是何人呢？當然他們都是以杜、韓為宗。杜公是包羅萬象的大詩人，韓公是古文的大師，也是講修辭立誠的詩人，因為歐公推尊韓公的文，介甫也是古文大師，所以他們不知不覺都走上韓門。他們都是用立意先於造詞，內容重於外表的方法來做文，也用來做詩。昔人說，杜詩所以聲譽如此之高全是由宋人推尊起來，這話一點不錯。王介甫題杜公書像，推崇到無以復加；黃山谷推為國風、雅、頌，可見他們的祈禱了。但有一點是我們值得效法的，便是如王介甫、黃魯直、陳后山、陳簡齋這些人都奉杜為宗祖，而絕對不見杜的面貌。他們各有其面目，即使彼此之間也截然不同，這才叫作善於學杜。李詩初期只有歐公贊賞，東坡也曾學過，山谷也有點淵源，其他諸家便與此公不大來往了。我以為還有一件奇怪的事，西崑雖為歐、梅所排斥，但是王荊公卻說：唐人之學杜得其藩籬者，以義山為最；又有人說：黃山谷曾從事玉溪，所以他能用崑體工

夫，而造老杜渾全之境，禪家所謂更高一着也。可見王、黃二氏的詩都不能不受義山的影響。又如白氏長慶體，在宋代是無人理的，但白氏的絕句仍受人歡迎，東坡便是學樂天的。其後如楊誠齋、范石湖、劉後村這批田園詩人，都不能不與白有點淵源。這又可看出宋人論詩、學詩、判別詩，實在精明正確。各人祈禱不同，各人性情又不同，知道別人的疵病而揚棄之，知道別人的優點，更加發揮而光大之，或棄其一節而取其另一節，這都是宋人可愛處，他們的成功處，是值得我們效法的。

第二是用思的深入。我上面不是說過中國學術卑今尊古的陋見麼？這種陋見不除，一切學問是萬難進步的。我的老友慈谿徐曼路（韜）先生是新詩人徐訏的老太爺，對于中國學問如醫學、文學、佛學都有深切的研究，而對於外國文字，他能讀懂英、德文的哲學書。有一天，他對我說：「自來我國論文學的都以為今不如古，這句話實在太籠統了，我以為應該分別來看。如果拿文章來講，自然漢高於唐，唐高於宋，因為漢人的文章既樸茂又充實，又合邏輯，真是文章的極則，到了唐人，已不免在字句上做，但還謹嚴矜鍊，到了宋代，像三蘇的文章，簡直是發策決科的應試文，哪裏還能要得。就文章方面來說，真是一代不如一代。如就詩歌而言，那又適得其反，真是一代好過一代。漢魏六朝不過有五言，也不能盡情發揮，到了唐朝是諸體大備，作者如林；漢魏作者只會擬來擬去，我擬「上留田」，你擬「艾如張」，千篇一律，有何意味；唐的境界擴大，但還有膚泛的毛病；到了宋人，真可謂入木三分，精入無同，真能做進去了，比之唐人又高一着；唐人有艸創之功，宋人收改進之效，所以詩是愈做愈好。」我聽了這段議論，馬上起來和他握手，稱為石破天驚的議論，以為談學問，如果沒有像徐先生這種透

關的見解，那配著書立說呢？因為談到用思深入，所以我把徐先生的話作引子。我們試看工部詠昭君，不過說其身世可憐，怨恨無人知曉而已。到了宋代荊公的「明妃曲」，便把她作為自己的寫照。他的「咫尺長門閉阿嬌，人生失意無南北」是怨君信的不專。他的「漢恩自淺胡自深，人生樂在相知心，」陳石遺先生批曰：「這就是和我好的便是好人的意思」，意境翻新，逼進數層。又如韓愈的「石鼓歌」，只能說到「雨淋日炙野火燎，鬼物守護煩撝呵，」不過希望鬼神呵護這石鼓，石鼓仍然是死的東西。到了東坡詠石鼓，他便說：「暴君縱欲窮人力，神物義不污秦垢，」竟把石鼓人格化，自動避開秦之暴政，不受他的污辱，簡直是忠貞之士了。又如杜公詠梅花只有「江邊一樹垂垂發，日夕催人到白頭，」和「巡簷索共梅花笑，冷蕊疏枝半不禁，」也不過感慨到人生易逝和無聊時找梅花索笑而已。到了宋代林和靖「疏影橫斜水清淺，暗香浮動月黃昏，」寫出梅的意境。蕭德藻的「湘妃危立凍蛟瘠，海月斜掛珊瑚枝，」寫出梅的姿態。到了王荊公的「向人自有無言意，傾國天教抵死香」寫出梅的懷抱。到了東坡用七古詠梅，更是淋漓盡致。不能說古今人不相及，大概宋人長處，唐人已說的他們不再說，唐人未說的他們要說；他們苦心思索，極力發揮，不是推進一層，便是高一層，曲折務盡，如剖芭蕉，層層剝進、不剝到最內一層不放手，這是宋人獨到的地方，也是所以能夠與唐人抗衡的地方。

第三是異軍的特起。宋代詩人太多，陳石遺先生曾照唐代的分法，分作初宋、盛宋、中宋、晚宋四個時期。他以元豐、元祐以前為初宋，他把楊憶、劉筠、蘇舜欽、梅聖俞，歐陽修等來比唐之王、楊、盧、駱、陳、杜、沈、宋這些人。由二元盡北宋為盛宋，他把王安石、蘇軾、黃庭堅、陳師道、晁无咎，張文潛來比唐朝的李、

杜、高、岑、王維、龍標這些人。南渡以後為中宋，他把曾幾、陳與義、尤袤、范成大、楊萬里、陸放翁來比唐代的韓、柳、元、白這些人。四靈以後為晚宋，他把謝翱、鄭思肖來比韓偓、司空圖這些人。人數雖多，但還沒有全宋詩的編印，所以我們得不到正確的統計。但我以為足稱為異軍特起的，只有四家。第一位異軍是梅宛陵。歐陽公極推許他的詩，以為是深遠宏淡。張舜民更說，「梅聖俞詩如深山道人，茅衣葛履，土木形骸；雖王公大人，見之不覺屈膝。」陸放翁又以為他的詩，用字如大禹之鑄鼎，鍊句如后夔的作樂，成篇如周公之致太平。」劉後村推他為宋代開山祖師。近人夏敬觀更以為「古今詩人只有一個梅宛陵。」這種推許可以算得到了極點了。第二位異軍要推王介甫。黃山谷說：「荊公詩暮年雅麗精絕，脫去俗流，每諷誦之，便覺沆瀣生齒牙間。）楊誠齋說：「五七字絕句最少而難工，雖作者亦難得四句皆好，介甫最工於此。」「載酒園詩話」裏也有如下的推崇：「宋人惟介甫詩尋繹於語言之外，當其絕詣，究自可興可觀，特推為宋人第一。」而近人嚴復推許他的詩是有社會思想，有經世大畧；如拿他的詩和蘇、黃來比，蘇、黃不過是詩人的詩而已。他的意思是以為荊公的詩乃是有大抱負的政治家的詩，而不僅是詩人學人之詩，這又是何等景仰的話。第三位異軍便是蘇東坡。蘇詩所學甚多，取徑甚廣，能出能入，能匯通能融貫，所以呂本中稱他的詩為「波瀾浩大，變化莫測。」王阮亭推他的七言是杜、韓後一人。近人趙熙論他的五古說：「東坡五古，昌黎勁敵也。昌黎有鬥勝意，東坡則游戲自在，遂若視昌黎為妙矣。水與月兩無心也，而空明瀁漾，湛然萬象之表。故天地四時之景，以秋色為最奇，得之於文者莊子耳，東坡獨能於詩出之、吾不知其心之玲瓏而萬竅，水為之邪？月為之邪？」他又說：「能於唐後自抒

胸臆開徑獨行者東坡也。」第四位異軍便是黃山谷。自來言詩派的雖多，但流傳最廣遠的還只有山谷老人所領導的江西派。東坡稱他的作品「超逸絕塵，獨立萬物之表。」劉後村說：「豫章稍後出，會粹百家句律之長，究極歷代體製之變，蒐獵奇書，穿穴異聞，作為古律，自成一家。」陸象山說：「詩至豫章而益大肆其力，包含欲無前，搜抉欲無秘，體制通古今，思致極幽顯，貫穿馳騁，工精力到，亦宇宙之奇觀也。」洪真序文更推他：「發源以治心修性為宗，放而至遠聲色，薄軒冕，極其憂國憂民，忠義之氣，隱然見于筆墨之外。凡句法置字，律令新新不窮，包曹、劉之波瀾，兼陶、謝之意量，可使子美分座，太白却行。」由上面諸家對每一位的批評看來，似乎每一位都是宋代第一人。但以我綜合觀之，我以為像宛陵意味的古淡，荊公抱負的偉大，東坡思想的超妙，山谷工力的精深，都是了不起的人物。其餘如六一、子美、后山、誠齋、放翁、石湖、茶山、後村、簡齋，也都各有其過人處，但比之這四大家，便不可同日而語了。

第四是研究的精神。唐代論詩的只有一二篇文章和幾首詩句而已。唐末司空圖作「詩品」，才把詩作抽象的品評，但還不甚切實。到了宋人，便有深切詳明的研究，明白誠懇的指示了。他們論詩，如梅宛陵的「必能狀難寫之景如在目前，含不盡之意在於言外，然後為至。」嚴滄浪說：「大抵禪道在妙悟，詩道亦在妙悟。」又說：「詩有別才，非關學也；詩有別趣，非關理也。」姜白石說的「人所易言，我寡言之；人所難言，我易言之。」陳后山說：「寧樸無華，寧拙無巧，寧僻無俗。」蘇東坡說：「天下幾人學杜甫，誰得其皮與其骨。」黃山谷的「隨人作計惱恐後，自成一家始逼真。」這些名言名句，我們到今天還時時引用，看作金科玉律，可見他們研究之

深，才有這些至理名言的發掘與流布。又如東坡評詩，他説，「李、杜之後，獨韋應物、柳子厚發纖穠於簡古，寄至味於澹泊，非餘子所及。」又説，「退之豪放奇險則過之，溫麗精深則不及也。」又如荊公之批李白的詩，他説：「李白詩豪放飄逸，人固莫及，然其格止於此而已，不知變也。至於杜甫則發斂抑揚疾徐縱橫，無施不可，斯其所以光掩前人而後來無繼也。」這些批評真是精確到無以復加，都是他們積若干年的經驗體會而説出來的，所以我們可以奉為寶訓。不只如此，他們還把個人所聞、所見、所批評的意見，用詩話寫出來供後人研究。我們試看宋人詩話中如「全唐詩話」是尤袤著的，「六一詩話」是歐陽修著的，「後山詩話」是陳師道寫的，「紫微詩話」是呂本中寫的，「滄浪詩話」是嚴羽寫的，「誠齋詩話」是楊萬里寫的，「江西詩派小序」是劉克莊寫的；這些作者都是宋代有名詩人，他們把古人的詩逐一衡量，加以批評，雖各人看法不同，宗尚各別，但他們對於一字一句的得失，總不放鬆的，探索得很深，解説得很詳，來啓示後來作詩的門徑，真是便利之極。唐詩可以説是創業垂統，宋詩便是繼體令主開疆拓土。唐詩攬其綱要，宋詩更加分析。唐詩的境界，宋人無不推闡盡致，而宋詩的境界，有時竟不是唐人所能限制的。這就是説有了唐詩還不夠，還不能不有宋詩。如果宋詩沒有自開戶牖，自具鑪錘的本領，那麼人們讀唐詩已經夠了，何必再研究宋詩呢？

　　從前有人傾向唐人的，便有如下的批評，他説：「唐詩厚，宋詩薄；唐詩豐腴，宋詩枯瘦：唐詩結響高，宋詩結響低；唐詩多金鼓之音，宋詩多木石之音；唐詩以社會國家為題材，宋詩以個人身世為題材；唐詩含蓄，宋詩易盡；唐詩規模大，宋詩規模小。」這都是尊唐薄宋的論調，可以説用來批評某一人或某幾篇是對的，拿來

批評全體是錯誤的，是不對的。又有一批人為宋詩張目的，也有如下的批評，他說：「宋詩真實，唐詩膚廓；宋詩深入，唐詩淺嘗；宋多感興之作，唐多應制之詩；宋詩精練，唐詩鬆懈；宋詩精純，唐詩駁雜；宋詩內向故多內心，唐詩外向，故少內心。」這又是尊宋卑唐的偏見，也可以說拿來批評某一人某幾篇是對的，拿來批評全體是錯誤的，是不對的。以我個人見解來看，就好的一方面來看，唐是博大，宋是精深；而在壞的一面來看，大而無當便成空廓，深而過當便入窅冥；在好的一面來看，唐是華腴，宋是勁拔；而在不好的一面來看，腴而無制，便成臃腫，勁而不已，便入槎枒；唐詩是詞稍勝於意，宋詩是意稍勝於詞；唐詩是肉稍多於骨，宋詩是骨稍多於肉；但這種說法，也只可衡量小家和普通作品，指一部分或個人來講，至於大家是不在這批評範圍之內的。我想唐、宋本是一脈，原用不着分別。用許多抽象的批評還嫌不够明白，我現在拿實際東西來作一比喻，或者更能明白些。我們認唐、宋是一家，拿飲食來說，如以茶來比，我以為唐詩是普洱、武彝的穠郁，宋詩是龍井、瓜片的清香。拿菜來比，唐詩是紅燒魚翅，濃厚之極，宋詩是清湯乾貝，清腴之極。拿酒來比，唐詩是威士忌、白蘭地的醇烈，宋詩是香檳、白葡萄酒的清冽。拿居處來比，唐詩是清宮之殿陛崇隆，宋詩是西湖的湖山秀美。拿衣服來比，唐詩是峨冠劍佩的朝服，宋詩是東坡巾逍遙履的自在。我們對於衣、食、住都希望魚翅、乾貝都要吃，香檳、白蘭地都要喝，禮服、便裝都要穿，正廳、別墅都要住，那麼對于唐詩、宋詩也都要兼收並蓄，這又何妨呢？當然我們吃東西有偏嗜，當然對於文學，也不能沒有偏嗜，所謂「學焉而其性之所近」，這是絕對對的，但眼光要放遠些，胸襟要放寬些，不能說我專嗜某家詩而把其餘的都罵得一錢不值，這是

不可以的。所以我希望做詩的人們要有博觀慎取的態度，不可有黨同伐異的見解，那麼你的詩才能達到圓融廣大之境，這是我第一個期望。我又曾見過一些詩人篤信某家，便拚命去學，到後來真是學得像了，放在本人集中，可以亂真了。這不只明七子等學盛唐的如此，以我所知，近人如王闓運的摹仿六朝，趙熙的摹唐人律、絕，虞和欽的摹杜，真是像到極點，但有了真六朝、真唐、真杜，何必又看這些假六朝、假唐、假杜呢？這些人費了大勁，結果弄成偽體而不自知，真可憐呀！學古絕對不可專摹一家，這是我第二個期望。還有一點，就是我們要學唐是可以的，但唐代距我們遠，宋人離我們較近，宋人詩深入淺出，更容易了解接受，由宋追溯到唐，才有途徑可找，這就是前人所說的「由荊公學韓，由山谷學杜」的說法，學古循序漸進，不可躐等，這是我第三個期望。專學一家，既會弄到偽體的毛病，那麼我們怎樣辦呢？所以聰明的人都是兼綜二三家的，不只宋人如此，同光體詩人也是如此。我們能綜合二三家的面目，再加上我們自己的性情，那麼我們自己的面目出來了。譬如調顏色，融合兩三種顏色，便會變到若干種不同的顏色，就是這個道理。要吸收多方面的精華來創造自己，這才可以成家，這是我第四個期望。最近詩壇還有個謬論，說是某人以文為詩，以為詩是詩，文是文，在表面看來，當然有不同，在骨子裏講，詩文本是一件東西，如你作律詩，而不懂做古詩，你的律詩一定不會好；如不懂做古文而去作古詩，古詩依然做不好的。所以要想做詩，必定先要會做文，這是我第五個期望。此外還有一個謬論，就是以為山谷槎枒，昌黎險怪，以為不如元、白的平易近人；不知學詩必須從艱深險阻這條路進去，最後才可以到平澹；如一開始便學平澹，那便終身無進步的日子。王荊公詩有「看似尋常最奇崛，成如容易却

艱辛，」便是為此而說的。所以我們入手一定要從韓、黃這條路，這是我第六個期望。

我們在今日來做詩，最大困難即是格調差不多被前人用盡，意思差不多被前人說完，我們還寫甚麼呢？我以為一方面把眼見耳聞的世界國家動亂情態，用高度技巧來描寫，這便是史詩；杜工部和近代金和、江湜之所以成功，都在這類詩上面。另一方面應該把近代歐西的發明和思想、新事、新物、新理寫出來，這才足以表現時代，成為今日之詩。黃公度、康更生的詩才雖粗豪一點，但他們能在詩界占一席地盤，全靠這套法寶。寫近事、新理來開拓詩的新意境新領域，這是我第七個期望。我願讀者能這樣做，我希望我自己也能如此做，但言之易而行之難，要做真正詩家，並不是一件容易的事啊！

論孟浩然詩

勞思光

一

論唐詩者，習慣上總以王孟並稱。這不僅由於兩人同時，而是以風格和類為主要理由。昔之評者喜歡用「清逸」一類字眼來形容摩詰與襄陽之詩。近年論詩者則常常將他們和儲光羲列為所謂「田園派」。另外有人造出所謂「山水派」一名來稱呼他們，其根據大致都差不多。

在這一篇短文裏，我打算暫時將已成之說拋開，另就孟襄陽其人及其作品稍作探究，所得的結論與前人或合或不盡合，但我無意於襲舊說，也無意於作翻案文章，只是就可見的基本材料，説説自己的意見而已。

談到材料，可用的似乎只有以下幾項：

第一，新舊唐書中的傳文。

第二，王士源及韋滔的序文。

第三，今存孟浩然集中的作品。

第四，與浩然同時的詩人的作品中涉及浩然者。

此外，近數十年治中國文學的學人們，也頗有討論孟浩然的作品。不過，這些作品大致都只是根據以上所説的這幾項材料，作某方面的發揮，而很少能提供甚麼新材料。因此，就論點講，近世之作自應加注意，但就材料講，則仍只能以上列四項為主。

二

　　我現在談談孟浩然其人，再討論他的作品。讓我們先從傳文說起。舊唐書中的傳文十分簡略；所述全見於新唐書傳中。新唐書傳文則較舊唐書傳文為長，所述頗有舊唐書中所不載的，與王士源的孟浩然集序可以互相比觀，互為補。

　　茲節引新唐書孟浩然傳文如下：

> 孟浩然字浩然，襄州襄陽人；少好節義，喜振人患難。隱鹿門山。年四十乃游京師，嘗於太學賦詩，一座嗟伏無敢抗。張九齡、王維雅稱道之。

秦王士源序文謂：

> 間游秘省，秋月新霽，諸英華賦詩作會，浩然句曰：「微雲淡河漢，疏雨滴梧桐。」舉坐嗟其清絕，咸閣筆不復為繼。丞相范陽張九齡、侍御史京兆王維、尚書侍郎河東裴朏……非與浩然為忘形之交。

　　王士源所說的「間游秘省」，即指傳文中所說的浩然年四十時作京師之游，賦詩於太學之事而言。王序中舉浩然當時所得之句，可補傳文之所未及。而傳文中有「年四十」之文，又比王序中「間游秘省」之說要明確多多了。至於浩然在京師時所交往的友人，則傳文特舉九齡與摩詰，序文中則舉六人，而仍以九齡摩詰為先，足見浩然當時之知己仍是兩人。再看傳文所記浩然遇玄宗事，更可見王孟之交情。傳文說：

> 維私邀入內署。俄而玄宗至，浩然匿牀下，維以實對。帝

喜曰：朕聞其人而未見也，何懼而匿？詔浩然出。帝問其詩，浩然再拜，自誦所為至「不朝，與期，約日引謁。及期，浩然會寮友，文酒講好甚適。或曰：子與韓公預諾而怠之，無乃不可乎？浩然叱曰：僕已飲矣。身行樂耳，遑恤其佗。遂畢席不赴。

孟浩然喝上了酒，就不赴朋友入京之約。別人提醒他，他還乘醉「叱」之，狂態可想而知。大概他自從面見皇帝而碰了釘子之後，對所謂「揚於朝」之類，早已不在乎了。依傳文，「會故人至，劇飲」，浩然為了與老友一敍契濶，因而不想入京師，比較近情理。王序所說「會寮友」，情形就不同一點。或許王士源故意要强調孟浩然的狂，所以如此說，也未可定。總之孟浩然經過了這麼一次事，別人大約也不敢再薦他了。

至於浩然之死，則新唐書傳文只說：

開元末，病疽背卒。

而王士源序文謂：

開元二十八年，王昌齡遊襄陽……浪情宴謔，食鮮，疾動，終於治城南園，年五十有二。

這裏證明是由於王昌齡來襄陽，浩然和他歡聚，後病發而死，也可以補充傳文之不足。更重要的是，這裏對浩然逝世的年分記得明白。孟浩然既然在開元二十八年病死，而且年五十有二，那麼，他的生卒年份都可以確定了。開元二十八年是公元七四零年，上推至六八九年，應為浩然的生年。近人著作，皆以浩然生卒年份為689-740，基本根據就在這裏。王士源序文在這一點上比新唐書的

傳文強得多了。

孟浩然生平事蹟，大致不過如是。至於他的性格，則傳文中說：

少好節義，喜振人患難。

言之甚簡。而王士源序文則說：

骨貌淑清，風神散朗。救患釋紛，以立義表。灌蔬藝竹，
以全高尚……學不為儒，務掇菁藻，文不按古，匠心獨妙。

這比較重在描寫孟浩然之超脫或清高一方面，後世對孟浩然的
「清逸」之評，大抵以此為根源。而且王士源又說：

浩然文不為仕，佇興而作，故或遲；行不為飾，動以求真，
故似誕；遊不為利，期以放性，故常貧。

這更是特別刻畫浩然之異於流俗。李太白詩中也說：「紅顏棄
軒冕，白首臥松雲。」足見唐人當時也共稱浩然之高致，與王士源
所謂「文不為仕」相符。但我們若就浩然集中的材料看，則事實似
乎未必如此簡單。這樣，我們可以轉而討論這個問題：孟浩然是否
生性喜歡高隱？

三

將孟浩然看成喜歡高隱的高士，自昔已然。在當時的王士源及
李白是如此說；後世從此說者也非常多。近人聞一多還在一篇討論
孟浩然的論文中找出理由，以為孟浩然生長襄陽，受了前代隱士如
龐公的影響，所以養成慕高蹈的心情。但最近有些人則認為孟浩然
集中的材料為據，對這個問題稍作探索。

第一步，我們先問：孟浩然是否一直無意仕進？是否「學不為儒」而且「文不為仕」？

看集中「書懷貽京邑故人」之作。

惟先自鄒魯，家世重儒風。詩禮襲遺訓，趨庭紹末躬。晝夜常自強，詞賦頗亦工。三十既成立，嗟吁命不通。慈親向羸老，喜懼在深衷。甘脆朝不足，簞瓢夕屢空。執慕夫子，捧檄懷毛公。感激遂彈冠，安能守固窮。當塗訴知己，投刺匪求蒙。秦楚邈離異，翻飛何日同。

孟浩然集中各詩，都不繫年代。但看「三十既成立」之句，及詩中語氣，則此詩應作於三十歲以後，四十歲游京師以前。此時，孟浩然一則說「家世重儒風」，不是如王士源所說的「學不為儒」；二則說「晝夜常自強，詞賦頗亦工」又有「嗟命不通」之歎，則也未見得是「文不為仕」了。而且明說「安能守固窮」，又有「當塗訴知己，投刺匪求蒙」之語，顯然不但此時有仕進之意，而且在他自己看來，「晝夜常自強」以求詞賦之工，目的似乎正是要由此以求知於當道。這可以從另外幾首詩中找著證據，如題長安主人壁：

久廢南山田，謬陪東閣賢，欲隨平子去，猶未獻甘泉……

又，田家作：

……粵余任推遷，三十猶未遇，書枕時將晚，丘園日空暮……沖天羨鴻鵠，爭食羞雞鶩，望斷金馬門，勞歌採樵路。鄉曲無知己，朝端乏親故。誰能為揚雄，一薦甘泉賦。

致力於「詞賦」，而心不忘「獻甘泉」，又自傷「三十猶未遇」，

並且嗟嘆「鄉曲無知己，朝端乏親故」，恐怕不能他無意仕進了。而且「誰能為揚雄，一薦甘泉賦」，則孟浩然對於以詞賦見知於帝王，還是頗有興趣的。至少在未入京師以前，他算不得「文不為仕」，「學不為儒」。甚至他受了挫折以後，他仍然不是無意用世。我們看仲夏歸南園寄京邑舊遊：

> ……余復何為者，栖栖捷問津，中年廢丘壑，上國旅風塵，忠欲事明主，孝思侍老親……

又，自潯陽泛舟經明海作：

> ……觀濤壯枚發，吊屈痛沉湘。魏闕心常在，金門詔不忘……

分明身在江湖，心在魏闕；而且「金門詔不忘」，則「忠欲事明主」固不僅是追逐舊時的想法，歸南園之後的孟浩然也並非真真無心仕途的。甚至在游越時，仍說：「未能忘魏闕，空此滯秦稽。」（久滯越中，贈謝南池會稽賀少府詩）又說：「聖主賢為寶，卿何隱遁棲？」（同上）孟浩然並非以隱為志者，似乎可以確定了。

但他在京師久無所遇，鬱鬱不得志，於是不得不轉而思隱，也是事實。從集中之作，也可以看出來，如秦中苦雨思歸贈袁左丞賀為學三十載，閉門江漢陰。明陽逢聖代，羈旅屬秋霖。豈直昏墊苦，亦為權勢沉。二毛催白髮，百鎰罄黃金。淚憶峴山墮，愁懷湘水深。謝公積憤懣，莊舄空謠吟。躍馬非吾事，狎鷗真我心。寄言當路者，去矣北山岑。

孟浩然留滯長安，既無所遇，遂興思鄉之感，自己覺得在這個政治中心停留下去沒意思，所以只好承認「躍馬非無事」，而要「寄

言當路者，去矣北山岑」了。再看他留別王維的詩：

> 寂寂竟何待，朝朝空自歸。欲尋芳草去，惜與故人違。當路誰相假，知音世所稀。祇應守寂寞，還掩故園扉。

這兩首詩中都有多少抑鬱不平之意。他明知道當道者並不能真真賞識他，所以一歎「當路誰相假」之後，便「寄言當路者，去矣北山岑。」這並非他不欲用世，而是與世難諧。

既然不能諧俗，他就真打主意隱退了。於是有表達這轉變的作品。如自洛之越：

> 遑遑三十載，書劍兩無成。山水尋吳越，風塵厭洛京。扁舟泛湖海，長揖謝公卿。且樂杯中酒，誰論世上名。

這和他原先的想法相去多遠！我們試看集中送陳七赴西軍的詩：

吾觀非常者，碌碌在目前。君負鴻鵠志，蹉跎書劍年，一聞邊烽動，萬里忽爭先。余亦赴京國，何當獻凱還。

這時，孟浩然自己有意於功名，也以功名勸友人。但曾幾何時，他只能「且樂杯中酒」了。

此後，孟浩然便到處遨遊，這是不得志者的自遣。王士源所謂「游不為利，期以放性」，大致倒是真的。不過王士源並不明白他是在功名失意後方如此。

總之，孟浩然雖是終於高隱，但並非向來無心用世。「白首臥松雲」固是事實，「紅顏棄軒冕」則並非本意。

其實，如果我們用平正的態度看，則在唐開元年間，本是政治較好的時代，亦所謂「盛世」；就當時風氣說，讀書人也沒有絕意仕進的理由。「欲濟無舟楫，端居恥聖明」，是讀書人當時很自然的想

法。「邦有道，貧且賤焉，恥也。」浩然在開元盛世欲「獻甘泉」，並不是甚麼可譏議的事。唐代文人大抵無不如此想。我們如果先存一「不仕為高」的觀念於胸中，則反而是自己的成見了。

至於王士源之所以偏偏要將孟浩然說成「學不為儒」、「文不為仕」的高隱一流人物，則和他自己的思想有關。王士源作了亢倉子九篇，自己又向來喜歡談道家思想，所以故意要將孟浩然也描寫成有道家氣息的人物，說他「學不為儒」，也即暗示他近於道者流了。其實，王士源到了天寶四年，應徵入京，與當道來往，自己還很得意，大抵屬於貌託清高一流。他引孟浩然為同調，我則覺得孟浩然因功名失意，退而隱居，比起以偽書譁眾取寵的王士源高明得多，也正常得多。以孟與王士源相擬，我還為孟浩然叫屈呢。

王士源自謂修亢倉子九篇，柳宗元曾論其書之偽。但劉肅大唐新語以為「開元末，襄陽處士王士源撰亢倉子兩卷以補之。」晁公武郡齋讀書志亦以為「襄陽處士王士元謂莊子作庚桑子，太史公列傳作亢倉子，其實一也，取諸子文義類者，補其亡。今此書乃士元補亡者。宗元不知其故，而遽詆之，可見其銳於譏議也。」依此二說，則王士源輯補亢倉子，似非故為偽書。但劉恕通鑑外紀引封演之言謂「王巨源採莊子庚桑楚篇義補葺，分為九篇，云其先人於山中得古本，奏上之。敕付學士詳議，疑不實，竟不施行，今亢桑子三卷是也。」可知王士源實在是他自己造出此書，偽稱「先人於山中得古本」的，可惜被人識破，「疑不實，竟不施行。」但他之所以入京師，還是仗這本偽書之力，不可說不以偽書欺人者了。關於亢倉子的書名、卷數、甚至作者之名都有不同的記載，因為非本題內事，不詳討論。不過，劉肅、晁公武及新唐書藝文志都以為王士源此書本是補亡之作，不視為作偽，但其實他是先偽稱古本，後來大

概由於被人識破，纔自承為補亡之作的。而我在上面說他以偽書欺人，恐讀者以為與劉晃之說不合，故略及數語。

四

關於孟浩然的高隱，我們已經說了不少話。以下再談談他的詩。

儘管孟浩然之「白首臥松雲」，並非生性使然，但他一度求用世而不得，便從此寄情山水，以詩自適，足見他的性格畢竟不是特別喜歡功名的。而且他在早年一直山居讀書，遊京洛而不遇之後，又是從此遨遊嘯咏以終身，事實上，他的生活體驗也以山林情趣為多，所以我們今日看他的作品，仍可看出他的長處確在於寫山野情趣、隱者生涯一面。這大概可看作生活對作品的影響了。

今存之孟浩然集，在新唐書藝文志中有記載，說是弟洗然與王士源所編次。但今本只有王士源序與天寶九年韋滔的序文，並無孟洗然之序。王士源在天寶四年得知孟浩然死亡之訊，並見其詩稿，或者是孟洗然交給王士源，而由兩人合力整理成書的，所以新唐書藝文志在此條下有洗然名字。新唐書藝文志又說：士源將孟浩然詩別為「十類」，今四部叢刊本中並無十類之分。而依其體裁，只有七類，即五古、五律、五言排律、五絕、七古、七律、七絕。王序說詩有「二百一十八首」，「分為四卷」，與今本合。新唐書藝文志則說是「三卷」。似乎作志者所見之本與今本有異。不過，我這篇文章不是考證之作，對這些問題不詳加推究。

下面只說說我對孟浩然詩的幾點意見。

孟浩然的詩長於五言，這是一向公認的說法。王士源的孟浩然集序中也說：「五言詩天下稱其盡美矣。」就今存的諸詩來看，在數量上，七古、七絕、七律，都只存數首，尚不及五言排律多。

就內容看，其五古及五律也較七言諸作成熟得多。但孟浩然的七古，音節有時甚為特殊；例如集中「和盧明府送鄭十三還京兼寄之」一首：

> 昔時風景登臨地，今日衣冠送別筵。
> 閒臥自傾彭澤酒，思歸長望白雲天。
> 洞庭一葉驚秋早，濩落空嗟滯江島。
> 寄語朝廷當世人，何時重見長安道？

此詩前四句完全是律詩調子，若不在第六句轉韻，讀至第五句時，使人還以為是律詩。這與「夜歸鹿門歌」中的音節相差甚遠。七古用這種音節，在唐人詩中也不多見。

孟浩然的詩長於五言，尤長於五律。為人所傳誦的那幾首不待多說，如「過故人莊」、「清明日宿梅道士房」、「早寒江上有懷」、「他鄉七夕」、「除夜」等作皆見坊間的唐詩選本。至於「與諸子登峴山」、「臨洞庭」及「歲暮歸南山」諸作則更是至今為人所熟知。我則特別喜歡他以下幾首：

> 迢遞秦京道，蒼茫歲暮天，窮陰連晦朔，積雪滿山川。落雁迷沙渚，饑烏集野田。客愁空佇立，不見有人烟。
>
> ——《赴命途中逢雪》

> 吾道昧所適，驅車還向東，主人開舊館，留客醉新豐。樹繞溫泉綠，塵遮晚日紅，拂衣從此去，高步躡華嵩。
>
> ——《京還留別新豐諸友》

前一首可與「木落雁南度，北風江上寒」(早寒江上有懷) 之句

合看，皆屬筆力健拔，生命感託於景物面寫出，即事即情，正見唐宋詩人筆致之分別。

孟浩然五律常有全不用對仗者，如：

> 水國無邊際，舟行共使風。羨君從此去，朝夕見鄉中，余亦離家久，南歸恨不同，音書若有問，江上會相逢。

> ——《洛下送奚三還揚州》

此詩頷聯、腹聯皆用流水句，與李太白之「……登舟望秋月，空憶謝將軍，余亦能高咏，斯人不可聞……」相同。猶可見近體詩初起時之格調。浩然集中此類句子極多，有時加上拗韻，則根本不像律詩了，如「……白雲向吳會，征帆亦相隨……」完全是五古句法。但「主人開舊館，留客醉新豐」，則工穩而不見小家口氣，「日夜故園意，汀洲春草生」，則其對仗在有意無意之間，而渾成自得，又是另一筆法了。

孟浩然的詩中時代感較淡，這大概由於他生於「盛世」之故。他的詩中的悲情憂思，只是詩人生命感的顯現。大凡詩文中的生命感，純就其本身而觀之，總可分為憂歎與調適兩面。寫憂歎時，俯仰傷悼，或哀惻，或蒼涼，總是他的生命內在之「不安」的情感。這在本質上與生命外層無干，所以不論失意得意，這種情意的力量總是存在的。所表現的深度則要看作表現的人的藝術才能如何。所以，真實的最深的悲劇感，乃生命本身必有的悲劇性的展露。詩文中的憂歎皆可依此規度觀之（時代感則另是一事，這只就生命感講）。另一面，情意之調適也是必有的。生命自身一面在不安中，一面也總要另求其安。所求之安，可以有種種的不同。但除了將情意我理性化那一條路之外，餘者大概都是以另一情意對治當下的情

意。在孟浩然，則調適之道在於放情山川，間道談玄。我們看他集中涉及方外人士之作，即可以明白。如：

> 朝遊訪名山，山遠在空翠。氛氳亙百里，日入行始至。谷口聞鐘磬，林端識香氣。杖策尋人，解鞍暫停騎。石門殊豁險，篁逕轉森邃。法侶欣相逢，清談曉不寐。平生慕真隱，異日探靈異。野老朝入田，山僧暮歸寺。松泉多清響，苔壁饒古意。願言投此山，身世兩相棄。
>
> ——《尋香山湛上人》

> 翠微終南裏，雨後宜返照。閉關久沉冥，杖策一登眺。遂造幽人室，始知靜者妙。儒道雖異門，雲林頗同調。兩心喜相得，畢景共談笑。暝還高窗眠，時見遠山燒……
>
> ——《宿終南翠薇寺》

這些詩章，用日常的話來批評，可以說「有淡遠之致」，也可以說「有禪趣」。扣緊了說，則是表現其生命感中的調適一面。浩然喜與和尚來往，生活環境又便於求山野逸趣以自適，所以他的生命情意之寄託，大抵就在這一方面。聞一多先生以為他受了地區風俗傳統的影響而喜隱，論據大概就在這些地方。不過一個人的情意狀態，與一個人的志向懷抱，雖相關連，卻不可相混。志向懷抱是生活計劃與人生理想的問題，不全屬於情意我。就情意狀態講，孟浩然所求的調適，以山水玄談為寄託。但就志向懷抱說，則他是欲用世而未能。上面已經說過。則聞一多先生之說終是稍欠精當。但這裏的理論分際，本來很少人能弄得明確。我們也不必深責前人了。

孟浩然寫景物的詩，每每與他生命感中的閒靜之趣不可分；這

也是他藉此以求調適的證據。而此種景物若與方外有關，則寫得更加好。上開所引的兩首以外，還有不少。我自己最喜歡的還有一首《疾愈過龍泉寺精舍呈易業二上人》：

> 停午聞山鐘，起行散愁疾，尋林採芝去，轉谷松蘿密。傍見精舍開，長廊飯僧畢。石渠流雪水，金子耀霜橘。竹房思舊游，過憩終永日。入洞窺石髓，傍崖採蜂蜜。日暮辭遠公，虎溪相送出。

這首詩初看平平無奇，然其中卻有真切的閒逸之趣。

五

最後，雖然材料無多，我們不能詳考孟浩然的交游吟侶，甚至也不能詳知他的家族情況，但還是有幾點可以順便談談。

讓我們從家族說起。據王士源序，我們知道他有個兒子名「儀甫」。新唐書藝文志，在孟浩然集下有註記其弟孟洗然編次他的遺稿。集中也有贈洗然的詩，和另外以《送弟》為題的詩。我們先看《洗然弟竹亭》：

> 吾與二三子，平生結交深，俱懷鴻鵠志，昔有鶺鴒心。逸氣假毫翰，清風在竹林。遠是酒中趣，琴上偶然音。

又有《入峽寄弟》：

> 吾昔與汝輩，讀書常閉門，未嘗冒湍險，豈顧垂堂言……離闊星難聚，秋深露已繁，因吾下南楚，書此寄鄉園。

還有《送洗然弟進士舉》的五律：

獻策金門去，承歡綵服違，以吾一日長，念爾聚星稀。昏定須溫席，寒多未授衣。桂枝如已擢，早逐雁南飛。

又《早春潤州送弟還鄉》：

兄弟遊南國，庭闈戀楚關，已多新歲感，更餞白眉還。歸泛西江水，離筵北固山，鄉園欲有贈，梅柳着先攀。

這幾首詩中，隱約可以看出孟浩然對弟兄們的期望，也可以為他並不賤視功名的旁證。

至於同時的詩文之友，除了王摩詰、張九齡以外，似乎以王昌齡為最重要。新唐書孟浩然傳有：「開元天寶間，同知名者王昌齡、崔顥，皆位不顯。」王士源的序文又記王昌齡至襄陽與浩然歡聚事。孟浩然且由此而背瘡復發，以致於死，則孟浩然與王昌齡交情之篤，可以想見。今集中有《送王昌齡之嶺南》五言排律：

洞庭去遠近，楓葉早驚秋。峴首羊公愛，長沙賈誼愁。土風無縞紵，鄉味有查頭。已抱沉痼疾，更貽魑魅憂。數年同筆硯，茲夕異衾裯。意氣今何在，相思望斗牛。

又有《與王昌齡宴黃十一》五古：

歸來臥青山，常夢游清都，漆園有傲史，惠我在招呼。書幌神仙籙，畫屏山海圖，酌霞復對此，宛似入蓬壺。

王昌齡與孟浩然皆以詩為世所稱，又都是仕途失意，所以心情特別相投。可惜襄陽集中材料太少，不足以供考論了。

至於張九齡，雖是孟浩然的知己，但畢竟地位懸殊，所以在孟

浩然贈張的詩中，總不免有些應酬式的句子，真情摯意，轉不多見。例如《陪張丞相祠紫蓋山遂經玉泉詩》，一開便是：

> 望秩宣王命，齋心待漏行。青襟列冑子，從事有參卿。五馬尋歸路，雙林指化城……

完全是陪侍貴人的語氣。記得梁晉竹兩般秋雨盦隨筆中曾說，王孟雖並稱，但孟有時未免俗，或許就指浩然這一類作品。但唐人集中應制侍宴之作，要說「未免俗」則都是「未免俗」，也不可以獨責襄陽一人。

此外還值得一提的是：孟浩然集中有贈孟郊之作，對東野期許甚高。而李太白詩中對孟浩然則又有極為推崇之語。這兩位詩人路數大異，但都與襄陽有一點淵源。也可以算巧事了。

浩然詩仍以清妙為宗旨，是盛世之作。稍後，杜詩即以沉憂之情為主。浩然死後三十二年而香山生，性靈一派漸起；新樂府諷時之作又別開風氣。此後便不再見那種盛世風格了。在這個意義上，王孟似乎可算作唐代盛世之詩的末期人物。天寶之後，亂世之詩便成了唐詩的主流。浩然不及見天寶之亂。王摩詰雖然活到那時候，但他的詩的風格卻在早年定了型，因之都不入亂世詩人之列。

王士源序孟浩然集謂孟浩然不喜存稿，所以「流落既多，篇章散逸，鄉里購採，不有其半」，又歎息謂「未祿於代，更不必書」，蓋頗以孟浩然之詩不傳於後世為慮，然而浩然之詩畢竟為後世所重，不惟「傳」下來，而且終列為諸大家之一。足見文學成就本身有其不可掩者。但求有所成，不患不傳。浩然一生侘傺，卻仍無損於百世詩名。王士源韋滔等人的想法，倒似乎是過慮了。

中文世界作家的文學交流

尊敬的筆會會友：

我很高興地知會您，國際筆會亞太地區會議將於 2007 年 2 月 2 日至 5 日在香港召開。這是自 1997 年 7 月 1 日以來，我們幾個筆會第一次將在這個東西方文化會合的美麗城市設立一個公共論壇。

香港位於中國南方海濱的珠江三角州東側，包括香港島、九龍半島和新界，是中國最富裕自由的城市，也是主要的國際貿易中心，廣東方言、普通話和英語，在香港的文學、戲劇和電影藝術中通用，構成豐富多彩的文化藝術景象。每年的文化活動包括 3 月的香港國際文學節，7 月的香港書展和文學節等。

香港會議將在保良局北潭涌度假營舉行，該度假營位於新界西貢 —— 一個美麗寧靜的海濱風景區內。三天的會將包括國際筆會亞洲地區策劃會和一個關於「中文世界的作家」論壇，使用中、英雙語，2007 年 2 月 2 日傍晚開始，到 2 月 5 日下午結束。此外，還將有晚會活動，包括演講和文學朗誦會。

我們感到非常榮幸，國際筆會會長葉爾利·格魯沙、秘書長喬安妮·利多姆－阿克曼和執行主任卡羅琳·麥考密克，都將出席這次會議。來自亞太地區許多國家的作家將歡聚一堂，以改善各筆會之間的聯繫與合作，探討在很少筆會甚至沒有筆會的國家中建立和發展筆會的問題。來自全世界許多名作家和筆會會員將為自由文學交流的精神貢獻力量。

尊敬的筆會會友，我們會議組識委員會的全體成員，將盡力使

您在香港的逗留成為一次獨特的經歷。非常歡迎您參加我們的香港會議。

會議組識委員會榮譽主席

香港中國筆會會長

喻舲居

——出自 2006 年《文訊》

何日君再來 長憶陳蝶衣

喻舫居

我們筆會的資深會友陳蝶衣先生，以 99 歲的高齡安然謝世。如果以閏年累計，他兩年之前已是百歲壽星了。

初次知道陳蝶衣的名字，是聽到由他作詞、姚敏作曲、周璇主唱的時代歌曲「何日君再來」。那是 1940 年抗戰時期的重慶，我在南開中學唸書，才 15 歲。後來年事漸長，見聞較多，方才知道他在詞曲、電影、文藝方面的成就與聲望。沒有料到四十多年之後，我到香港，竟有幸與陳蝶衣相識締交，有同事同文之誼，人生遇合如此奇妙。

對於「何日君再來」這首歌曲，我有一點個人的特殊喜好：一個是年輕時候喜歡跳舞，也喜歡這一支舞曲；另一個是周璇之後唱紅這首歌的鄧麗君，我和她的父親熟識，聽小姪女的歌有親切感。

談到跳舞與舞曲的因緣，原來 1947 年我在南京中央大學四年級時，體育系主任兼訓導長江良規老師公佈：四年級學生的體育課，可以選修交際舞，算兩個學分。他公開說明理由：大學畢業到社會工作，總有一些正式交際場合，舞會是其中之一；如果把舞廳那一套不入流的樣子拿出去，很不成體統，所以要學正規交際舞。他聘請精於現代舞的夫妻舞師開課教習。編印教材圖文並茂，講師示範，學生學步。課程包括禮儀、語言、姿態、服裝、舞曲選擇、會場佈置等。中大週末假日舞會很多，名正言順是實習課。華爾滋舞步常選的是「藍色多瑙河」與「何日君再來」。

最熱鬧的是畢業舞會，在可以容納千人共舞的校友會館大廳舉

行，老師師母、男女同學踴躍參加。在舞會尾聲時，「何日君再來」一曲再三播放，歌意與情景融匯，令人依依不捨。

多年之後，我在海內外遇到當年共舞的同學，問到舊友的近況，方知道有些自殺了，有些不敢與親朋聯絡。歌聲仍然縈回耳際，自此一別，君不再來。

當鄧麗君14歲剛出道時，我就聽過她的歌。她從華人社會紅到日本，日本人稱讚她是「台灣來的美空雲雀」（日本最受歡迎的少女歌星）。她不僅是孝女，而且急公好義。不幸在泰國清邁猝逝之後，香港無線電視製作了一個紀念專輯，名為「何日君再來」。這位閃耀的彗星劃過長空，勾起多少人的懷念。

1985年，我到《香港時報》任職，陳蝶衣是同事前輩。他主編全版副刊「文化與生活」，退休後，每天到編輯部撰寫專欄，提前交稿。我們有很多交談的機會，我很欽佩他的為人與文采。稍後時報舉辦過幾次專題研討會，其中之一為「現代流行歌曲」，陳蝶衣是主講人，我是聽眾之一。他在綜述之後，談到「何日君再來」的時代背景和曲筆含義。

原來1937年日本發動侵華戰爭之後，國軍精銳之師保衛大上海，血戰三月，犧牲慘重，被迫撤守後方，上海陷為孤島，東南半壁落入敵手。淪陷區人民處於水深火熱之中，殷切期望重慶國民政府揮師反攻解民倒懸。一這種心情不能明說，只好藉情歌婉轉隱喻。「好花」、「好景」是過去的平安歲月，「淚灑相思帶」是深切思念王師之衷情，「何日君再來」是以詢問口氣寄望國軍早日東向光復河山。這也是我國自《詩經》、《離騷》以來，藉香草美人寄託君國之思的傳統手法。

大陸學者也不乏陳蝶衣的知音，我所談到的有兩篇文章，看法

與陳蝶衣相同。

一篇是湖南大學傳播學院教授沈立的《周璇情路坎坷》，除了對周璇的身世、歌藝、情變的說明之外，特別解析周璇主唱的名歌如「何日君再來」、「不變的心」、「鐘山春」、「凱旋歌」幾首。是「有形無形的成了愛國歌曲」、「這也是歌詞作者們煞費苦心，用意象用沉潛的筆觸，寫成感人至深的作品」。「其實原作者是表現當年抗日時，上海為淪陷區中的孤島，想望在重慶的自由祖國那份孺暮之情」。

另一篇是大陸東北齊齊哈爾市文聯與作家協會副主席吳劍的《近代流行歌曲的創作與演變》，我注意到這篇長文的三個要點：一、1949 年以後，在中國大陸，把 1927 年至 1949 年問世的流行歌曲，一律視為黃色的靡靡之音，不能公開傳唱，也不再出版。二、對海派文化，上海流行傳播的文學、戲劇、電影、歌曲的特徵，認為是雅俗共賞的通俗文化與市民文化。三、特別提到周璇主唱的幾首名歌「何日君再來」，雖未明說是當年的愛國歌曲，但以「市民文化雅俗共賞」的論述來看，自有弦外之音。[2]

「何日君再來」歌藝共同體三人的命運也很特殊。主唱者周璇影歌雙棲，成名很早，聲華也高。後來在大陸慘被街頭批鬥逼迫成瘋，1957 年併發腦炎去世，年僅 40 歲。作曲者姚敏從上海到香港，譜作名曲甚多，長享盛譽，1967 年在香港去世。作詞者陳蝶衣淡泊平安壽登期頤，蛻去蝶衣飄然羽化。

陳蝶衣晚年的詩歌巨制，是把梁山伯祝英台的故事改編成現代

2　以上引述沈立、吳劍兩文，見《中外雜誌》2008 年 11 月號

新歌劇。他的長子陳燮陽是上海交響樂團指揮，曾率團來香港演奏，當是父子合作的精彩篇章。我曾嘗試找台北出版社出版，可惜未有佳音。

蝶老靜悄悄地走了，留給世人很多好詩歌、好戲劇、好文章。留給我的是歷經六十多年的「長憶」。

—— 出自 2009 年 1 月《文學天地》

香港文學的根

黃康顯

香港文學怎麼出現？

出現以後的香港文學怎樣表現？

是很值得討論的問題。

一、香港文學的特性

香港文學是中國文學的支流，這個支流有異於主流的地方，是東西、南北、左右、古今、雅俗的共存，且是共榮的共存。

香港是東西方的交匯點，有不少西方作家到過香港，亦寫過香港，包括雅拔史密夫、毛姆等，中國作家到過香港，甚至在香港住過的更多不勝數，魯迅對香港的評價，是負面的；胡適亦如是，不過他們很少以香港為創作的題材，反而老舍在新加坡只作短暫居留，卻寫了一本《小坡的生日》。

香港亦是南北的融匯處，作家的南下，第一波在抗戰前，第二波在抗戰後，第三波在解放後，第四波在改革開放後，他們把中國文學的主體帶來香港；香港亦有一部分作家北上，但作為副體或附體的香港文學，卻被淹沒了。

香港更是左右兩派的交鋒地，特別在 1949 年以後，侶倫等本土作家，與南下的難民作家，如徐訏等，分成兩個陣營，各自再左右兩派的報刊或出版社發表作品。到了上個世紀八十年代，左右派

的分野才逐漸模糊起來。

在香港共存的，是中國古今的文學，1919年的新文學運動，要到十年後在香港激起波瀾。民初的香港，是中國舊派文人最後一個根據地。香港的教育亦是畸型的，胡適說過，在最高學府的香港大學，「中國文學的教授全在幾個舊式科第文人的手裏」，就算到了今天，古的在香港仍未隱退。

雅與俗的文學，亦可在香港共存，只是在香港，最暢銷的仍然是武俠小說，報紙刊登的雖然以俗文學為主，但劉以鬯的《酒徒》，卻可以在1962年《星島晚報》的副刊連載，同樣連載於1975年的《快報》副刊，卻又是西西的《我城》。

還有，早於上世紀的五十年代，現代文學已在香港出現，台灣只是跟風；到了六十年代，香港更出現了第一本中國的意識流小說《酒徒》，但為甚麼香港文學在香港，卻未成潮流，未有品流，只是小流呢？

二、何謂文學的根

描寫一位人物、一個地方，或一種事件，印象是浮面的，味道是表面的，要達到全面的程度，必先有感情，才有感覺，再有感受。南下作家大部分對香港的印象，只是浮光掠影，至多加一點感觸，才多一點味道。印象是觀察的表達，味道亦只是官能的表露，對香港產生感情以後，才可以傳達一種感覺，傳播一種感受。

舉一個實例，英國的邱吉爾，既是政治家，亦是大文豪，往往短短的一句話，便流露感情，表露感覺，隱露感受。曾經有一次，有記者問及老邁的邱吉爾今後有何打算，其實這已是英國民族的委婉語法，不坦白問到何時辭職，邱吉爾答得更為委婉：「酒吧打烊，

我便離去！」（I go when the pub closes!）

　　酒吧是最代表英國民族風格的地方，凡有英國人住的地方，必有酒吧，凡有英國人去的地方，亦有酒吧，如是遠在天涯海角的福克蘭羣島與菲濟首府，亦有英國式的酒吧，酒吧就等如香港的涼茶舖。

　　英國式的酒吧，亦有如法國式的咖啡座，是聚會之地、休閒之處、聊天之所，伴着每個英國人走完一生，當酒吧打烊時，才盡興回家。聚會有散的一刻，生命亦有完結的時刻，並非不知所然，而是理所當然，不須悲傷，亦毋須惋惜，因此英國式的酒吧，既有英國人的特性，甚至德性，更有邱吉爾的個性。

　　因此，邱吉爾的弦外之意識：「當我在英國，享完這一生，用盡人生，我便無悔默默離開人世！」

　　用短短八個字去概括很多含意，有很深的英國意味，很妙的英式意境。用邱吉爾式的意象，去提升英國式的形象，增加文字的想像，是英國文學的代表，那麼香港文學又代表甚麼呢？

三、香港文學開始扎根

　　以徐訏為例的南下作家，提及香港時，只是故事發生地點的一個交代，換一個名字，對情節全無影響。同時期的劉以鬯，反而表現出香港的感覺：「輪子不斷地轉，香港在招手。北角有霞飛路的情調，天星碼頭換新裝，高樓大廈皆有捕星之欲」[3]

　　由霞飛路移到英皇道；如是便突出了香港的海港與大廈，最大

3　《酒徒》，海濱圖書公司，1963 年，21 頁

的原因，是劉以鬯比起徐訏，對香港更有感情。對八十年代新一代作家而言，感覺以外，更多了一種「變」的感受，胡燕青在《彩店》一文中寫到：「街上多了許多舖子，換了一回又一回，以前賣芽菜和豆腐的，今天成了快餐店；那專門賣米的，早換了一所小規模的超級市場。街口那祥生大押也算是夠頑強了，傳了十七、八載，總以為可以撐下去，誰料一夜之間變成了電子遊戲中心，呼必呼必地引來了一羣孩子……只剩下一叫賣紮作的店子，每天都打着那些大紅大綠的旗幟，似乎還沒有撤退的意思。」[4]

對於這種「變」，梁世榮卻在《光明街》中表現出另一類的俏皮與灑脫：「光明街本來並不光明，但他的左鄰是日街，是月街，是星街，在日月星的拱照下，它又是怎能不取名光明？」

「拆了光明街，我童年生活的記憶將完全移去，現在我開始明白那些保守的，頑固的，不革命的，不進取的，只求保持現狀的香港人的心態了。」[5]

在西西的《我城》中，更多了雙關的語法，荒謬的表達，與自嘲的意味，是十足「香港性」的表現，用漫畫式來發揮：「輪子不斷地轉，香港在招手。北角有霞飛路的情調，天星碼頭換新裝，高樓大廈皆有捕星之欲。」[6]

「一個叫阿北的木匠做了許多好看的門，沒有人買，老坐在店舖裏看看自己做的門，阿北對看自己做的門餓了幾天肚子，忽然把舖子關上。第二天，即刻到木馬道一號當了看門。」

4　《香港文學展顏》，市政局公共圖書館，1986 年，209-212 頁

5　《還是讀書好》，新穗出版社，1997 年，69-75 頁

6　《酒徒》，海濱圖書公司，1963 年，21 頁

「搬家可以減肥，我減了兩磅，我的家減了一百五十磅。」[7]

四、文學的根有否茁壯？

九七回歸，對香港作家而言，是怎麼的感覺？甚麼的感受？

對詩人余光中來說，在「香港四題」的散文中，顯示出的是一種迷茫的情緒，居港 11 年後，他終於在 1985 年回到台灣了；二從台灣來到香港的施叔青，又以《香港三部曲》作為三個長篇的總體，描述了殖民統治時期的社會人心的形態，但未充分帶出「九七」的問題。「九七帶來其中的一個問題是移民潮，這點在葉娓娜的短篇《長廊》、陶然的短篇《天平》、劉以鬯的短篇《一九九七》，以及梁錫華的長篇《原上一片雲》及《天平門外》可以反映到，但這只牽涉到知識份子及中產階級。[8]

自八十年代中開始，香港各報刊的雜文，都紛紛表露對「九七」的擔憂，焦慮最深的，是心猿的《狂城亂馬》（青文書屋，1996 年版），藉一個攝影記者老馬，及另一個文化記者紐約水，去寫「九七」前香港文化怪現象，用步移式的敍述方法，跳躍式的意象表達，充滿諷刺：「花花公子拍裸照的女郎跑去立法局說她才代表文藝界。」（第 87 頁）亦充滿想像：「（老馬）一回頭，瞥見後面兩座巨大的機械人，把他嚇了一跳，三尖八角的中銀大廈和國字口面的匯豐銀行大廈，好似兩座大山那樣壓在背後，說不出那麼沉重。」（第 3 頁）

7　《我城》，素葉出版社，1979 年，26-27、76 頁
8　參考曾敏之：〈香港過渡期的文學與前景〉，載《香港文學多面體》，臨時市政局公共圖書館，1998 年，143-145 頁

「他不過是躲在桌子底下的香港人而已。」

香港人在雙重壓力底下，原來只是如此無奈。壓力是感覺，無奈是感受。

五、根須向橫展向上伸往下深

過渡的時期，偉大的時代，必然產生重要的作品，如是在沙皇時期有《戰爭與和平》，在蘇聯時代有《齊瓦哥醫生》，但直至今天，香港文學中還未出現過相類的作品，究竟原因何在？

是殖民統治的遺害，只注重可以和統治階層溝通的演藝，忽略宣化民憤的文藝；是商業社會的毒害，作家不受到重視，作家各自形成小圈子，香港缺少文風。

香港雖然是個小地方，但卻又是一個大都會，面對的又是一個大時代，因此香港文學應當有深度、闊度與容度。

面對時代的來臨，題材的選擇，是片面性的居多，譬如面對「九七」，作者只偏重知識份子與中產階級的反應，因而缺乏全面性、人物的描寫，多注重個性，因而亦缺乏整體性，人物當然不能多元化。劉以鬯的《酒徒》，因此亦有美中不足之處，不過正如璧華所言，西西的作品，反而只有共性而沒有個性。

香港的作品，較注重宣洩，而不是宣示；宣示是避免過於個人化，將感受立體化；香港的作者，較注重剖白，而忽略了剖解，《狂城亂馬》忽略了社會的背景，與歷史的因素。

土生土長的一代，對香港的切身性當然比較強，一些南下作家，如劉以鬯、向路、陶然等，投入感亦相當深，反而有待加深的是施叔青，因此大部分作家，對香港的感情是十足，如是作品流露出香港的感覺，以至感受；不過，文藝的氣息就算豐富，作品的氣

魄，仍有待提升，藝術並不單止是一點一滴，而需要橫切面與深剖度，對外窺、往後望的同時，還需要向前看。香港文學目前等待的正是一些史詩式、共鳴感、震撼性的作品，如是香港文學的根，才真正開花結果。

——出自 2009 年 1 月《文學天地》

笑談「王麻子剪刀」與真假筆會

曾時華

這篇笑談，都是實錄，可作香港文壇「儒林外史」看。

日炎炎，約幾個文友到酒店喝冰啤酒聊天，是作家張老達發明的消暑妙法。張老達並不老，是個博學多聞的青年才俊，他談興很高，說到清朝末年間剪刀大王杭州王麻子打官司的趣事。

老達兄說：「古人讀漢書佐酒，我沒有這個本事，就以王麻子當花生米給諸位佐酒吧。」

杭州是中國絲綢刺繡四大名都之一，名揚四海，杭州有個「王麻子剪刀」更是遠近聞名。

絲綢刺繡製作衣衫、牀褥、枕頭、掛壁等，裁縫師傅須用精良的剪刀作工具，既要鋒利準確，又要經久耐用。古城杭州鑄鐵打剪刀世家姓王，第五代傳人手藝尤其出色，但卻是個麻子，於是，他乾脆就把店名改為「王麻子剪刀」，凡他的出品，都刻上「王麻子」三個字作為商標，有口皆碑，大江南北的裁縫師傅和家庭婦女都樂於選購，遠地來的客人也指名要買杭州老牌子「王麻子剪刀」，他的生意日漸興隆，名揚四海。

後來有不肖之徒在杭州也開了一間剪刀店，取名「汪麻子剪刀」，又再有「旺麻子剪刀」，企圖魚目混珠。老招牌王麻子心有不甘，一張壯紙告進官府指「汪」、「旺」映射「王」字，損害「王麻子剪刀」商譽，也損害用家權益，要求取締。

杭州知府李舉三是個熱讀稗官野史又喜歡咬文嚼字的人，他常以包公自許，每審案必先喝酒，以增加靈感。杭州夏季炎熱，他將

花雕一瓶吊入水井涼透，問案前取出先喝三杯。

知府大人傳訊原被告三家到庭審訊，問清緣由，立時宣判說：「汪麻子、旺麻子兩家映射王麻子，招搖撞騙，本官判決你們兩家立即取消『麻子』兩個字。」

且聽判詞：「你們汪旺兩家老闆，明明不是麻子，卻要冒充麻子，可見你們見到的品質也是冒牌貨。你汪假麻子的汪字有三點水，分明是水貨！你旺假麻子的旺是從日字旁，表明是日貨，竟敢冒充王麻子老牌子國貨，膽大妄為！」

同坐的文藝界長者劉清章聽罷大笑，連說：「妙！妙！妙！真是天下第一妙判！從面相說到拆字，簡直是神來之筆！」

在座個人均是香港文藝界名流，劉公通曉香港文藝團體的歷史淵源和典章制度，談興來了，就說到筆會。他鄭重地說：「筆會這個名稱，是不可以假借冒用的，筆會是國際筆會（International P.E.N. Club Center）下屬分會的專用名稱，在聯合國教科文組織註冊備案的國際文藝團體，具有專有性唯一性。」

按照國際筆會會章，一般情況下，一個城市祗准成立一個筆會。除非屬於下列兩種例外情況：一、這個城市使用兩種法定語言文字，比如香港中英文同為法定語言，所以香港可以有中文筆會和英文筆會，同屬國際筆會成員；二、如果一種語言文字跨區域使用，例如中國大陸、港澳台和海外華人都使用中文，於是特許成立一個「獨立中文筆會」。

筆會會章還規定國際筆會的責任和義務，必須每年向總會繳交會費，按時派出代表參加每年的世界大會和地區分會，擁有提案權、表決權、選擇權和被選舉權。

劉公笑道：「香港有些自稱筆會者，既尚未向總會申請立案，更

未經過審查批准，當然更談不上履行會章責任，卻用筆會的名義招搖撞騙，那不是汪假麻子、旺假麻子一樣貨色嗎？」

老達兄大笑，忍不住喝了一大杯啤酒，歎口氣說：「汪麻子、旺麻子如果有本事，何必冒名頂替？自己堂堂正正立一個牌子，做好他，不是更好？比如說，香港也有不少文藝團體，他們使用了「作協」、「文協」、「文聯」、「藝聯」等名稱，一樣受人尊重，何必厚著臉皮欺世盜名？」

詞曲作家鄭南風朗聲問道：「劉公，香港這些汪麻子、旺麻子就由他去了，可是，真正的王麻子怎麼不出來正名呢？」

劉公笑道：「這就是君子坦盪盪，小人常戚戚了。」

劉公接着說，正宗的香港中國筆會創立於 1955 年，至今已有 53 年歷史，過去的會務歷史、文學活動、會員著作、國際交往等就不多說了，就以近年該會主辦的兩次國際會議為例，就知道誰是正牌的王麻子了。

1995 年是香港中國筆會創立 40 週年大慶，該會邀請國際筆會總會會長哈伍德（Ronald Harwood）、秘書長、會刊主編等三人專程來香港主持大會。同時參加的嘉賓還有香港英文筆會會長雅文道；香港文藝聯會李默、甄燊港；台北筆會代表、名作家台大教授齊邦媛、以及香港文化新聞界知名人士五十多人。哈伍德專題演講談論寫作自由，研討會討論華文世界的文學與創作。

更為盛大的一次國際會議，是 2007 年 2 月 5 日至 2 月 7 日在香港舉行的亞洲太平洋區作家會議，主題是：中文世界的作家和文學交流。

會議在風景秀麗的香港西貢度假營舉行，國際筆會會長格魯沙（Jiri Grusa）、秘書長阿克曼（Joanne Ackerman）、執行主任麥考

米可（Caroline MoCormick）親來香港主持大會，參加會議的有：美國、加拿大、澳洲、紐西蘭、日本、韓國、菲律賓、印度、巴基斯坦、尼泊爾、埃及、英國、瑞典等筆會會長或代表。其中不乏知名的作家和教授，韓國代表曾獲諾貝爾文學獎提名。

三天的會議中，有演講會、談論會十五場、文藝晚會五場，其中一場在中文大學舉行，由余光中、楊煉、沙葉新和日本、韓國作家誦詩主談，節目精彩，座無虛席。這次亞太地區作家會議，是香港文學史上的創舉，香港各種傳媒報導甚多。

影評人酈其昌論事一語中的，他三句不離本行：「鞏俐主演過一部電影《秋菊打官司》，這個農村女子受了委屈，不惜到處奔走告狀，非要分個是非曲直。香港中國筆會諸君都是些謙謙君子，連村姑都不如，碰上有些人盜用筆會的名義在外面招搖撞騙，就只有吃啞巴虧了。不過，社會總是公正的，人們的眼睛總是雪亮的，一遇到這種大型國際會議，真假『王麻子』就現形了。」

—— 出自 2009 年 1 月《文學天地》

筆會在東西會合之點：未來的形式

國際筆會會長 Mr.Ronald Harwood 在國際筆會
香港中國筆會 40 週年紀念大會上的致辭

裘天英譯

各位同仁：

　　首先我要說的是我今天感到萬分的榮幸能站在這兒，我上次來香港是 1994 年的事了，那次，我擺了一個大烏龍。我還以為香港中國筆會已經解散了。結果立刻有人（譯者按：此指本會上屆秘書長岳騫先生）糾正我，我立刻再三道歉，今天我也再道歉一次。對我來說，要再犯一次同樣的錯恐怕是很難的了。在倫敦家中一堆衣服裏，我每天都對住這條我現在打著的領帶（譯者按：是繡有香港中國筆會會徽領帶，是上次來港時岳騫先生所贈、會長當場結上），並引以為榮，使我想到香港中國筆會之存在是毫無疑問的，並使我回想到 1994 年它自豪的一面。我之所以打這個領帶是因為我以它為榮。我更要感謝您們邀請我到這兒來參加您們的 40 週年紀念大會。我不僅是為自己而言，也代表其他二位同仁。一位是國際筆會的行政秘書 Elizabeth Paterson，我常覺得，沒了她，就沒有國際筆會了；另一位是英國有地位的出版商 Peter Day，他也是國際筆會會刊的主編。我們很感謝諸位的熱誠招待，諸位的客氣是出了名的。

　　英國的大詩人之一 Rudyard Kipling 為了下面四行詩遭到了嚴厲的批評：

哎！東方就是東方，西方就是西方。這兩邊也不必會合了。除非遵照上帝的指示，天和地要連結了。

他好像是在說，兩個不同的文化就永遠不必交流了。這種言辭就免不了被批評帶有種族歧視及帝國主義的色彩。但是批評他的人卻忽略了跟着來的四行詩。前四行詩絕不可以和後四行分開解釋。

當兩個強者面對面時，雖然個別來自地球的兩端，天下卻沒有絕對的東方與西方，邊界、種族或血緣之分。

其實，Rudyard Kipling 是很坦誠地指出，相較之下，種族、宗教、血緣、階級都是不相干的，唯有氣概、信譽、尊嚴、人格等基本素質才能真正將人類結合起來。也許有人會反對「強者」二字，但是種族歧視和帝國主義這些字眼絕不可以用上。

以 Rudyard Kipling 的詩來比喻香港的存在是再恰當不過了。我不知道還有甚麼地方東西文化的那麼堅定地、重要地融合。

每個到過香港的人都會為其充滿了精神及活力而驚訝，我想這不是僅僅兩種文化融會的結果，而是滲透了其他不顯眼、卻更微妙、變化多端、神秘深奧，受到千萬種不同文化的影響。

——1996 年《國際筆會香港中國筆會四十週年紀念特刊》

國際筆會香港中國筆會代表團出席年會報告

雷嘯岑

甲、香港中國筆會代表團的組成

國際筆會第二十九屆年會於 1957 年 9 月 1 日至 9 日在日本東京舉行，香港中國筆會被邀派代表出席：本會幹事會數次商討後，推定徐東濱、水建彤二人為正式代表，雷嘯岑、黃思騁、胡永祥、楊望江、王光遜為代表，經 8 月 11 日第三屆會員大會通過。8 月 23 日幹事會議決由雷嘯岑負責代表團全面工作，由徐東濱負責年會中的會務討論，由水建彤負責年會中的文藝討論，由黃思騁負責代表團的財務管理。除王光遜原在東京外，其餘六人於 8 月 31 日搭乘香港航空公司客機抵達東京；徐東濱、水建彤二人下榻帝國飯店，其餘五人下榻芝以圖旅館。

乙、國際筆會年會出席代表的組成

國際筆會第廿九屆年會，出席代表共 299 人；除日本筆會出席代表 129 人外，其他代表來自 32 個筆會，計：

澳大利亞筆會	1 名	英國筆會	13 名
巴西筆會	1 名	東西德國筆會	1 名
捷克筆會	1 名	印度筆會	9 名
比利時法蘭德斯筆會	2 名	菲律賓筆會	1 名
保加利亞筆會	2 名	泰國筆會	2 名
丹麥筆會	1 名	越南筆會	5 名

法國筆會	44 名	意大利筆會	4 名
西德筆會	4 名	荷蘭筆會	2 名
印尼筆會	3 名	波蘭筆會	4 名
比利時法文筆會	5 名	美國洛杉磯筆會	2 名
香港中國筆會	7 名	流亡作家筆會	8 名
埃及筆會	3 名	韓國筆會	19 名
法國阿爾幾尼亞分會	1 名	巴基斯坦筆會	3 名
冰島筆會	1 名	瑞士筆會	1 名
愛爾蘭貝爾發斯筆會	1 名	美國紐約筆會	16 名
以色列筆會	1 名	另有聯合國文教組織代表	1 名
黎巴嫩筆會	1 名		

丙、國際筆會年會的進程

一、9月1日下午2時30分至6時30分

筆會國際執行委員會第一次會議在產經會館會議廳舉行，出席者限於各筆會正式代表，由國際筆會會長安德相松先生主持，重要議案處理情形簡述如下：

1、冰島筆會申請國際筆會會籍案 —— 通過。

2、羅馬尼亞筆會申請國際筆會會籍案 —— 待獲得更多消息時再作處理。

3、台灣中國筆會申請國際筆會會籍案 —— 原則上通過，請國際秘書與該會協商該會名稱，然後再作正式通過。

4、越南筆會申請國際筆會會籍案 —— 通過。

5、泰國筆會申請國際筆會會籍案 —— 暫不處理。

6、通過國際秘書之工作報告。

7、通過國際筆會第廿九屆年會議程及各種會議之安排。

8、審核向年會提出之決議案草案

通過日本筆會提案，主要意思是加強東西文化交流，尤其加強把東方文學介紹到西方的工作。

二、9月2日上午10時至11時30分

國際筆會第二十九屆年會開幕式在產經會館禮堂舉行，全體代表出席，另有來賓及新聞記者等，大會由日本筆會會長川端康成先生主持。首先由川端先生致開幕詞，繼由日本外務省大臣藤山愛一郎先生致歡迎詞，繼由國際筆會會長安德相松先生致詞，繼由印度代表蘇菲亞瓦迪致詞，並宣讀印度筆會會長拉達克里希南（國際筆會副會長之一）的祝詞，最後，由美國代表約翰斯坦貝克作簡短而幽默的致詞。

三、9月2日下午2時至3時30分

國際執行委員會第二次會議，繼續進行議程。

1、繼續審核向年會提出之決議案草案：

　　A、討論並通過流亡作家筆會所提出關於匈牙利筆會提案之第一部分：調查筆會過去與現在之情況，否決其第二部分：暫停匈筆會的國際會籍。

　　B、通過國際筆會規章

2、國際秘書報告關於徵收國際筆會會費情形。

3、國際秘書報告今後年會開會的接洽情形。

4、選舉國際秘書，全體鼓掌歡迎大衛卡佛爾先生繼任國際秘書。

四、9月2日下午4時至5時30分

會務會議，全體代表出席，安德相松先生主持。將國際執行委員會已經議決向大會提出的各提案加以正式通過。

五、9月3日上午10時至12時30分

文藝座談會，全體代表出席，安德相松先生主持。

主題：「東方文學與西方文學在現代與將來作者中相互的關於美學價值及生活方式的影響」

作報告者：

1、Dr. Mohamed Awad（埃及）

2、Mr. Angus Wilson（英國）

3、青野末吉（日本）

4、Mr. Antoni Slonimski（波蘭）

5、Dr. Spinbasa Iyengar（印度）

6、Mr. Jean Guehenno（法國）

六、9月3日下午3時至5時30分

分組文藝座談會。

第一組討論東西文學在美學價值上的相互影響，主持是美國筆會代表 Mr. Elmer Rice。有八位代表作報告。

第二組討論東西文學在生活方式上的相互影響，主持是印度代表 Mrs. Sophia Wadia。有九位代表作報告。

七、9 月 4 日上午 10 時至 12 時 30 分

文藝座談會，全體代表出席，日本筆會副會長 Mr, Kojiro Serizawa 任主席。

作報告者：

1、 Dr. Helmuth Von Glasenapp（西德）

2、 Mr. In-Sob Zong（韓國）

3、 Dr. Omar Hyat Malik（巴基斯坦）

4、水建彤（本會）

5、 Mr. Alberto Moravia（意大利）

6、 Mr. Jean Guehenno（法國）

八、9 月 5 日上午 10 時至 12 時 30 分

文藝座談會，全體代表出席，印尼代表 Prof. S. T. Alisjahbans 主席，美國代表 Mr. Donald Keene，英國代表 Mr. Angus Wilson, Mr. Stephen Spender 等發言，主要討論如何促進將東方文學介紹到西方。

九、9 月 6 日上午 10 時至 12 時 30 分

文藝座談會，全體代表出席，英國代表 Mr Stepen Spender 主席，流亡作家筆會代表 Mr, Pavel Tigrid，英國代表 Mr. Angus Wilson 等發言。通過 Angus Wilson 等七人所提出之促進東西文學翻譯工作之提案。由英國筆會代表 J.L. Crammer-byng（現在香港大學任教）對文藝座談會作總結。

十、9 月 8 日上午 10 時 30 分至 11 時 30 分

國際筆會第廿九屆年會閉幕式，在京都天龍寺舉行。

丁、會議以外的節目

一、9 月 1 日下午 7 時至 9 時，日本筆會在東京椿山莊招待遊藝晚會。

二、9 月 2 日 12 時至下午 1 時 30 分，日本筆會在東京工業會館招待午餐。

三、9 月 2 日下午 6 時 30 分至 9 時，日本外務省大臣藤山愛一郎在東京工業會館招待晚會。

四、9 月 3 日下午 6 時至 8 時，英國文化委員會東京代表菲立浦博士在該會舉行雞尾酒會。

五、9 月 3 日下午 8 時至 10 時 30 分，沈覲鼎大使夫婦在官邸招待本會代表及另外二位代表。

六、9 月 4 日 12 時 15 分至 1 時 45 分，日本文部省大臣與聯合國文教組織日本委員會主席在新東京餐廳招待午餐。

七、9 月 4 日下午 2 時 30 分至 4 時 30 分，參觀日本古典戲劇「能」。

八、9 月 4 日 6 時 30 分至 9 時，東京都知事招待晚會。

九、9 月 5 日下午 1 時至 2 時半，本會代表團招待英國代表 Miss Maureen Kilroe，Mr. Angus Wilson，Mr. Alec Waugh，美國代表 Mr. John Hersey 等在香港園午餐。

十、9 月 5 日下午 6 時 30 分至 9 時 30 分，參觀日本古典戲劇「歌舞伎」。

十一、9 月 6 日 12 時 30 分至 2 時，本會代表團在香港園招待英國代表 Mr. Stephen Spender，Mr. J. L. Crammer-Byng，巴基斯坦代表 Dr. O. H. Malik（巴基斯坦駐日大使），Miss Q. Hyder，Prof. Syed Ali Ahsan，美國代表 Mr. Donald Keene 等午餐。

十二、9 月 6 日下午 2 時 30 分至 6 時，觀光東京名勝。

十三、9 月 6 日下午 7 至 9 時 30 分，日本筆會在東京會館晚宴。

十四、9 月 7 日上午 8 時 50 分搭火車，下午四時抵京都，下榻 Miyako Hotel。下午 6 時 30 分至 9 時京都望族裏千家招待，參觀日本茶道。

十五、9 月 8 日 12 時至下午 1 時 30 分，京都縣知事、京都市長、京都商會會長在天龍寺招待午餐。

十六、9 月 8 日下午 1 時 30 分至 6 時，觀光京都名勝。

十七、9 月 8 日下午 6 時至 9 時，野村證券株式會社董事長在野村別墅招待園遊晚會。

十八、9 月 8 日上午 9 時 30 分出發赴奈良。12 時 30 分至 2 時，奈良縣知事招待午餐。餐後觀光奈良名勝。

總結

此次國際筆會第二十九屆年會是第一次在東方開的年會。由於日本朝野加以重視，以大量人力、財力從事籌備工作，並由於聯合國文教組織之協助，會議進行甚為順利，大體上甚為成功。本會代表團在會議中之表現，雖無重大過失，亦無重大貢獻。較為特殊的是本會代表團由香港帶去中國毛筆二百枝，分贈其他各國代表，筆桿上刻有「國際筆會第二十九屆年會紀念，中國筆會敬贈」字樣，

封套上亦印有同樣文字，各國代表甚為欣賞；事實上除日本筆會外，本會是唯一的贈送紀念品的筆會，假使此次沒有語文的障礙（大會的正式語文是英語、法語、日語）和經費的限制，使本會能多派幾位代表，同時若干位才高學優的會員能撥冗出席任代表，則本會代表團的收穫當遠勝於此。

1957 年國際筆會第二十九屆年會

我們的理想和工作 —— 表達人類的心聲

香港中國筆會 20 週年紀念文藝座談會開幕致詞

羅香林

　　各位前輩、各位嘉賓、各位女士、各位先生，今天是香港中國筆會為紀念創立 20 週年而舉行文藝座談會開幕的日子，承蒙各位前輩、各位嘉賓光臨指導，并承各位女士、各位先生踴躍出席，至深感謝。

　　本會會章，明載「本會由中國自由作者組成，以實現國際筆會會章之各項宗旨為目的」；而國際筆會的會章第三條，則特別的規定：「筆會會員，應提高國族間的諒解與互敬……致力於全人類在世界大同中和衷共濟的理想。」這可知本會的設立，是基於一種崇高的理想，要致力於各種自由文藝的寫作和編刊，以表達人類的心聲，以促進世界的和平康樂，以保障人類生存發展為使命的。正是因為理想崇高，所以工作也很艱巨。

　　本會自 1955 年 3 月成立以來，到現在足足 20 年了。除了各會員都依照上述的宗旨，在各人的工作崗位上，努力於自由文藝的寫作和編刊以外，會裏也先後編刊《文學世界》季刊和《文學天地》與《筆會》等雙周刊，以發表有關的論文和創作，以及有關的報導和通訊。並會編刊《現代短篇小說選》，《現代散文選》和《現代詩歌選》等書。現在並進行將會員的代表作品，分詩歌散文和短篇小說等，譯為英文，集印出版，以期能在國際上多發生作用。

　　本會關於文藝的集體研討，則先後有按月或按季舉行的小型座

談會，與在大會堂的公開演講會，前者舉辦過將近十年，後者舉辦過將近五年。近二三年則因大會堂演講廳不易租得，乃改為珠海書院的較大教室，舉辦不定期的演講會，如去年特別邀請謝和耐教授（Prof J. Gerent）演講「近現代法國的漢學」，便是其例。

至於參加國際筆會的各種會議，及與各地筆會的合作或聯繫，則先後會推派代表，出席國際筆會在日本、西德、巴西、美國、及韓國等地所召開的年會，每次均有相當的表現。並會推派代表出席由菲律賓、泰國和中華民國各筆會所召開的各界亞洲作家會議，也各有相當的表現。而各國筆會的會長或會員，到港訪問，或途徑香港的，本會也必為集會接待與邀請演講，如前任日本筆會會長平松幹夫教授，韓國筆會會長白鐵博士，和澳洲筆會的會員紀鼎斯夫人（Jean Gittins）等，即在港，與本會同人聚會，商討合作辦法，且會留下很深刻的印象。

本會蒙港內外熱心中國文化發展的人士的支持，使之得盡其應盡的責任，尤其多年來均蒙亞洲協會予以多方協助，使本會的各種工作，得以勉力完成，這是本會同人所永遠不能忘記的。

這 20 年來，世界各地區，均有巨大的變化。這變化反映在自由文藝寫作上或是編刊上的，到底有何特徵？而我們今後要如何的努力，才能表達人類真正的心聲？這是本會為紀念創會的 20 週年而要舉行這次座談會的微意。希望各位前輩、各位嘉賓、各位女士、各位先生、多多的指教。謝謝。

1975 年 3 月 29 日

杜甫與唐詩

饒宗頤

一

「文章千古事，得失寸心知。作者皆殊列，名聲豈浪垂。」（杜詩偶題之一）大凡文學（杜詩偶題之一）大凡文學史上卓越造詣的作家，絕不是偶然倖致，他本身有千錘百鍊的精神結晶，才能放出萬丈的光焰，照耀千古。而且真金不怕火，他必有堅定不移的自信力，有體會入微的觀察力，有磅礴萬物為一的創造力：這樣，他的作品自然會江河不廢，歷久而愈覺其芬芳的。杜甫在盛唐詩壇，並不很受人重視，雖然他有家學淵源（「詩是吾家事。」）和深邃的工力，（「心從弱歲疲」）但與當日作詩的風尚卻格格不能相入，所以當甫之世，羣兒之謗傷，大有其人。因此，他不得不借庾信與四傑，來洩他的牢騷，戲為六絕句謂：「今人嗤點流傳賦」，「輕薄為文哂未休。」這並不是無為而發的。他憤慨地說：「爾曹身與名俱滅」，這正是韓退之所言的「羣兒」呢。

杜詩之能得到普遍的尊崇，是在北宋中葉。蔡寬夫詩話云：「三十年來學詩者，非子美不道，風靡一時，雖武夫女子，皆知異之。李太白而下，殆莫與抗，文章隱顯，固自有時哉！」至江西詩派以杜為祖，杜的地位由是日隆。可見杜詩要到宋代才走紅運的。我們回頭看看唐人對杜詩，卻有許多不同的評價，甚至唐末當有認為他的作品，「言語突兀，聲勢蹇澀」的，可見到對他謗傷的程度。

在若干唐人選的唐詩總集中，杜公的詩竟無一席的地位。敦煌

石窟所出唐詩選集寫卷，殘存二十四葉，由避諱字知是中唐寫本，所選的各家是王昌、邱為、陶韜、李白、高適，而沒有杜甫。芮挺章撰國秀集，選錄自開元初迄天寶三載的佳製，自李嶠以下凡九十人。考天寶三載杜甫在東京，秋間與李白高適同遊梁宋，登吹台，飲酒賦詩。後在大歷中居夔州，回憶前塵，有遣懷詩云：「昔我遊宋中，惟梁孝王都……憶與高李輩，論交入酒罏。」即記其事。但國秀集中不錄李杜的詩。據序稱其選詩標準云：「近秘書監陳公、國子司業蘇公，嘗從容謂芮候曰：風雅之後，數千載間，詞人才子，禮樂大壞。諷者溺於所譽，志者乖其所之，務以聲折為宏壯，勢奔為清逸，此蒿視者之目，聒聽者之耳，可為長太息者也！」國子司業蘇公當是蘇源明。源明於天寶十三載由東平太守徵入為國子司業（唐文粹九十六源明小洞庭離讌序）則此書當成於天寶十三載之後，非如曾彥和跋謂作於天寶三載甚明。此書取材，凡「聲折」「勢奔」的作品，擯而不采，李杜詩皆以氣勢勝，自在刊落之列。此乃根據蘇源明的主張。惟源明和杜甫自少年締交，裘馬清狂，嘗放盪於齊趙之間（見杜壯畫詩）。天寶十四載，甫在長安，與源明及鄭虔時相過從，其詩有謂：「賴有蘇司業，時時乞酒錢。」大歷元年杜公在瀼西寄薛據詩云：「早歲與蘇鄭，痛飲情相親。」（蘇即謂源明）可見兩人交情之深，然論詩見解未必相合。新唐書文藝傳謂「源明寓居徐兗，工文辭。」杜甫哭源明為八哀詩之一，稱其「前後百卷文」、「制作揚雄流。」俱極推許。可是國秀集沒選采杜的詩，因為不合他們的「風流婉麗」的口味。雖然蘇司業與杜公私交甚契，談到對於詩的見解，他們二人似乎是相左的。

丹揚殷璠撰河嶽英靈集，所收詩篇，自常建、李白、王維以下共二十四人，所取之詩，以「興象」為主，如對常建詩評云：「旨遠

興僻，佳句輒來，唯意表。」足以窺見其旨趣所在。曾彥和稱，此集作於天寶十一載。是年杜公曾與高適、岑參、儲光羲、薛據諸人同在長安進昌坊的慈恩寺塔。此數人的詩，英靈集皆有遺錄，杜公詩獨付缺如。很明顯地杜公的詩亦不合殷璠的胃口。（唐書藝文志謂殷璠彙次包融儲光羲等十八人詩為丹陽集，這是璠的另一部詩選總集，其中未必有收杜公的詩。）

　　元結和杜甫同於天寶六載在長安應招落第（參見元次山集中論友），但彼此沒有甚麼往來。元結在乾元三年撰篋中集，只選沈千運、王季友、孟雲卿及其弟融（即元季川）七人之詩，專取淳古淡泊之音，亦不錄杜的作品。考乾元三年即肅宗上元元年，時杜公在成都草堂，元結則參山南東道節度使來瑱幕府（見元次山年譜），東西隔絕。當時元氏對杜公的詩可說沒有甚麼印象。孟雲卿與元結交情甚深，和杜公亦很有來往。（乾元元年六月，甫出為華州司功，作酬孟雲卿詩，是冬又有「之東都湖城遇孟雲卿詩。」唐才子亦稱：「杜工部多有與雲卿贈答之作，甚愛重之。」）元結頗尊重孟雲卿，但對杜則不甚理會。大曆元年，杜甫在夔州見到元結在道州刺史任內所作的舂陵行及賊退示官吏二詩，非常感傷，因作「同元使君舂陵行」，稱：「道州憂黎庶，詞氣浩縱橫」，引為同調。復有序云：「不意復見比與體制微婉頓挫之詞，感而有詩，增諸卷軸，箇知我者，不必寄元也。」可見作成之後，只寄與相知者而沒有寄給元道州，我們看元次山集中並沒有與杜公酬唱之作，則兩人對詩的看法，相信不是十分投契的。

　　無名氏編的搜玉小集，直齋書錄解題云：「自崔湜至崔融三十七人，詩六十一首。」所采錄的是唐朝至武后時詩人，自然不及杜詩。高仲武的中興間氣集所錄，「起自至德元首，終於大曆暮年」，

共選錄起以下二十六人，入選的標準是：「但使體狀風雅，理致清新……則朝野通取，格律兼收。」杜公的友好如蘇渙、孟雲卿皆入選，但沒有收杜的作品。姚合編極玄集，選王維以下二十一人，共詩百首，五律居多。自序云：「皆詩家射鵰手也。」亦不選杜句。直至光化三年，韋莊撰又玄集，始以杜甫列首，李白次之。晚唐人對杜詩的評價，已大異於前，但所選的作品，只有五律五首七律二首，並沒有古體詩。（韋莊浣花集，其弟藹，於昭宗天復三年癸亥為序，稱其兄為西蜀奏記，在浣花溪尋得杜工部舊址，結茅為室，欲思其人，而成其處，其詩曰「浣花集」，亦杜陵所居之義。此足見韋莊對杜公嚮往之意。）蜀監察御史韋縠撰才調集，其自序云：「暇因閱李杜集元白詩，其間天海混茫，風流挺特，遂採摭奧妙。」但所選只限於「韻高」、「詞麗」的作品。如韋莊多至六十三首，溫飛卿六十一首，李商隱四十首；李白只錄二十八首，杜詩竟不載。白居易的代書一百韻寄元徽之及東南行一百韻，分明是學杜的長篇排律，反齋帙，而杜則隻字不提，也許當時人對杜公並不認為他是有才能的詩人啊！

杜詩在唐人選集中，頗遭奚落，從上舉各例，可見其概。儘管他的作品，「思飄雲物外，律中鬼神驚，毫髮無遺恨，波瀾獨老成。」（杜敬贈鄭諫議）可是一般人愛好的是清辭麗句，他們只欣賞蘭苕上飛翔的翡翠，而怕見跳擲碧海中的鯨魚。「王好竽而子鼓瑟，雖工如王不好何！」此杜詩所以在唐代不能博得一般人喝采的緣故。

二

杜甫在當時與李白齊名，世稱李杜。他又與盧象合稱為「盧杜。」劉夢得為董氏武陵集序，稱其「所與遊皆青雲之士，聞名如

盧杜，高韻如包李（即包佶李紓），迭以章句揚於當時。」原註：「盧員外象，杜員外甫。」（劉夢得文集二十三）盧象是盧鴻的姪，字緯卿，在開元中，與王維崔顥比肩驤首，鼓行於時。（見劉夢得序盧公集）唐才子傳稱其「仕為書郎、左拾遺、膳部員外郎。受安祿山偽官，貶永州司戶參軍，後為主客員外郎，有詩名，譽充秘閣。」其詩河嶽英靈集、國秀集俱選錄。杜甫當武再帥劍南時，被表為參謀檢校工部員外郎。杜官工部，盧官膳部，同為員外郎，官職相埒，故世有盧杜之目。

新唐書甫傳言：「少與李白齊名，時號李杜。」李白長於杜甫十二歲（白生於武后聖曆二年），兩大詩人相識，實在天寶三載，時李白因酒後觸犯楊妃與高力士，賜金故歸，道出洛陽，與甫相會，杜贈李詩有「李侯金閨彥，脫身事幽討」之句。杜甫晚歲在長沙送李十一銜詩，有云：「李杜齊名真忝竊。」（黃鶴編在大曆五年）在這句中，李是指李銜，但宋人如黃徹碧溪詩話卻藉來說李白和杜甫（亦見詩人玉屑十四「文章心得」條）。「李杜」二名在中唐元和間已成為一般詩人論詩的對象，在白居易元慎韓愈諸人詩文中，時時可以見到。白氏云：

唐興二百年，其間詩人不可勝數……詩之豪者，世稱李杜。

——《白氏長慶集二十八與元九書》

……歷覽古今詩，自風騷之後，蘇李以還，次及鮑謝徒，迄於李杜輩，其間詞人聞知者累百，詩章流傳者鉅萬……

——《白氏長慶集六十一序洛詩》

讀李杜詩集因題卷後云「……吟詠流千古，聲名動四夷。文場供

秀句，樂府待新詞。天意君須會，人間要好詩。」

——《白氏長慶集十五》

元氏云：

詩人以來，未有如子美者，時山東人李白亦以奇文取稱，時人謂之李杜。——《元氏長慶集五十六杜工部墓誌銘》

韓氏云：

勃興得李杜，萬類困陵暴。——《薦士詩》

少陵無人謫仙死，才薄將奈石鼓何。——《石鼓歌》

昔年因讀李白杜甫詩，長恨二人不相從。——《醉留東野》

李杜文章在，光焰萬丈長。——《調張籍》

(容齋四筆卷三記昌黎言李白杜甫者，凡五用之。)

又有任華者，作雜言二篇以寄李杜，載於又玄集。(劉後村大全集一七六云：「唐人皆宗李杜，雖退之崛強亦然。任華者不知何入？有雜言寄李杜……以怪見取。」)

晚唐詩人，如杜牧、司空圖、黃滔亦每提及李杜。杜牧云：

高摘屈宋豔，濃薰班馬香，李杜泛浩浩，韓柳磨蒼蒼。

—— 樊川文集一「冬至日寄小姪阿宜詩」

命代風騷將，誰登李杜壇。少陵鯨濤動，翰苑鶴天寒。

—— 樊川文集卷二訪趙叚街西所居三韻

司空圖云：

> 國初雅風特盛，沈宋始興之後，傑出江寧，宏思至李杜
> 極矣。
>
> —— 司空表聖集與王駕評詩書。駕事跡見唐才子傳卷九

黃滔云：

> 大唐前有李杜，後有元白，信若滄溟無際，華岳干天。
>
> —— 黃御史公集七答陳磻隱論詩書

杜甫在唐詩上地位之尊，至於晚唐，乃漸成定論，亦有人將韓文和他相配，稱為「杜詩韓筆」的。杜牧讀韓杜集云：

> 杜詩韓筆（一作集）愁來讀，似倩麻姑癢處抓。天外鳳凰誰
> 得髓，無人解合續絃膠。
>
> —— 樊川文集二

北宋秦觀作進論，其論韓愈有云：「愈之文，猶杜子美之於詩，實積眾家之長。」（淮海集二十二）以韓比杜即本杜牧之說。

三

至於李杜優劣之論，白居易元稹皆尊杜而抑李，白與元九書云：

> 詩之豪者世稱李杜。李之作才奇矣，人不逮矣！索其風雅
> 比興，十無一焉。杜詩最多，可傳者千餘首。至於貫穿今古，覷
> 縷格律，盡工盡善，又過於李。然撮其新安吏、石壕吏、潼關
> 吏、塞蘆子、留花門之章，「朱門酒肉臭，路有凍死骨」之句，
> 亦不過十三四，杜甫如此，況不逮杜者乎⋯⋯
>
> —— 白氏長慶集二十八

這説明杜公在博通與審律二方面的成就。觀杜公自言「後賢兼舊制，歷代各清規」，和「遞相祖遠復先誰」「轉益多師是汝師」，正謂宜博習多方，勿拘一孔，即白氏所謂「貫穿今古」。杜公又言：「文律早周旋」，「詩律羣公問」，「晚節漸於詩律細」即白氏所謂「覼縷格律。」前者是識通變，後者是嚴律令，一以見其廣大，一以致其精微，嚴格論之，確非李白所能企及。白氏所最稱許的，尤在杜公對於社會詩的提倡和樂府領域的開拓。白氏新體樂府的道路（所謂「白氏諷諭」），正是繼武杜的後塵。他主張詩的真正效用在「上以補察時政，下以洩導人情。」有價值的詩篇是要能拘興觀羣怨，便不能不和當前的政治社會發生聯繫，這樣才不蹈於無病呻吟。元積對杜甫亦指出「憐渠直道當時事，不著心源傍古人。」這一方面是杜公空所依傍，戞戞獨造之處。本來樂府的作家每沿用舊題，像李白所作美矣至矣，猶不能脱離前人的窠臼，杜公則直陳時事，創製新題，元白對他在這一場的貢獻，萬分低首下心，不得不驚嘆為「天才絕倫」了。元積在樂府古題序上説：

> ……況自風雅，至於樂流，莫非諷興當時之事，以貽後代之人。沿襲古題，唱和重複，於文或有短長，於義咸為贅賸；尚不如寓意古題，刺美見事，猶有詩人引古以諷之義焉。曹、劉、沈、鮑之徒，時得如此，亦復稀少。近代惟詩人杜甫悲陳陶、哀江頭、兵車、麗人等，凡所歌行，率皆即事名篇，無復倚傍。

這裏充分説出杜公在樂府上的創造精神，此段正可作元澈之讚杜公一詩的註腳。

元積自言作詩，得力於杜公最多，他的敍詩寄樂天書有云：「又久之，得杜甫詩數百首，愛其浩盪津涯，處處臻到，始病沈宋

之不存寄興，而訝子昂之未暇旁備矣。」（元氏長慶集三十）他和白居易一樣，得到杜詩很大的裨益。所以他對杜公認識特別深至。他在工部墓誌上大聲疾呼地說：「子美盡得古今之體勢，而兼人人之所獨專⋯⋯詩人以來，未有如子美者。」又稱其「鋪陳終始，排比聲韻，大或千言，次猶數百，詞氣豪邁，而風調清切，屬對律切，而脫棄凡近。李（白）尚不能歷其藩翰，況堂奧乎⋯⋯」這種說法，引起後來許多爭辯。張戒歲寒堂詩話謂：「鋪陳排比，曷足以為李杜之優劣。（子美）詩若同谷七歌，真所謂主文而譎諫，可以羣，可以怨，邇之事父，遠之事君者也。」又謂：「子美篤於忠義，深於經術，故其詩雄而正。」這專從內容著眼，又當別論。元遺山論詩絕句則云：排比鋪陳特一塗，藩籬如此亦區區。少陵自有連城璧，爭奈微之識珷玞。則譏笑微之太從形容上衡量杜詩。迮鶴壽蛾術篇註云：「少陵止是神行而已。若其連章詩，又通各首為大片段，要其融貫處，在神理，不在字句。千言數百言長律，自杜而開。古今聖手無兩。⋯⋯鋪陳排比，殆可概長慶諸公之鉅篇，若杜排之忽近忽遠，虛之實之，逆來順往，奇正出沒，未許尋行數墨者，涉其藩籬。遺山所謂『連城璧』者，正在此處。」考遺山杜詩學引言：「子美之妙，釋氏所謂學至於無學者耳。今觀其詩，如元氣淋漓，隨物賦形，如三江五湖，合而為海，浩浩瀚瀚，無可涯涘。⋯⋯前人論子美用故事，有著鹽水中之喻，固善矣。但未知九方皋之相馬，得天機於存亡滅沒之間，物色牝牡，人所共知者，為可略耳。」（遺山集三十六）極言杜詩的神明變化，不可方物。按此說實本於黃山谷大雅堂石刻杜詩記，謂：「子美詩妙處，乃在無意於文」，「無意而意已至」，究實亦是神行的意思。杜公自云：「詩成覺有神。」「詩應有神助。」「篇什若有神。」具見「神思」的重要，但微之於此未曾不知，

他所謂「浩盪津涯，處處臻到。」二語足以盡之。其所以特把鋪陳排比標出者，因為他本人正從長律這一方面致力，雖表面是讚揚杜公，實則欲藉以暗示己美呢。微之貶李尊杜之說，很得到北宋人的支持。宋祁新唐書藝文志序：「言詩則杜甫、李白、元稹、白居易、劉禹錫。」他亦以杜甫居首，却本微之說。

韓愈調張籍詩，對於李杜，似乎並不表示有甚麼軒輊。王壬秋引伸之，言：「韓愈並推李杜，而實專於杜，但襲粗跡，故成枯獷。」湘綺說韓公專於杜，是不錯的。杜戲為六絕句其中一首云：「才力應難跨數公，凡今誰是出羣雄？或看翡翠蘭苕上，未掣鯨魚碧海中。」掣鯨魚於碧海，杜公獨闢這一境界，到了韓昌黎，又進一境。他在形式上學杜的瑰奇，用寫賦的方法來寫詩，他可說是詩國中的揚子雲。司空圖題柳柳州集後有云：「嘗覽韓吏部歌詩數百首，其驅駕氣勢，若抓雷抶電，撐扶於天地之間，物狀奇怪，不得不鼓舞而徇其呼吸也。」掣鯨的手段，至昌黎更為變本加厲了。所以趙秉文說：「少陵知詩之為詩，未知不詩之為詩，昌黎以古文瀷灝，溢而為詩，而古今之變盡。」其實他用瀷灝的文筆作詩，和杜詩的「浩盪津涯」，正是一脈相承的。

唐才子傳稱：唐彥謙「尊崇工部，唐人效甫者，惟彥謙一人而已。」這一說是不正確的。唐詩紀事（六十八）言：「彥謙學義山為詩。」與其說彥謙學杜，不如說是學李。宋人如蔡寬夫詩話謂：「王荊公晚年亦喜策稱義山詩，以為唐人知學老杜，而得其藩籬者，惟義山一人而已。」葉少蘊石林詩話亦言：「唐人學老杜，惟商隱一人，雖未盡造其妙，然精密華麗，亦自得其彷彿。」義山所得於杜者，乃元微之所謂「屬對律切」一方面，其成就特別在五七言律。（義山古詩如井泥等篇亦學杜，但不如律詩造詣之深。）杜律多體，

兼備衆妙，普通所謂「杜樣」，乃指雄闊高渾、實大聲弘之作；亦有細筋體骨、瘦韌通神的，則宋人之所步趨。義山律詩能兼此二體。（尋常所舉如：「天意憐幽草，人間重晚晴。」「江海三年客，乾坤百戰場。」屬於第一種。至如：「重吟細把真無奈，已落猶開未放愁。」拗折遒峭，則屬於第二種。）唐彥謙只做到「精微婉約」，尚乏暢酣飽滿之什，故不能謂真能學杜。

中晚唐以降，詩境別開新局面，元白的諷諫和長篇排律，韓愈的驅駕氣勢，以賦為詩，義山的屬對律切，頓挫曲折，這些能獨樹一幟的詩人，無不淵源於杜。孫僅的讀杜工部詩集序云：「公之詩支而為六家。孟郊得其氣焰，張籍得其簡麗，姚合得其清雅，賈島得其奇僻，杜牧薛能得其豪健，陸龜蒙得其贍博，皆出公之奇偏耳，尚軒軒然自號一家。……是知唐之言詩，公之餘波及爾。」所說雖未必盡當，足見唐詩人多得力於杜之「奇偏」，引其一端，自成家數。杜詩的「渾涵汪茫，千彙萬狀」，真令人挹之無竭。宋人更能看清這一層，對杜公有更深刻的了解，至推為詩聖；其實，宋詩亦從杜公的「奇偏」衍引而出。唐人對杜公多從技巧和片段方面去揣摹，只看其淺處；宋人則從精神及整體方面去體會，很能看到深處。

杜詩最偉大的地方是能夠「直道時事，不傍古人」，元微之已經指出，這便是他所以被譽為「詩史」的緣故。楊升庵詩話卷十一云：

　　宋人以杜子美能以韻語紀時事，謂之詩史，鄙哉，宋人之見，不足以論詩也！……杜詩之含蓄蘊藉者蓋亦多矣，宋人不能學之。至於直陳時事，類於訕訐，乃其下乘末腳，而宋人拾為己寶，又撰出詩史二字，以誤後人。如詩可兼史，則尚書春秋可以併省。

升庵此說，殊為迂泥。「詩史」之稱，非肇於宋（參詩人玉屑十四「詩史」條），唐人已有之。孟棨本事詩（高逸第三）李太白條附記杜甫事云：

> 杜逢祿山之難，流離隴蜀，畢陳於詩，推見至隱，殆無遺事，故當時號為「詩史」。——（歷代詩話續編本）

考本事詩，直齋書錄解題十五稱：「唐司勳郎中孟啓撰」。此書又有顧氏文房小說本，及津逮秘書本，有自序宋題「光啓二年十一月，大量在褒中，前尚書司勳郎中賜紫金魚袋孟啓序。」題名作「孟啓」，由自序知此書作於唐僖宗幸興元時。可見在僖宗以前，對杜公的作品，早已有「詩史」之稱，這和元白推崇杜公新題樂府，有着密切關係。升庵謂「詩史」二字係宋人撰出，那就大錯了。（劉後村謂：「（子美）投贈哥舒翰詩，盛有稱許，然陳陶斜潼關二詩，直筆不少恕，所以為詩史也。」即指其能直陳時事，沒有曲筆。）

四

杜詩最早編集成書，其事始於樊晃。仇注杜詩附錄有潤州刺史樊晃杜工部小集序，略稱：

> （甫）至德初，拜左拾遺。直諫忤旨，左轉，薄遊隴蜀，殆十年矣。……文集六十卷，行於江漢之南，常蓄東遊之志，竟不就。屬時方用武，斯文將墜，故不為東人之所知，江左詞人所傳誦者，皆公之戲題劇論耳。……今採其遺文，凡二百九十篇，各以事類分為六卷，且行於江左。君有子宗文宗武，近知所在，漂寓江陵，冀求其正集，續當論次云。

觀此，知樊晃與杜公同時，杜公先卒，其詩行於江左的，只有二百餘首，僅嘗鼎一臠而已。樊晃勤為搜集，他對杜詩的功勞，一如趙德之於韓文，值得稱道。國秀集有晃詩，稱曰「前進士」，其詩警句如：「四時不變江頭草，十月先開嶺上梅。」全唐詩卷四：樊晃勾容人，硤石主簿，當即此人。

　　唐人於杜詩，恐怕很少能觀其全豹。元稹自言：「得杜甫詩數百首。」昌黎亦云：「平生千萬篇，金薤垂琳琅。」「流落人間者，泰山一毫芒。」亦只見到一部分。所以對杜公不能如宋人認識之深刻，同時不免有貴遠賤近的心理，這正如韓文要到宋代纔受到重視一樣。張戒云：「韓退之之文，得歐公而後發明……子美之詩，得山谷而後發明。」這是指提倡杜詩者而言。晁公武則云：「本朝（指宋）自原叔以後，學者喜觀杜詩。」原叔即王洙，洙在宋仁宗寶元二年首將杜詩作總整理。他取秘府舊藏及人家所有的杜集為材料，據他在自序所說，有古本二卷、蜀本二十卷、集略十五卷、樊晃序小集六卷、孫光憲序二十卷、鄭寶文序少陵集二十卷、別題小集二卷、孫僅一卷、雜編三卷，除去重複定取千四百有五篇。（參看洪業杜詩引得序）杜詩之有全集，實自王洙始。這是學上極大的貢獻，宋人對杜公所以能有進一步的認識，不能不歸功於王洙，這一點是不能忽視的。

　　唐人對杜詩沒有像宋人認識那麼深刻，固由於所見的杜詩太少與時代過於接近；而主要的還是寫詩的風氣起了重大的變革，唐人的道路宋人不能再走下去。唐自玄宗以「辭藻宏麗」科取士（事在天寶十三年，見舊唐書楊綰傳），士子所趨向的是寫些清詞麗句。前舉若干唐人選詩總集，多半適用於科場，故能風行一時。他們把心力花在佳句的雕琢上。到了唐末，還盛行着「詩句圖」一類的著作，

像題李商隱集的梁詞人麗句、張為的詩人主客圖，皆其著例。司空圖與李生論詩書，亦侈列警句，在在可看出唐人作詩有着重秀句的習尚。杜公所重的卻是「意」，不單是「句」，所謂「意匠慘淡經營中」和「凌雲健筆『意』縱橫」，無異杜公作詩的自況。他說：「別裁偽體親風雅」，那些只像「翡翠蘭苕」的輕佻美，而沒有精思健筆，僅是偽體而已，去風雅尚遠。所以在唐代一般俗人所認為佳詩的，在杜公看來卻是偽體；杜公所欲提倡的，是親近風雅的「詩人之詩」，而不是僅偶有一二秀句的「文人之詩」或「才人之詩」。杜公的主張，在唐代只得到少數詩人的支持，尚不能轉移風氣，到宋人卻全盤接受，遂開拓宋詩的新境界。

「唐詩主情，宋詩主理」（升庵詩話）是說本之嚴羽。滄浪詩話有云：「本朝人尚理，唐人尚意興。」其實，唐人以興造出於自然，宋人以劇露具見心思；唐詩鍊神，宋詩鍊意；唐詩近於高明，宋詩近於沈潛；唐詩主丰神情韻，故虛靈，宋詩重筋骨思理，故實着：這是唐宋詩大體上的區別。唐宋詩的畛域不徒以朝代先後來分割，而應該從體態和性分來判別的。所以唐詩中有宋調，宋詩有唐音。由這一點來看，杜甫在唐詩中實為宋調，自唐人觀之，非擅勝場，自宋人觀之，正當奉為不祧之祖。關於杜詩尚「意」之說，前人屢言之，王世貞全唐詩話云：「子美以意為主，以獨造為宗，以奇拔沈雄為貴。」陸時雍詩鏡云：「夫一往而至者，情也，苦摹而出者意也；若有若無者，情也，必然必不然者，意也；意死而情活，意跡而情神，意近而情遠，意偽而情真，情意之分，古今所由判矣。少陵精矣刻矣，高矣卓矣，然而未齊於古人者，以意勝也。」又云：「子美之病，在於好奇，作意好奇，則天然之致遠矣。」所論極有見地。他所謂「意」，即杜公所謂「意匠」。「作意好奇」，正是宋詩所取的

道路，杜詩所以特別宋人尊崇者，取徑相同，亦一主要的原因。可是意匠經營太過時，未免有些流弊，故陸時雍譏杜「出手稍鈍，苦雕細琢，降為唐音」，未能上儕於漢魏。王世懋（藝圃擷餘）則謂：「少陵故多變態，其詩有深句，有雄句，有老句，有秀句，有麗句，有險句，有拙句，有累句……其愈險愈老，正是此老獨得處。獨拙累之句，吾不能為掩瑕。雖然，更千百世，無能勝之者。」可知杜詩並不是全無疵累，他的愈險愈老，亦即孫僅所謂「奇偏」之處，宋人專在這方面用力，不自然之處尤倍於杜，流弊更多，這是不可不知的。

詩詞九首

饒宗頤

西江月

　　韶生示璞翁句雲:「衹憐九十好春光,換得些把惆悵。」如韶生者,真詞人之心哉!惟此車水馬龍之地,桃花柳絮,誰有惆帳之情耶?依韻和之。

　　瘴草池邊共發,蠻春安穩誰傷。客愁孰與柳絲長,自笑低垂絳帳。

　　密雨藏山坐久,窺人宿鳥時忙。夕陽似繫好年光,衹惜難逢惆悵。

蝶戀花

　　以紙花供養,戲成短句。

　　人間無復埋花處。為怕花殘,莫買真花去。漫插瓊枝相爾汝。贍瓶坐對成賓主。詞客生生花裏住。裁剪冰綃,留寫傷春句。紫蝶黃蜂渾不與。任他日日鬧風雨。

法曲獻仙音

　　嵐山去京都二十里,楓林彌望。十月則霜寒潤碧,紅葉滿山。惜余行色匆匆,未過秋風,便成歸計也。輕舠容與,興盡悲來,感遇成詠。依白石韻。

　　雙槳萍分,一泓秋暮,忘卻客身歸處。亂楚蒼然,暝鴉無恙,

停舟暫共樽俎。望隔岸叢祠遠，疏鐘喚人去。

漫相顧。算文園儘多歡意，終恨我，未見冷楓紅舞。十里捲珠簾，有娉婷歌吹如許。忍說將離，且投君緘淚綺句。為他時重到，莫負溪山嵐雨。

八聲甘州

日本吉川幸次郎博士遊美歸，招飲其家，喜有魏晉人風味，清談忘倦，不知日之將夕也。賦此奉贈。

望瀛洲，萬里溘氛埃。天外乍歸來。看長城五字，千軍橫掃，思挾風雷。傳誦尚書定本，何止校書才。挹袂追山井，抗手芸台。（日本山井鼎著七經孟子考文，開阮元校勘記之先。君重校尚書正義，尤膾炙人口。）

十載小園慵賦，以嵇康鍛竈，仲蔚蒿萊。算人間樂事，萬卷一身埋。漫高歌，談玄玉麈，便他鄉，相聚且銜盃。歸來晚，蕭蕭暗柳，月上蒼苔。

西江月

韶生示璞翁句云：「祇憐九十好春光，換得些兒惆悵。」如韶生者，真詞人之心哉！惟此車水馬龍之地，桃花柳絮，誰有惆悵之情耶？依韻和之。

瘴草池邊共發，蠻春安穩誰傷。客愁孰與柳絲長，自笑低垂絳帳。

密雨藏山坐久，窺人宿鳥時忙。夕陽似繫好年光，祇惜難逢惆悵。

蝶戀花

以紙花供養，戲成短句。

人間無復埋花處。為怕花殘，莫買真花去。漫插瓊枝相爾汝。膽瓶坐對成賓主。

詞客生生花裏住。裁剪冰綃，留寫傷春句。紫蝶黃蜂渾不與。任他日日鬧風雨。

詩心三首

有生無根蒂，有淚可朝宗。處處皆牛山，那不傷道窮？
悠悠三千年，孤憤一例同。何如玉溪生，且聽一樓鐘。

愁陣奇兵出，其勢不可當，以詩載之歸，擲地聲鏗鏘。
吟賦非庾郎，避之身焉藏？徒懷契闊心，欲以問蒼蒼。

長夜悄然逝，林表麗朝暾；如彼澠死人，忽得見陽春。
豹變此其時，游魂抑歸魂？寥寥天壤間，待與智者論。

今日會員

詩四首

方淑範

禪意

荷香淡樸心扉沁，
綠蟻 [1] 風流古味濃。
洗盡鉛華揮灑去，
靜觀雅俗自從容。

荷池

庚子大暑

一水漣漪一水懷，
花開樹茂惹風愁。
迷離眼看蒼雲過，
灑落心弦續上流。

1　酒代稱。

茶

踏步山坡尋翠寶，綠枝隱隱霧雲藏，
搓揉嫩葉盈筐滿，製作新茶絮語長。
陣陣清香滋口舌，絲絲甘露暖心房，
良朋舊友談天地，紅釀何須載羽觴。

野菊

庚子寒露

野菊臨秋默作花，
嬌姿搖曳見風華。
露寒可懼今添冷，
放浪西巡已足誇。

在國際筆會香港中國筆會 40 週年紀念大會上的致辭

各位來賓：

首先，讓我們歡迎特別遠道由英國來到這裏，出席香港中國筆會 40 週年紀念大會的國際筆會會長 Mr Ronald Harwood，以及來自香港以外地區的嘉賓，各位的蒞臨，是我們的榮幸。

香港中國筆會成立至今，已經有 40 年之久，幾乎佔了半個世紀。在過去的 40 年之中，凡具有代表性、知名的作家如易君左先生、左舜生先生、徐訏先生等，都是筆會的成員。古人說：「文人相輕」，筆會卻能實現「以文會友」的理想，結合文壇力量，為推動香江的文化和藝術發展而共同努力。在過去 40 年中如此，將來 1997 年之後，也一樣會承先啟後，繼續下去。

1997 的來臨，香港藝文界無疑也將面臨新的時代挑戰，因此不免引起部分人士的隱憂。然而，從另一個人角度來看，文學創作，往往因為歷史與時代巨變的刺激，反而產生出更燦爛的作品；中國內地在文革之後，出現了深刻的傷痕文學，正應了「未經幾番寒徹骨，那得梅花撲鼻香」這兩句話。我們期望，1997 之後，香港藝文界也同樣能將時代挑戰所帶來的刺激，發揮在創作上，使得香港文學有新的突破。

九七過渡期之後，二十世紀也將很快結束。回顧本世紀九十幾年以來，由早期的魯迅、巴金，最近去世的張愛玲，以及文革之後的傷痕文學作家，台灣的鄉土文學，直到近期兩岸的當代文學創

後的傷痕文學作家，台灣的鄉土文學，直到近期兩岸的當代文學創作，中國的作家產生出來不少優秀的作品，遺憾的卻是，至今諾貝爾獎的名單上（編者按：高行健和莫言分別於 2000 年及 2012 年獲得諾貝爾文學獎），仍然缺少了一位華夏作家。我們在此紀念香港中國筆會成立 40 週年之際，回顧過去展望未來，彼此共勉，期望有朝一日，炎黃子孫在歷經了時代動亂與苦難之後，所產生出的燦爛作品，終於獲得諾貝爾文學獎的肯定。

謝謝各位。

香港中國筆會會長江素惠
1995 年 11 月 21 日
── 1996 年《國際筆會香港中國筆會 40 週年紀念特刊》

傲立風霜三十年

── 香港中國筆會 30 週年慶祝大會紀盛

余玉書

　　本會創立於 1955 年 3 月 26 日，今年適逢 30 週年紀念，因此在年初的一次理事會議中，就議決了全年慶祝的方式舉行。大概由於在 1982 年 10 月由本人策劃在中國文化協會展出的「會友作品聯展」辦得尚稱滿意，遂蒙錯愛，被推舉為 30 週年慶祝大會籌委會主席，其他成員尚包括有林仁超會長，胡振海主席，藍海文理事，焦毅夫理事，何家驊秘書長等。經過了好幾次開會研究的結果；慶祝日期決定在 7 月 27 日，因為在暑假，很多任職教育界的會友比較清閒，辦起事來比較方便。慶祝方式則分為「慶祝典禮」，「會友作品聯展」（包括單行本著作、手稿、書法、國畫及西洋水彩畫等）「港台作家座談會」及「聚餐」四個部分，地點則決定在九龍旺角的國際酒樓。

　　會友聯展在 7 月 27 下午 4 時開始，協同參展品的會友，陸續前來，平日事忙，難得一見，今日人逢喜事精神爽，自然是談笑風生。其中陳本先生與李少華先生兩位資深會友，還是筆者中學時代授業的老師呢！

　　30 週年會慶慶祝大會準時在 6 時正開始，筆者擔任大會司儀，首先是切餅禮，由國際酒樓送出的大禮餅，由林仁超會長、徐東濱秘書、丁淼名譽會長及王韶生教授主持。然後首由林仁超會長致開會詞，再由岳騫秘書長報告 30 年來本會概況。嘉賓致詞者，有老

當益壯，語多精警的中國文化協會常務委員會胡建人教授；風度不凡，致詞一向以精簡見著的《香港時報》董事長曾恩波先生，及即將出馬競選香港立法局議席的高家裕兄。其他與會的嘉賓尚有《香港時報》社長黃得基先生，副社長喻於居先生，陳志輝先生等。

接着下來便是頒授金徽及勳座儀式，由林仁超會長主持，接受「筆會中堅」勳座者，記有胡振海主席、岳騫秘書長、徐東濱理事、藍海文理事、焦毅夫理事、余玉書理事、俞淵若理事、丁淼理事、李影理事、朱志泰理事、羅翠塋理事、劉家駒理事、曾逸雲理事、何葆蘭理事、蔣芸理事、萬里理事、陳蝶衣理事、李纘錚理事、孟弋理事。繼而由前會長徐東濱先生分別致送與佩戴勳座與金徽予林仁超會長，前會長岳騫先生為胡振海主席佩戴金徽。最後由胡振海主席致謝詞。所有出席大會人士，均獲贈精美鎖匙扣作為紀念。所有嘉賓贈送印有香港中國筆會會徽的領帶一條，但會友則收回成本費 30 元。拍攝全體照後，餐會開始，場面熱鬧，逸興橫飛，老中青共聚一堂，卅載風霜，笑傲當年，實在不無感慨。身經百戰頭初白，記得來時正少年的岳騫兄，更是感慨萬千地在席上說：「振海是我介紹入會的，玉書也是我介紹入會，現在都成了我們筆會的中堅啦」！

台北文藝界為了向本會道賀，特別組織了一個 17 人的代表團，專程前來香港參加本會的 30 週年慶祝大會，可是由於入境手續未能辦妥，以致無法在 7 月 27 日抵達，卻延至 7 月 31 日才趕到，而本會也將「港台作家座談會」順延至 8 月 1 日，仍假國際酒樓召開。

台北文藝界香港訪問團名單如下：團長：臧冠華（小説家）；文曉村（詩人）；王怡（小説家）；王錄松（詩人）；朱慧夫（小説家）；姜穆（小説家，臨時因事不克前來）；姚宜瑛（散文家）；陸英育（戲

劇家）；陸政廷（散文家）；胡瑞珍（散文家）。其中王怡兄、張默兄、文曉村兄、臧冠華兄、姚宜瑛大姐都是多年老友，而王錄松兄的淵源更久，他在二十六、七年前，已經是我在台大時期所創辦的海洋詩刊的基本作者，而每年的新詩獎幾乎都被他所囊括。他們在 7 月 31 日那天下午抵達香港，5 時許我才下班回家，詩人藍海文已經來電催促，歡宴詩人文曉村與王錄松於凱悅酒店地庫一間潮州菜館，其他在座的除野火兄外，還有幾年前才由內地來港定居的青年詩人傅天虹，及香港文壇名宿丁平。

晚飯後海文兄拉了天虹老弟及筆者，一起陪同文曉村兄及王錄松兄就他遠在上水的家中聊天。從尖沙咀坐的士到上水，詩人的豪興真是不淺。由他家中的客廳過了走廊，來到酒吧，經過螺旋形的小鐵梯，上去那別有天地的書齋，一時自由中國詩壇上的巨人們，都被低頭。在這裏雅何須大的小天地之中，卻海闊天空，無所不談，實在是一次愉快的雅集。

台北文藝訪問團在香港停留前後共四天，除參加了本會的 30 週年慶祝活動外，並與香港時報，中華文化協會，華僑旅運社，華光旅運社等機構負責人舉行座談會，就香港形勢及文壇現況，廣泛交換意見。對於促進今後台港文藝交流，奠定了良好的基礎。

詩兩首

馬天

晨起

涼瓜切片蒸萊米，苦竹新苗泡綠茶。

秋色遠寒生海曙，危城孤島試安家。

新居

試飛玄鶴鴨將雛，一角天涯避網羅。

海下潛行親石友，月明放泳擁滄波。

卡夫卡的銅像

黃宇翔

　　銅像者，象徵地位與聲望，以表揚人物。古往今來，舉凡是個城市，就定必有大大小小的銅像，以突顯人文氣息濃厚、文化之鄉的地位。觀銅像，就可觀出當地的人文風景、當地的宗尚。有怎樣的銅像，就有怎樣的國家、怎樣的人民。卡夫卡的銅像，就是我見過當中最特別的銅像。它不屬於國家，不被人為的疆界所限，它屬於所有的人類。

　　中國的銅像，往往為偉人而立，為敢於犧牲的人而立。中華民族，終究是個需要靠犧牲來拉動前行的民族，暗夜沉沉血作燈，總需要幾個高大的形象，撫慰蒼生脆弱的心靈。相較之下，歐陸的銅像就沒有顯得那麼不可接近，固然也有悲天憫人的聖彼得、聖保羅諸公，亦有挺槍立馬的拿破崙。但是，更有些平常的人，一些敢於堅持我是我的人，做最微末的事，有了成就，或有一得之愚，也受當地人的尊重，而矗立起來，成了地標，成了銅像。如安徒生者，不過是童話作家，如在中國，則寂寂無名，更不會有銅像紀念他。

　　在歐陸，格林兄弟、安徒生是家傳戶曉的人物，若放諸中國，則不免是窮書生、酸秀才，更遑論立銅像，揚名於後世。文化之別，端在於對成就定義的分野，景仰為倫理犧牲的人，就出為倫理犧牲的偉人，如文文山、岳武穆；景仰敢於堅持真理的人，就出敢於為真理獻身的偉人，如布魯諾、伽利略。

　　這不是說歐陸的文化就比中國先進，更何況，中國文化也好，歐陸文化也好，都是複雜的集合體，不是鐵板，硬得密不可分，而

是個大拼圖，未必榫合精良，且時有矛盾，色彩也未必和諧，甚至是各有特色，只是剛巧湊了在同一塊木板之上。文化有分野，興味有偏好，如是而已。心有天遊，文化的形式應當是無方所的。既然無方所，那麼也就無所謂何種形態。

因此，文化氣息濃厚的歐洲，只要有城，就必定有諸多形態各異、燕瘦環肥的銅像。走在維也納大學，便見了諸多巨人的胸像或全身像，如馬斯・韋伯，如佛洛德，他們神情嚴肅，一副學人風範。他們身處學院之內，或正襟危坐，或長著副刻板的臉，都是正正經經的。

在學院裏，銅像都是千篇一律的。也許，就像諸多有趣、好玩的學問，只要碰上學院，就會變得沉悶起來。多數人想起佛洛依德，便有着可怕的刻板印象，以為那肯定是嚴肅的學人、精於猜度的心理學家，油然生出不敢親近之感。

卡夫卡的銅像奇峯突出，它不像「佛洛依德」般一本正經，也沒有「馬斯・韋伯」的大師風範。有的，只是無頭，亦無軀體的西裝男子，揹著卡夫卡邁步向前。捨卡夫卡外，沒有人配得起這座銅像。它有諸多未填上的空白，如同卡夫卡筆下的故事，或是未圓的故事，或是刻意的留白，勾起神思總是多於刻劃。

行屍走肉的大眾，揹着傲然的卡夫卡。卡夫卡與大眾的距離感因此入木三分，就像《變形記》中的格里哥爾，成為巨大蟑螂不由他選擇，即便他的精神是人，但只要表徵與常人有異、被認定了他是異類。自始，他就被視為他者。不被視為「我們」，這個疏離的過程如何發生、如何進行也好，存在的荒謬就於焉出現；生存的孤獨便因此彰顯。卡夫卡不善社交、筆下離奇、存在的荒涼都綴滿了在兩米乘兩米的這方格裏，觀賞再三，雕刻者的鬼斧神工、意象的絲

絲入扣更教我驚嘆再三。

　　卡夫卡的銅像是難以駕馭的題材，他既不是英雄，形象也普通，把他穿西裝、戴圓領帽的形象雕出來，只怕倒是成了路人，毫不起眼，隱沒在都市的某個角落，不為人知。雕刻家能捕捉到卡夫卡的神髓，把抽象的思想與紙上的人物化成銅像，變成可見的形象，以有限的空間，讓思想與奇人走進人民的心中，和市中人民相處於在同一天空下：

　　　　　行屍走肉的世界，揹著傲然的我，

　　　　　以手中的紳士杖，指向天邊落霞，書寫陌生故事。

　　　　　穿過文字的聲音，倚著雲彩的幽禁，

　　　　　從來沒有，動聽故事綿延千年。

　　　　　存在的寥落，虛空的衣襟。

　　　　　風光建築背後，沒有秘密森林。

　　　　　仍是孑然一身，走在原野沉吟：

　　　　　人生而孤獨，但到處都是人。

國際筆會百年慶

黃元璋

　　百年鼎鼎盛，筆會悠悠樂。思想無疆界，馳騁惟創作。形骸無生死，不朽有文學。蒼生何所為，靈台何所託？蓼莪懷父母，菽水甘淡泊。憂患常迫人，時勢急如撲。一朝出門去，江湖驚寥落。感時多磊塊，頓悟少疏畧。鋒芒未淬厲，竟以試盤錯。扶搖九萬里，黃泉窮碧落。蒼茫越古今，暮色照行囊。陰霾黯八荒，寒雲蔽九朔。河嶽氣悽愴，日星光銷鑠。愀然不敢顧，俯仰却餘怍。

　　回首望故鄉，中情自惕若。萬物總關情，使人心如斫。風雪雨雪後，賸有夢魂噩。世態炎涼病，欲救無良藥。長歌以當哭，民生凄苦著。針砭不見血，痿痺何由作。戰火天際本，灰塵暗城郭。園林不可見，都市成荒寞。浮童刺心目，痛苦如炮烙。初心難以遂，死所亦已獲。九死誠不辭，可惜但軀殼。殘山剩水在，明月清風邈。百感紛相乘，愧汗駭如濯。平生敬慷慨，養氣猶在學。騰龍躍馬願，得意放懷確。筆下精氣神，會聚動寥廓。

　　文學者，人類文明之至精華。古今文人雅士，窮畢生之精力，嘔心瀝血，游於斯藝，冥想索句，述身世，陳心聲，悲時局，憐人事。鷙鳥留其勁羽，杜鵑振其哀音者也。香港處於嶺南，環海負山，得天獨厚，雄霸之風靈秀之氣，萃乎其間。中西文化匯融，華洋精雋互補。自 1949 年以來墨客騷人遷徙於此，良辰佳日，雅集酬唱，人材輩出，仰俯天地，笑傲江湖，操其創作，獻其文篇。羣賢爭鳴，百花競放，極永久之盛，傳薪火無窮。香江代有才人，文壇睥睨於富世，實風雅之之地也。

回歸以來，文教大盛，百業俱興，協調磨合，面貌一新。社會朝向多元發展，背靠祖國，面對世界。既競爭且包容，上承華夏風流，兼桃明珠雅韻，愛國愛港，關懷時局。星月爭輝，花繁葉茂，白話文言，器大用弘，文學今之為義盛哉！

　　今值該會成立 66 年之際，蒐集列位宿儒大家，如羅香林、饒宗頤、勞思光、李璜、王韶生、余光中等文藝創作及學術著述，諸先進格調畢呈，洋洋大觀，情懷各異，風流不泯。先輩清芬，必可播揚久遠；華夏文化，傳承不朽，則是炎黃子孫之跂望，亦為本人之深願也。慎重推薦此書，謹識於香港。

　　　　　　　—— 時維辛丑小雪二千又二十一年十二月吉日

赴印度出席國際筆會第 84 屆年會拾掇

廖書蘭

我信奉佛教，十分嚮往佛教發源地 —— 古文明印度；因此當國際筆 Pen International 今年（2018）在印度距 Mumbai（孟買）200 公里的普納（Pune）舉行第 84 屆年會，我報了名。

我一邊帶著虔誠又興奮的朝聖心情，一邊帶著也猶如臨大敵似的做了萬全防護工作（有甚麼看門口的藥品都帶齊了），包括 10 個杯麵以防範未然。

從香港飛 New Delhi（新德里）轉機抵達 Pune 機場時，已是晚上八點多了。機場外，幾棵瘦樹，數點燈光，一條老狗，倒像是一個鄰家花園。

2018 年 9 月 25 日第 84 屆國際筆會年會舉行開幕式，今年年會的主題是「真理、自由與多元」，總會秘書長卡爾斯・童奈爾（Carles Torner）、會長克萊門特（Jennifer Clement）主持大會開幕儀式，來自世界各國的筆會中心（centre）近 200 位會員代表參加。

東道主南印度筆會中心上午舉行《甘地傳記》授書儀式，授予各國筆會的會長，香港中國筆會會長也上台獲贈了一本。

下午全體與會者到印度國父甘地與甘地夫人墓，舉行致敬儀式，總會長克萊門特遵照印度禮儀，為甘地與甘地夫人之墓獻上玉蘭花瓣。晚上我們到一個大會堂聽紀念甘地的演講會，大會主席講述甘地的一生，如何為印度爭取自由與民主。期間我見到當地的一些印度人數度落淚，拍手叫好！若干人幾次站起身來，語帶哽咽的回應！場面十分感人，可見甘地在印度人的心目中是如何的神

聖偉大！

　　一個星期的筆會活動安排得緊湊且多彩多姿，其中之一的重頭戲是到普納大學植樹。9 月 28 日下午在校園內的國際語言公園區，安排我們每一個筆會中心種植一棵樹苗，寓意多元的語言文化共生互存，象徵著人類與自然的和諧。校方首先設計在一塊約 2 米長 1 米半寬的白色畫板，簽上我們每一個國家城市筆會中心和參加者的名字。全場共種植了 100 多棵小樹，代表了 100 多個國家的筆會中心，熱鬧紛繁的植樹場景，令每一個人都欣感興奮，我為香港中國筆會挑選了一棵綠油油的小樹苗，有幾位大學男生幫我一起挖土栽樹澆水。希望小樹苗能茁壯成長，長成一棵大樹。

　　每一棵樹代表一種語言，日後每一棵樹都配有錄音，當我們走到每一棵樹前，錄音就會立刻以這棵樹所代表的國家語言說話。

　　國際語言園區，象徵世界的多元文化和諧共處。普納大學說，他們會細心保護好這一大片綠樹園區。將來當我們再訪印度，到普納大學走一趟，到了那個時候，這些小樹一定長高了，可能已經超過我們的身高。

　　植樹活動結束以後，主辦方安排我們分組訪問幾間學校，與學生進行文學交流。我們每一位作家都被邀請到講台上發表講話，而我選擇用普通話朗誦我的詩，並邀請那一位在三個月前翻譯我的詩為印度文的教授以印度語朗誦，學生的反應很熱烈，他們認為，我的普通話朗誦，雖然他們聽不懂，但覺得像音樂一樣跌宕有緻，而由印度教授朗誦的譯詩，他們則是明白當中的詩意。當我們離去時，學生們不斷的找我要求 Selfie（自拍合照），因此，我在他們不同的手機上，看見自己一個東亞人的面孔處在一羣南亞人當中，顯得特別白皙而秀氣。在詩的國度裏是沒有地域疆界之分的，因為

詩，是感情的載體，藏於內心深處，讀詩，即是讀人；只要每一首詩是心胸中噴薄而出的感情，感動了自己，也能感動了他人！

當天節目的其中一個環節是，我們需要步行一段路，沿途有盛大的夾岸歡迎儀式，一隊隊井然有序的學生穿著各式各樣的民族服飾，五彩繽紛、熱鬧非凡，鮮豔奪目的街景像似嘉年華會一樣，男男女女紛紛用他們的語言向我們表示問候，雖然聽不懂，但能感受到他們的熱情，女孩子們為我們在額頭，點上了朱砂紅，並在每一個人身上撒上金色的粉末，以示歡迎與祝福。

此次遠赴印度開會令我感覺有些忍辱負重的是，當我抵達開會現場時，遇到香港英文筆會成員，逼迫本會「國際筆會香港中國筆會」放棄會員資格並慫恿總會取消我會法定會員資格。屈指一算，他們是 2016 年 11 月成立的英文筆會中心，直至開會當日來說，成立不到兩年，卻想成為香港筆會唯一代表！看到對方咄咄逼人的氣勢，一手指着我的鼻子，一手拍着桌子，連珠炮式的咆哮，一面又說，他們的筆會是如何如何為香港做了許多事，他們才是應該代表香港筆會的！而我早前曾在他們網站上看見的介紹，似乎抹去我會的存在事實，竊用了我會的歷史沿革，字裏行間一跳就跳到他們現今筆會的背景！實在讓人不禁想到，國際筆會的宗旨：民主自由公平正義哪裏去了？偷換概念也可以理直氣壯？！真令人啼笑皆非，感慨萬千！事實上，我會在香港已成立 64 年之久，簡稱「香港筆會」(Hong Kong PEN)，逾一甲子的簡稱在香港社會一直行之有效！歷史就是歷史，有圖有真相，不是隨便被一些別有用心的人士可以蒙騙過關，以假亂真的，十分感謝本會理事黃宇翔在香港半夜時間，仍然與身在印度的我並肩作戰，一起撰寫電郵給總會，表明本會堅定的立場，終於總會答應本會可以合理合法地如常運行。

南印度筆會在籌辦這次國際筆會第 84 屆年會之前的三個月，已通知全世界的各國筆會中心歡迎供稿，為即將出版的一本翻譯為印度文的結集出書，並請了印度廣播公司替詩人做專訪和錄音。

9 月 30 日在閉幕式之前，大會安排朗誦各國詩人的代表作品，我的詩作也被以印度語朗誦，獲得全場的掌聲。

國際筆會是一個具有國際性的作家組織，這一點可以從總會的標誌即可看得出，全世界 100 多個國家地區，近 100 種文字，每一年都獲得聯合國教科文組織的經費資助；在這樣一個國際文學舞台上，我們創作的詩歌，被翻譯為印度文，由大會在閉幕儀式上安排的印度女詩人朗誦，這是一種肯定，也是對翻譯的肯定，對創作的肯定，也是對中文的肯定。

國際筆會第 84 屆年會結束，我由普納飛新德里，由於等待轉機的時間還有 11 個小時，我進入了市區遊覽觀光，我看見大街小巷許多的牛隻，有白牛黑牛黃牛，有的站在路中心擺着姿勢不動，所有的車輛必須停下來，不按喇叭，不趕牠走，只能停下來等待牛隻自動離去，看見有的牛在垃圾堆裏吃垃圾，我為了想打破等待的空氣，無聊地問了司機，「牛肉很好吃，你們吃牛肉嗎？」只見他回頭狠狠的瞪了我兩眼說，「牛是我們的保護神！是聖牛！不能吃！」，接著他以驕傲的口吻說：「印度的牛比人還要多！」哦！牛比人多值得驕傲嗎？難道這就是天生天養，任由其繁殖的成果？印度果真是牛的天堂嗎？

文學執着與人生追求

廖書蘭

　　香港有很多作家團體，而「國際筆會香港中國筆會」這個名稱，聽起來不像一個作家組織，既冗長又累贅，反似書法家會或像販賣各種筆具的公司；儘管在 20 世紀的 50 年代本會享富盛名，惜進入了九十年代會務漸次沉寂，一般人知之者甚少，偶有資深文化人，提及「香港中國筆會」，皆謂昔日人才濟濟甚具影響力。而今香港有許多文學團體，多不勝數，而相近的文學團體名稱，甚至一字之別的，本港文壇也有不少，大家熟悉的有：香港作家聯會、香港作家協會、香港散文詩學會、香港詩人協會、鑪峯雅集、香港文學促進會、滄浪、獅子山下等等多不勝數。

　　「國際筆會香港中國筆會」於 1955 年 3 月 26 日成立，至今已有 68 年的悠久歷史。當年由本港文壇著名文人黃天石（傑克）創會，歷屆會長有：黃天石、羅香林、李棪、李秋生、王世昭、何家驊（岳騫）、徐東濱、朱志泰、林仁超、余玉書、胡振海、廖顯樹、江素惠、裴有明、張傑昌、喻舫居，現任會長廖書蘭。著名會員有：饒宗頤、徐訏、徐速、易君左、左舜生、司馬長風、李輝英、劉以鬯、慕容羽軍、胡鴻烈、鍾期榮、鍾景輝、陳蝶衣、唐碧川、黃崖、黃思騁、潘柳黛、盧森、姚立夫、吳灞陵、胡菊人等等。

　　香港有幾十個作家團體，但唯有「國際筆會香港中國筆會」是國際筆會 International PEN 在香港的合法分會，除每年需向倫敦總會繳交會費外，亦需有會員參加在世界各個國家地區召開的年會。倫敦總會是聯合國教科文組織屬下一個國際性的作家團體，與國

際紅十字會平行。倫敦總會的成立，本由一些文化人定期相聚談天說地的沙龍，逐漸發展成組織架構完整的 International PEN，於 1921 年由英國小說家諾貝爾文學獎得主約翰・高爾斯華綏（John Galsworthy）創立，據稱在（2014 年）有 101 個國家，有 145 個分會，總共有 12000 名會員。P.E.N. 是筆會的簡稱，源自 P 是 POET（詩人），E 是 EDITOR（編輯），N 是 NOVELIST（小說家）。

中國筆會在 1925 年成立，徐志摩以中國上海筆會名義邀請印度詩人泰戈爾來中國訪問，從而促成在北京與溥儀、徐志摩、梁思成、林徽因的大合照，留下歷史鏡頭。。

書蘭基於對文學的追求與對承繼筆會的執着，自當選會長以來，積極開展會務，以期擦亮昔日筆會的金字招牌，同時亦為本港的文學發展盡獻綿力。但是，萬料不到，這卻是惡夢的開始。

2011 年 8 月 28 日，我當選為會長，旋即 9 月 12 日即向倫敦總會 International PEN 繳了會費。當我收到收據，仔細一看，竟然看到收據的抬頭人不是我的名義，收據的會名 Hong Kong Chinese-speaking PEN 亦非本會。於是，我翻查 2008 年到中南美洲哥倫比亞開會時，我親自用現金繳會費的收據，原來和現在的這張收據如出一徹。換言之，本會的名稱、會長的名字，甚至本會的通訊地址，皆非屬於本會。這意味着在本港有另外一個筆會，以本會的名義與倫敦總會聯絡。於是，我再翻查資料，2007 年 2 月 2-5 日，本會與倫敦總會作為合辦單位，所辦的文學研討會 2007 International PEN Asia and Pacific Regional Conference，清楚看到非本會的英文名稱 Hong Kong Chinese-speaking PEN，這一驚使我倒抽一口冷氣，我仔細的逐字逐行看，企圖能找到與本會有關的蛛絲馬跡訊息，幸好大會主席喻玢居先生（Mr.Lingju Yu），確是本會前任會長的名字。

這一點，令我覺得事情還沒壞到極點，兼且參與是次大會的工作人員，皆是本會會員，於是我致電本會秘書長詢問，他聽了也感震驚。

接下來的日子，我為筆會的正名而奔波，相約文壇前輩茶敍或親自登門拜訪，求知筆會原委；但各說各話，各持己見，其中有兩個某筆會的會長向我表示，國際筆會香港中國筆會至今已五十多年，而他們成立的筆會才十年而已，想當然，我們的筆會是正統云云。

眾說紛紜期間，幾度想放棄爭取本會正名的意願，因屋漏偏逢連夜雨的困境，使我一籌莫展，最令人欲哭無淚的，是我發現本會在香港社團註冊處，已於 2007 年 3 月被註銷了，換句話說，本會在香港是一個不存在的團體，而在倫敦總會的情況是，已經被他會偷樑轉柱，給移走了。

雖然茫然無助，但同時也滋生了要本會起死回生的願望，我下定決心要爭取重返倫敦總會 International PEN！在爭取過程中，向香港社團註冊登記處，遞過三次申請書，並前往香港警察總部牌照科社團登記處查大簿，兩大本簿密密麻麻的社團名稱，我看不到本會的名稱，竟然看到有四個筆會與我會的名稱極其相似！難怪，社團登記處第一封拒絕本會申請登記的理由是，本港已有幾個名稱相同的筆會，是故關於本會的申請不被接納。

曾請教幾位朋友，其中一位是林建強先生，感謝他為本會提出了很好的建議：我必須先到倫敦總會 International PEN，得到總會的確認書，經確認本會的正統身份後，再返港爭取復會。於是我帶了一箱的資料，登上了倫敦總會的辦事處，當他們看過資料後，包括 2007 年 2 月 2 日至 5 日本會與倫敦總會合辦的「國際筆會亞太地區會議」文件，2008 年 9 月 17 日至 24 日我代表「香港中國筆會」

參加國際筆會在哥倫比亞首都波哥大第七十四屆的年會資料等，但總會仍然告訴我，相信我會的歷史和合法性，但他們還需要一些佐證。於是，我無功而返回香港。

一個月、兩個月的時間如斯過去，漫長的等待中，總會理事楊煉先生和本會資深老作家許之遠先生皆先後寄出數封詞真意切的信，向總會陳述本會合法的正統地位，我也動用了全家成員，不斷以電郵、電話和倫敦總會溝通，並繼續在陳年資料堆中尋找一切可以找到的證據。例如，2007 年總會前會長格魯沙及本會前會長喻於居和余光中教授及筆者的合照等等。在千呼萬盼下，我等來總會的答覆是，他們正在詢問香港另一筆會：「香港有位女士是國際筆會屬會的一份子，這怎麼回事？」原來總會需要另一筆會的解釋。雖然，我覺得無奈，但在無計可施情況下，只好耐着性子等待。又過了一段時日，我開始擔心，若另一筆會採取不回應態度，是否我就漫無止境的耗下去？而我將面對的是一個在香港既無名份，在國際上又不被認可的作家團體呢？

我抱持「有志者事竟成」的想法，鍥而不捨的毅念，不斷補遞給總會要求追加的輔助證明文件，終於在 2012 年 2 月 14 日晚上（香港時間），我收到總會的確認書，數日後也收到香港社團註冊處批准復會的証明書。

前言所及，香港既有幾十個作家團體，身為一名作家，基於人情難卻也好或人以羣分也罷，身兼幾個文學組織的身分也不足為奇。我於 2007 年 2 月加入本會—「國際筆會香港中國筆會」又曾於 2010 年加入「中華筆會國際筆會」，而於 2011 年 11 月 26 日正式向「中華筆會國際筆會」主席余海虎遞交退會信，理由是既然我已擔任有近一甲子之久的「國際筆會香港中國筆會」會長，就不應留在僅

十年會齡的另一筆會內了。

《明報》副刊 2012 年 6 月 9 日世紀版刊載了「為筆會正名」一文，記敍我半年來為筆會的奮鬥歷程，上文亦提到，我曾探訪一些文壇前輩，其中有位資深作家胡志偉先生，對本會的淵源知之甚詳，亦在文匯報百家廊 2012 年 4 月 23 日仗義執言發表了一篇「山寨版國際筆會驚動文化界」一文。至於 Hong Kong Chinese-speaking PEN 的英文名稱，經詳細了解後，的確是本會曾用過的英文會名；因為 1991 年有香港英文筆會的成立 Hong Kong English-speaking PEN，故本會順應當時情況曾將英文會名改為 Hong Kong Chinese-speaking PEN，中文會名「國際筆會香港中國筆會」不變延用至今，經我再三向倫敦總會強調本會的歷史淵源深厚，希望改回先賢創會時的 the Hong Kong Chinese P. E. N. Centre，所幸也得以恢復舊名。

我安心了！我想到，每個人一生中會有很多種身份，比如丈夫妻子、男女朋友、父母兒女、上司下屬等等，除了親人的身份永恆不變外，還有就是那與生俱來的一種興趣，往往與親情一樣融入血液裏，成為生命的一部份。真的，名副其實的身份何嘗不也是一種歸家的感覺？

—— 刊於 2014 年《大公報》

吾心安處是吾家

廖書蘭

作為一名文學人,無意論政,談香港國安法並非我所長;但陸續收到朋友關心的勸我「走!怎麼還不走?」、「回台灣、去倫敦,怎麼都比留在香港好⋯⋯」等等。我一再解釋:「香港很好,是一塊福地,是中國的窗口,中國不會放棄香港,一定會維持香港穩定繁榮等等。」同樣的話說多了,覺得就不如寫下來吧。

我當然不會走!香港曾幾次湧現移民潮,我都沒走!為甚麼?「扎根香港,背靠祖國,胸懷世界」(香港回歸時流行的一句口號)多好!活在自己祖先生活的土地上,心中踏實。

一名居港台灣人,如何看待香港國安法?我觀察得出的結論是,打從去年六月開始,香港部分年輕人像着了魔似的,四處搞亂香港,然而當國安法一出台,霎時間雞飛狗跳,作鳥獸散去,似乎全部人一下子都清醒了!宣告退出的退出,暗地裏逃亡的逃亡。

我想起兩個地區,第一,台灣戒嚴時期,一切以安全為要,社會安和樂利,知道哪些話不該說,哪些事不該做,在政府有效政策的規範下,人人勤奮上進,有中心思想,具遠大抱負,朝着目標前進,認為將來日子會更好!簡單地說,那就是「國泰民安,風調雨順」。戒嚴法對奉公守法的老百姓來講,日子如常不受影響。第二個例子是新加坡李光耀時期,雖然被馬來西亞一腳踢開,讓李光耀流下英雄淚,但憑着他過人的政治智慧,家長式的管理,半民主的新加坡成功擠上國際城市之列,讓世人看見新加坡。

我認為這兩個地區之所以是亞洲四小龍之一,是具備其嚴格的

政策規範，即便是香港在港英政府時期，無半點民主選舉，亦有其嚴格規範，香港人沒有過問政治的權利，所以有「香港人對政治冷感」之說。

回歸已 23 年，距離鄧小平所說「50 年不變」大約過了一半。香港不再是英國的香港，而是中國的香港；部份香港人沒有認清這一點，尤其是年輕人！甚至有人認為香港跟中國沒有關聯，他們可能連鴉片戰爭都一知半解，而與一百多萬的外籍人士一樣，只知道自己是香港人，他們要與中國切割，視國家為無物，「不知史，絕其智；不讀史，無以言！」，「欲要亡其國，必先亡其史」，這真是教育的失敗！我不贊成把矛頭只指向學校教育，社會教育、家庭教育也有不可推卸的責任，香港普遍來說，只有職業教育，未着重中國歷史、地理的人文教育。

試問有哪一個國家可以忍受類似香港去年的暴動？有哪一個國家沒有國安法？國土法？「國有國法，家有家規」香港的問題就在於太泛濫的自由！太泛濫的民主！何況香港享盡了「香港是中國的香港」的種種好處，廉價的水電食物，民生必需品都來自大陸，且分文不需上繳中央稅項。

中國在突飛猛進，何止是經濟，政治也一樣，當全世界的眼睛都在看香港去年 6 月開始的持續暴動，那些暴徒到處打人放火、破壞立法會、中聯辦、侮辱國旗、打爛公共設施、破壞交通、校園、商場以及主要的中資機構，慘不忍睹，市民惶恐不可終日，多麼渴望北京出手，把社會安全安定、繁榮還給市民。筆者曾寫過一篇「阿爺，你在等甚麼？」這場社會暴動把我們的心更推向了北京，那段時間有大量的香港人走向中山珠海買樓，打算回國定居可見一斑。

令人意外的是，北京對這次香港暴動事件處理的手法，沉着冷

靜而理性，當時的謠言漫天飛，甚麼理由都有可能。而負責保衛國土安全的解放軍，只出來一次，在星期天幫忙收拾昨天暴徒亂扔或堵路的磚頭，看見解放軍笑容可掬和藹親民，令市民感激難忘。

去年（2019 年）至今長達 11 個月的社會暴動，為甚麼國際上沒有人站出來指責暴徒行為？而國安法一出台，反而備受國際上的反中勢力籍其長年來擁有的媒體話語權諸加指責。從港英政府時代香港一直是世界著名的情報中心，龍蛇混雜，華洋共處，回歸至今（2020 年）23 年，國際勢力介入太多，美國帶頭的五眼聯盟（Five Eyes，縮寫為 FVEY），想推動顏色革命，制造動亂，利用香港阻止中國崛起，國安法適時推出有其必要性，甫推出，港人可能不甚習慣，但我認為這只是短期陣痛，對長遠來說，只要社會安定下來，香港會繼續繁榮，看看我們的股市樓價大跌了嗎？沒有！港幣仍強勢，金融仍暢旺，不受影響。

我們看香港城市規劃先進，交通四通八達，市容整潔，海岸線美麗，治安良好，市民收入高，教育程度高，世界四大金融中心，航運中心，貨櫃碼頭吞吐量位居世界前列，摩天高樓大廈林立而簇新，生活自由開放，醫療制度完善，平均壽命列世界之冠……，在眾多指標中，香港應屬世界城市的表表者！

我們有許多的自由，譬如有兌換外幣自由、隨時把財產匯出國外或從國外匯入香港的自由、出埠外遊的自由、求學的自由、語言的自由，其他日常生活所需，一應俱全並無限量供應，可以說，全世界的食品衣物等物資都能在香港買到，豐儉由人。香港是世界上最富有最自由的城市，人人嚮往的地方，而暴徒摧毀了自己祖父輩克勤克儉胼手抵足所建立的城市家園，真是情何以堪？！

台灣朋友問我，「為甚麼這麼多享有香港自由的人，用破壞的

方法去爭取想要的，達到他們心目中所謂的民主！？」

　　甚至說，「台灣人並不歡迎『光復香港，時代革命』的人到台灣立足」、「大陸再不立國安法，香港會完了！中國今次推出香港國安法做得很好，迅雷不及掩耳非常有效率。」

　　香港史無前例的社會暴動加上新冠肺炎疫情的蔓延，再加上香港國安法出台，香港成了國際媒體和中美博弈的風口浪尖，就在這最壞的節骨眼上，我們居住在香港的市民一定要找尋生機，相信自己，相信國家。人權與言論自由仍然會在，無須擔心，不必抱怨，不要移民。

　　香港的城市風景多麼壯麗，顯示着在不可能的條件下，創造的經濟奇跡；櫛次鱗比的摩天大樓，隨處可見的老榕樹，香港的地質是花崗岩，在堅硬的巨石夾縫裏長出氣根如林的老榕樹，只要有一點空隙半點泥巴，盤根交錯的樹根就往下扎；香港人抵抗壓力的能力何嘗不是如此，這就是絕處求生的「獅子山精神」。此時國安法的設立是香港安全穩定和再度繁榮和發展的基石，正有如獅子山精神一般。

　　我是一名居港台灣人，認為香港國安法是被 2019 年的社會暴動逼出來的，是不可避免且是必須要做的！我會繼續居住在香港，隔着水岸，看着大陸的大國崛起和台灣的安定及香港的繁榮，帶給我作為一個中國人的驕傲和尊嚴。

曉風學社西行漫記

劉伯權

新世紀肇始際菡萏嫣紅的季節，曉風學社組編龐大團隊，千里西行遠赴歷史文明沉積至的古都西安，開展首頁港中兩地藝術互動之扉門，相類的活動，另安排於盛產文房四寶重鎮安徽省於次輪中。以單一書藝社團到臨中國大西北之展覽，此行獲得的禮待非凡，足見西安書畫界對學社，老師推崇備至，在提昇學社藝壇清譽與會員練歷及學藝水平，此兩目標之達成，故而漫記此次西安展出遊履，簡述古都之旅。

茂陵長領漢陵闕

費玉清多年前唱遍兩岸的（夢駝鈴）之歌聲，是我們響往多時盼一把風沙；一傍紅柳樹的機會來臨，此行的足印，僅六天為期，然而塞上江南素譽的十三朝皇帝首都的古城，收攬了中國歷史長河的文明。打從漢武帝劉徹建都長安，溯造儒家定於一尊之年代，奠定了長安繁榮燦爛的地位。

幾許鐵馬冰河的洗禮，却不減藝術領域時期的（長安畫派）所擁有的高古畫風地位，我們到（黃帝陵）祀祭所途經，長埋一代漢主所在（茂陵）；但見幾許后妃與千秋留名的賢臣，戰將墓塚如衛青、霍去病、霍光等，長與青史輝耀，西安近郊漢朝帝皇將相陵墓之雄偉，亦成為中國雕塑史留下數不盡的見證。

西安的山水情懷

萬里西行，飛機於夕陽暉芒盤旋中，見機場與西安間的紅黃色水波輕柔迂迴，正是擁有八百里奈川浩盪雄偉的（渭水），還有（涇河），涇渭分明的成語是常被引用之句，而（涇水河清渭水濁）！黃河流經黃土高原時，到涇河渭河這處支流時，夾帶着高原的滾滾黃沙，渭河告訴人們：它哺着世界四大都榜首西安綿延數百里幅員，使這曾是十三個皇朝首都，養育出近一百個中國歷史上的帝王，惟是方今世界性面對的環境惡化問題，亦正困擾着中國大西北主要面積。看到碑林外原漢朝時城牆下護城河，已變成窄小細流，渭水經常更斷流的無奈，對於生態發展實在已到危險階段矣。

西安遊踪路上，南有秦嶺為伴，北是渭水之濱，不論是當年烽火大戲諸候的驪山，楊貴妃出浴的華清池，或是有天下第險的西嶽華山，祭祀（軒轅黃帝）陵園的所在地，都離不開秦嶺山系，我們行經路線東起在興平，馬嵬坡，華陰，渭南，臨潼，或西往至咸陽，扶風乾縣等地，秦嶺是中國南北地理，河流及氣候的分水界嶺，其主峯太白峯，海拔三千七百多米，有詩人寫出（太白積雪六月天）來形容。

秦俑，碑林 —— 古文明的驕傲

有世界第八奇蹟之稱的秦兵馬俑坑洞遺址，是西安一個張姓農民七十年代初打井時首先發掘出土，這個埋藏二千多年偉大藝術軍陣，其藝術價值高超，是我國繼敦煌佛洞文物之後，最震懾西方國家的精華。近萬的軍陣陶俑包括軍官，士兵在內，其不同姿勢，服飾，髮形，武器，特別是容貌，幾乎極少相同！如同銅馬車文物的

巨大精鑄，是（周鼎）之後銅器冶煉技術最巨大的出土文物。秦俑坑直到今時尚未完全發掘出土，要見到始皇埋葬的墓塚所在，相信屆時又是震驚中外的大事。

昔日執教感言

賴慶芳

回望過去，曾於香港歷史最悠久的私立大專執教多年，難忘很多第一次……

第一年執教，因學生幽默的言語笑得合不攏咀，上課至晚上十時亦甘之如飴……生辰之日上課，意外獲得一眾學生送來花束祝賀，感覺很幸福。當年的學生，如今已事業有成，有的成為集團部門經理，有的創業成為老闆，有的成家立室育有小孩。最近再次收到學生寄來的喜帖！

2003 年冬天，一人戰戰兢兢領着 16 名學生到北京考察。學生興奮得仿似脫繩的猴子，日間看古跡、訪北大、逛博物館，夜間逛書店、看夜市。因擔心學生安危，白晝做導賞員，晚上任「跟得老師」。學生午夜回房睡覺，我才開始準備翌日行程及講義；路途上，學生在車廂裏沉沉睡去，我卻與司機討論接送時間及地點。因天氣異常寒冷，行程不斷，睡眠不足，我患上嚴重乾眼症，雙目流淚不止之餘，籌劃院校第一個境外考察……

只看見模糊光影。回港後患嚴重感冒……當年的學生如今已長大成人，各有事業。首次境外考察，甜、酸、苦、辣盡嚐，是教學生涯中最深刻的印記。

首次與學生建立網站——在副校長支持下，與兩名學生建立第一個學系官方網站。電腦系學生負責設計網頁，中文系學生協助撰寫書法。網站由 2004 年始運作至 2012 年。如今徹底停更的網站，僅留下昔日點滴的設計痕跡。設計網頁的學生，後來成為設計

網頁的專業人才；撰寫書法的學生已修畢博士學位，在保險界有卓越成就。

第一次創辦「文學創作」課程，乃 2002 至 03 年之事。之後分別引入電影拍攝、舞台劇本演繹為習作。學生十分認真看待，於不同地點取景，準備不同服飾及道具。電影不但有字幕、服飾道具、背景音樂，更有謝幕及拍攝花絮，連我也十分期待創作課堂的學生電影⋯⋯最難忘的一套，是藉《三國演義》故事演繹友情的影片，初具專業水準。我鼓勵不喜歡讀書的學生向電影及戲劇發展，一名男生後來成功考入演藝學院，其母向我報喜！

演繹劇本時，學生將教室變成舞台，讓台下同學融入劇情，讓人賞心悅目之餘，笑聲、掌聲不絕，聲浪響遍走廊。有老師曾對我說：「從沒見過我系學生為了別系學科如此廢寢忘餐！」記得一名男生進入冠軍爭霸賽，為演繹醉漢，不惜飲了一大罐啤酒，讓臉頰通紅、身帶酒味，再來一段內心獨白。他的演繹全場觸目，也讓他獲選最佳男主角。執教十多年，學生留下的不僅是優秀的創作，也是一段段歡樂笑聲！

因為學生優秀的創作，引發埋藏多年的心願 —— 將作品結集。2012 年，學院首本現代文學雜誌《海風》正式創刊。創刊號由兩名學生編輯設計及排版，由我挑選及修訂作品，職員多次協助審校，終成功刊印。

2013 年，第一次建立中文粵語辯論校隊。首場友誼賽，學生敗給中大，第二場友誼賽在三號風球及紅色暴雨警號之下舉行，於北角旗開得勝！雖然風吹雨打半身濕透，學生卻開心雀躍，任由雨水淋灑。作為顧問老師的我，即以午餐作獎勵！後來隊長阿森帶領隊友備戰「香港基本法盃辯論賽」，在艱苦訓練之下，逐一擊敗一間間

著名大學。打敗大學一哥的那天，學生雙手顫抖著向我報喜，我笑起來——一輩傻得可愛的年輕人！

辯論隊以黑馬姿態打入總決賽，與中大爭奪冠軍寶座。在荃新天地眾目睽睽之下、施永青等星級評判的評審之中優秀演辯。雖然以一票之差屈居亞軍，但成立大半年就能晉身冠軍爭霸戰，獲得全港辯論比賽總亞軍，我為他們感到十分驕傲……

第一次指導學生寫論文，是修讀古典小說的學生。印象深刻的是：新聞系學生修畢古典小說後，愛上中國文學，決定到公立大學修讀文學碩士課程，親自找我撰寫推薦信，結果如願以償，寄來充滿喜悅與感激的電郵。

又曾指導一名女生從事唐代婦女服飾研究，她勤奮撰寫、認真求證，披星戴月寫出一篇令人滿意的畢業論文。我為其刻苦而感動，親筆寫了一封推薦信，成功助她進入港大深造。她不時寄來書信及明片，是一個重情重義的年輕人。後來，其碩士論文取得優等成績，她特意送我一本。我一看題目是〈宋代婦女服飾研究〉，忍不住笑起來！

教學近 20 年，第一次及唯一一次在考試卷上給學生一百分，是在婦女文學的考試卷上。從沒有學生能寫滿整本答題簿，一名女生竟然做到了，還加了一頁紙！在兩小時一刻鐘內，她書寫趕急，卻言之有物、言之有理，我驚訝她寫字速度之快、字體之端正秀麗！由於沒有給予滿分的先例，學系要求我扣減幾分，無奈只有將她的分數調減至九十六。後來，她去政治大學修讀哲學碩士課程，未畢業已獲得中文大學獎學金修讀博士！其時她來電想聽聽我的建議……

2015 年學院開設碩士課程，我對學生嚴格，對自己也嚴格——

連學生的英文摘要也修改，更請英籍同事查看一遍，確定無誤。學生之中有一位著名兒童小說作家，讀者逾百萬人。她十分聰明，多次突破我的防線。例如學生送我禮物，我一律退回，她卻送來一幅繪畫我的油畫，讓我退不得。畢業之時，她施計送來一束玫瑰，又寫了兩三頁紙書信給我，讓我十分感動，至今珍存着……

　　時光荏苒，回望過去，十數春秋仿如過眼雲煙。如今已轉至人們敬慕的大學工作，一切從新開始，再來一個又一個的第一次……

　　　　　　　　　　── 撰於 2016 年，2020 年修訂、2022 年刪減

詩四首

龐森

沙

她可能微不足道
但她可以乘着風
遠行千里
也可以隨着水
鋪出百里長灘
若你看不起她
她可以走進你的眼中
讓你流下
後悔的眼淚

睡在懶懶夏日

剪斷幾線陽光
灑一地樹影
抹一臉清風
享一串天籟
睡在懶懶夏日

幾噸廢紙幾分錢

被人遺忘的老婦，
被人遺棄的舊紙。
螞蟻般的身軀，
推着大象般的紙堆。
重甸甸的廢紙，
換來輕飄飄的銀紙。
過了這個磅，
舊紙便可以投胎轉世；
吃了這餐，
還有下一餐嗎？
以無限的喜悅，
接過有限的金錢。
紙舊了，還有用。
人老了，有用嗎？

我看明日香港 [2]

腳踏祖國助跑器
眼望明天香港
掌下不再是散沙

2　東亞銀行 80 週年（1998 年）「我看明日香港」徵文比賽優異獎作品中佳句被
　　摘錄以印製書籤義賣，收益撥捐香港小童群益會

風中鈔票不再誘惑

因曾在金融風眼中反思

吸一口勇氣

抖一抖飽歷風浪的肌肉

耳聽八方

衝出東方

成各方之珠

地圖上一點

世界新焦點

詞六首

羅運承

醉花陰（咏洋紫荊）

幹秀枝長花瓣五，名冠羣芳譜。姹紫吐芬芳，嶼嶺獅峯，都是留香處。

同心連葉相依護，酷日平安度。且靜待西風，再展盈盈，長伴英雄樹。

留春令（悼容若先生）

報壇才子，流連月旦，解疑難事。噩耗傳來慟人書。珠船去，哀聲起。可嘆人生如流水，有短長程里。香港朋情未輕煙，有昔日，西州淚。

小重山

記得當年渡海瀛，效文山武穆，要扶傾。成功嶺上試紅纓，沙場靜，朗月照新兵。荏苒漸伶仃，嘆興衰倚伏，事難明。何時歲月再崢嶸？如今後，舊曲不堪聽。

夜遊宮（除夕）

熙攘中環旺地，有食市、坊名蘭桂。撲鼻中西美食味，常置酒，人間世。

幻彩年燈美，齊倒數，喜迎新歲。今夜狂歡應無睡，約誰人，

和安里。

八聲甘州

記炎炎荷月豔陽天，結伴隴西遊。訪敦煌張掖、黑河雪嶺、七彩山頭。攬鞍明駝漫步，滑翔鳴沙丘。又火焰山去，嘉峪雄樓。

古遠絲綢之路，屢渭城歌奏，故舊難留。四十年新政，建美麗仙州。葡萄熟，醉光瀲灩、大漠邊，風電轉未休。香江返，作長短句，贊頌甘州。

滿江紅（賀高錕教授）

吐露涵碧，春乍暖，繁花舖疊。報喜訊，哲人歸棹，心情激烈。華夏同胞添國寶，神州歷史掀新頁。問何由？諾獎數鰲頭，高錕列。先生志，剛如鐵。先生節，似冰雪。創光纖傳訊，令名無缺。長記未圓湖邊事，科研校政皆殷切。而今後，忘掉了嗔痴，人中傑。

名家

詩二首

何文匯

山樓望月　其一

2021 年 2 月 7 日

五更山吐月如鈎，乍見孤魂月下愁。
已過立春將四夜，未迎破曉似三秋。
丹成金鼎聊堪喜，疫戀紅塵確可憂。
知汝悲心變憔悴，特來問訊此樓頭。
（「尤」韻）

註釋：

第一聯

2021 年 2 月 7 日，合農曆庚子十二月廿六日，缺月於凌晨二時四十八分從地平綫升起，現於山頭時，三時許矣。

唐杜甫〈月〉首二聯：「四更山吐月，殘夜水明樓。塵匣元開鏡，風簾自上鈎。」宋蘇軾〈江月〉五首其五首二聯：「五更山吐月，窗迥室幽幽。玉鈎還掛戶，江練卻明樓。」南唐李煜〈相見歡〉：「無言獨上西樓，月如鈎。寂寞梧桐深院鎖清秋。」

第二聯

是次立春在 2 月 3 日深夜。

山樓望月　其二

2021 年 2 月 7 日

五更山吐月如鈎，人在山中樓上樓。

天地一時皆寂寞，身心幾度得清幽？

萬家此夜能安枕，羣虜前年欲斷流。

庚子神京赫斯怒，西冥驕氣黯然收。

（「尤」韻）

註釋：

第三聯

　　前年指 2019 年。《晉書・苻堅載記下》：「以吾之眾旅，投鞭於江，足斷其流〔苻堅語〕。」

第四聯

　　庚子，2020 年。《詩・大雅・皇矣》：「王赫斯怒，爰整其旅。以按徂旅，以篤于周祜，以對于天下。」《孟子・梁惠王下》：「《詩》云：『王赫斯怒，爰整其旅，以遏徂莒，以篤周祜，以對于天下。』此文王之勇，文王一怒而安天下之民〔孟子語〕。」「冥」，《廣韻》：「莫經切。」音「銘」，平聲。《漢書・匈奴傳上》：「南有大漢，北有強胡。胡者，天之驕子也〔匈奴單于語〕。」唐劉禹錫〈西塞山懷古〉：「王濬樓船下益州，金陵王氣黯然收。」

台灣地區二十年來中國文學的發展

余光中

　　羅會長、徐先生、各位女士、各位先生，今天我非常榮幸，承羅會長指派我來跟大家報告「二十年來台灣地區的文學」。我想各位都知道，這個題目本來是邀請台灣專程來的姚朋先生（筆名彭歌）來主講的，可是因為姚先生的手續來不及辦，也許現在尚在飛機上，也許尚在台北。羅會長要我做後備軍，我本來算是評論員，現在就代表姚先生來談這個題目吧。今天是香港中國筆會20週年紀念日，有關香港中國筆會的成就和發展，羅會長已經報告得很清楚，令我們非常欽佩！今天既然姚先生沒有來，我就代表向貴會致最大的賀忱，恭祝貴會前途無量，將來的表現更輝煌更完美。

　　我報告的是 20 年來台灣地區的文學，現在是 1975 年，因此應該從 1955 年開始。這 20 年間是台灣地區最安定、最繁榮的時期，很自然的，文藝也應運而興，比起五四時代、三十年代，無論在主題上，文字上，技巧上，風格上都有很大的不同。為了報告方便，我想把這二十分為四個時期。一開始當然免不了回顧到 1955 年以前，也就是 20 年以前。那時候從大陸到台灣去的文壇先進、前輩也有好幾位，不幸大多數名作家都留在大陸。可是在早期，我們幸而還有這些文藝界的先進，例如：傅斯年先生，雖然他不是一位純粹作家，而是教育家和歷史學家。還有羅家倫先生，梁實秋先生，蘇雪林女士，謝冰瑩女士，黎烈文先生，孟十還先生（也許大家不知道，孟先生是俄文專家，翻譯過很多俄國文

學），台靜農先生，錢歌川先生等。此外還有胡適、林語堂、陳西瀅等幾位先生，他們並不是經常住在台北，而是經常回來。有這麼多的先驅人物，所以有一個很好的開始。據說本來朱光潛先生可能到台灣大學教書，不幸沒有成功，終於留在大陸。錢鍾書先生，曾經到台灣去過，可是因為在大陸上有事要辦，他又在1949年以前回大陸去了。可是這些先進作家在台灣早期的文壇，並沒有多少創作，所以作用並不很大。

中期是在1955前後的三四年。這個時候，從大陸去台灣的年輕作家相當多，現在他們當然都已進入中、老年了。我必須說明，今天我舉出的作家的名字不免是掛一漏萬，不見得有充分的代表性。例如：張秀亞、孟瑤、聶華苓，以及今天原定主講這題目的姚朋也就是彭歌、潘人木、林海音、王藍、潘塑、陳紀瀅、董真等等都屬此期。他們有一個普遍現象，就是大半是回憶大陸時代的生活，尚未心情好好地了解台灣的現實。

後期很難劃定時間，我只好武斷一點說，1957、58年，到1970年這十二三年，是台灣文學發展最重要的時期。這個時期有一個現象，值得一提：就是西化的現象 —— 也就是接受西洋文學的現象。為甚麼這十幾年之中台灣地區的文學受歐美影響這麼大呢？本來，五四以來新文學已經受到西洋的影響，不過在這十幾年之中，三十年代以及五四的某些作家，他們的書都成了禁書，一般青年作家看不到，青年作家寫新文學的時候，要向誰去學習呢？當然還有幾位五四作家的作品在台灣可以看到，比較早期的朱自清、徐志摩以及在海外的胡適等等好多位便是，可是大多數早期作家的書都看不到，要學習的話，非常自然的，就去學習西洋的作家。

其次，這十幾年中，美國文化、日本文化在台灣有相當的影響。從台灣去美國的留學生非常多，他們回到台灣去教書，把影響帶了回去。至於日本，可以說是有點殘餘的影響力，因為台灣本省中年以上的讀者都會識日文，所以很自然的，諸如川端康成、三島由紀夫等的作品，或者翻譯成中文，或者逕讀原文，在台北擁有相當多讀者。此外，韓國和歐洲的作品也偶有譯成中文的。所以這十幾年來外國影響很大，在詩、小說、電影、繪畫各方面均有相當影響。以下分四點來說：

詩——跟其它文學一樣，在台灣的青年要看早期的新詩，除了徐志摩等幾家，也不能看到很多，所以也頗受西洋的影響。

小說——受西洋的影響小一點，我想是因為像紅樓夢一類的古典小說，在台灣早期的小說裏面還有相當的影響。詩呢？詩從古典詩到新詩，是從文言文到白話，這個轉變太大了。而小說，我們的傳統本來以白話寫作為主，所以這個轉變不像那麼突然。因此小說雖然受西洋的作家，例如海明威等等的影響，可是比詩的西化程度要少一點。

第三談到散文。我們的古文自有其深厚的傳統，而西洋的散文則並不那麼出色，尤其是西洋近代的散文。所以散文受到西洋的影響也遜於小說與詩，同時散文的文體比較踏實平易，技巧上的要求比詩與小說要小一點，因此年輕的作家寫起詩和小說來，可以嘗試西洋的技巧，吸收西洋的影響。散文就不容易做假，也就是說，比較不容易跟着西洋的甚麼主義、甚麼派別之後寫得天花亂墜，還可自圓其說：問他為甚麼寫得這樣怪，他可以說，因為西洋有這種主張的關係。所以散文比較保有中國風格。

第四點是批評。有人根據中國的古典傳統，有人根據五四或

者三十年代的傳統，另外一些批評家學習的又是西洋現代的批評，這幾種批評很難調和在一起。除非真是學貫中西的人，否則是很難照顧周到的。台灣的文學批評，可以說甚至於在後期也不是太發達的，因為稿費不高，得罪人的機會很大，誰願意去做這樣的事情？雖然也有多次筆戰，可是批評並不發達。同時在作家這方面，接受批評的雅量也有待修養。這種條件使批評未能發達。一直要到最近三年來才比較有進步。最近有一本月刊叫做《書評書目》，專門登載批評，尤其是書評，或者作家專論翻譯的專評等等，水準相當之高。

如果我們以寫作的背景來分類，可以發現一個有趣的現象，就是後面的四類作家大量出現：第一類就是軍中的作家，文武全才，兼事寫作。畢竟 20 年來沒有戰爭，軍中作家有足夠的閒暇來進修，同時軍中也非常提倡文藝創作，設了許多獎金，所以軍中出來的人才很多。尤其是軍人多來自北方，到了南方的島上，非常懷念家鄉，因此鄉土文學多表現鄉愁，北方的回憶，故國的嚮往等等。最初小說較多，詩比較少。例如朱西寧、司馬中原、段彩華、田源等等，都是軍中傑出的小說家。詩人則有瘂弦、洛夫、管管。

第二類作家在以前大陸時代沒有那麼多見，就是女作家。固然在五四時代也有不少女作家，可是台灣女作家來勢之盛，幾乎有壓倒鬚眉之感，非常受到讀者歡迎。男作家描寫粗緯條的大場面沒有問題，可是綿密細緻之作，尤其是家庭生活、夫妻之間的感情等等，那是女作家的專長。我記得英國小說家華德・史各特說過：「粗緯條的小說像十字軍東征，我寫來不輸給誰，可是要寫到兒女之情，閨房之私，委婉微妙之處，我就沒有辦法了，趕不

上簡・奧斯丁。」我想這與台灣教育有關係，大學教育愈來愈普及，尤其是文學院的女生愈來愈多。我在台灣一直在外文系教書，外文系男生、女生的比例大概一比三，有的甚至是一比四。女生的功課也相當好，尤其細心。所以她們在文學上也頗有表現。而且比較偏於散文，例如我剛才提到的張秀亞、鍾梅音、林海音等等，她們都是散文家。更年輕的像陳若曦，李藍，張曉風，於梨華，施叔青，歐陽子等也各有表現。

第三類的作家，很自然，是台灣本地的作家。這類作家大量出現，是很令人高興的事情。台灣被日本統治了50年之久，他們學習中文當然很不方便，所以在光復之後雖然進小學的台灣同胞開始學起中文來，可是中年的台灣作家要從日文轉到中文來，講閩南話背景的也總覺得國語講的與大陸作家不能相比，因此常常感到力不從心。可是過了好多年後，例如到了1960年以後，台灣本地作家跨越了語言的障礙，表現便愈來愈傑出了。其間年紀較大的有鍾理和，葉石濤，鍾肇政等，年紀輕一點的像林懷民，像最近作品暢銷的黃春明等，都是30歲上下的年輕人。他們的表現大半是在小說。

第四類作家是學府中的作家，也就是說大學外文系中文系科班出身的作家。這些作家當然也包括女作家和台灣的作家在內。他們表現可說詩、小說、散文三者兼長。尤其因為他們學的是中文系、外文系，對於批評、翻譯應該具備更為有利的條件。這些學府作家往往自己辦刊物提倡現代文學，例如夏濟安創辦的文學雜誌，在台灣大學，在年輕作家之中曾有很大影響，造就了不少青年作家。後來台大外文系的學生們自己辦了一份季刊，叫做現代文學，先後有10年之久，最近才停刊。這些學府出身的作家，

很多到外國去留學，有的就在國外教中國文學，這也可以說是中國文化的再認識的工作。有的回到台灣教書，貢獻所學所長，影響可說相當之大。我想各位也許都聽過白先勇的名字。他是台大外文系畢業的，是白崇禧將軍的公子，雖然出身將門，卻成為文壇的要角，六十年代最傑出的小說家。此外，水晶、王文興、劉紹銘、顏元叔、葉珊等等，也是代表人物。

我也許應該提一下，像於梨華這樣的作家，也是台大畢業的，她寫留學生的生活，作品極豐，可說創造了一種新興文學，叫做留學生文學。不過近年來留學生也變了，變得對於社會、和政治比較關懷，因此於梨華的留學生文學已屬於早期。近年有一位科學教授兼為小說家的，乃張系國。他既是科學家，又精通文學，他比別人看得更多也更深，他批評工業文明，也比別人更加內行。以題材來分，也是很有趣的，可以說有三類：

一類寫大陸時代

二類寫台灣現況

三類寫海外生活

寫大陸情懷的作品，以小說為多，大半是軍中的作家，因為它們來自北方，也包括年紀較大的一般作家和學府的作家。這一類作品充滿鄉土氣息，大半是寫回憶。第二類的主題，是台灣的生活、台灣的現實。要描寫這類題材，當然是年輕的一代，容易進入情況，也容易吸收新的經驗，因此，台灣本地的作家當然是主力。同時，原籍大陸的外省作家，像白先勇、張系國這幾位，也是在台灣長大的。白先勇現在大概三十五、六歲，他的中學時代正在台灣，因此最感親切的也就是台灣生活。年長一些的作家，無論是軍中作家、女作家、學府作家，到了後期，到了 1956、66

年以後，寫作的題材就有困難了，因為他們離開大陸太久了，完全要靠回憶來寫作，自有難以為繼之感。年輕的一代相應出現，來描寫台灣的現實。第三類主題就是描寫海外，其間也包括香港、歐洲、南洋，可是由於留學生去美國最多，仍以描寫在美的華人為最大主題。

在這後期，中國文學在台灣曾經有一大危機，因為中國文學的傳統幾乎有中斷之虞。五四和三十年代的新文學在台灣大半成了禁書，新文學的傳統幾乎難以為繼，另一方面，中國古典文學的偉大傳統也受到威脅。年輕一代的中文愈來愈差，英文沒有學好，已經忘記中文，詩沒有寫好，已經瞧不起散文，文字欠通的年輕作家太多了。同時有人受西洋文學影響，在吸收西洋技巧之餘，甚至把西洋文學的主題也搬到中國新文學裏面來，依樣畫其葫蘆，一樣非常危險。

西洋現代文學為甚麼這麼緊張、失落，這樣虛無，這樣灰色？因為基督教面臨信仰的挑戰，面臨科學與工業的文明，幾乎不知所措，因為西方人創造了工業文明，創造了現代的大都市，結果困在大都市裏面，現在又回過來要解決污染、人口、犯罪等等問題。西方文學的反應如此，可是中國在宗教上並沒有這個問題，也許我們的問題是農業社會進入工業社會，這個過渡時期的價值觀念應該怎樣重新調整，儒家的價值面臨新世界的挑戰，如何適應，如何求生，民主的觀念對於我們的舊社會有何激盪等等。這一些才是我們更重要的題材。

西方作家的失落，是社會的、是宗教的，而中國作家的失落或者困境，也許只是民族的，文化的。某一時期我也有這種西化傾向，我的許多朋友也曾如此。西化分子有一個錯誤的觀念，認

為中國文化、中國文學要現代化，就必須先西化。我認為西化只是現代化的手段之一，並不是唯一的手段，更不是現代化的目標。不幸許多作家在追求西化過程之中，漸漸忘記這只是一種手段，以為這就是終極目標，有此誤會，文學乃過分的西化。同時由於對傳統的態度也有不同，遂引起論戰。保守派的看法，認為傳統是已經完美的東西，李、杜也好，韓、柳也好，曹雪芹也好，都已功德圓滿？我們的任務是保持它，不是發展它，是守成，不是創新。另外一種態度是很激烈的，說傳統是已經死亡的東西，要拋棄它，不要追隨它，因此我們要西化。第三種態度認為傳統是偉大的，應該維護，然而傳統既不是神，也不是鬼，保守派認傳統為神固然不對，激進派認傳統為鬼，也是偏頗。

其實傳統猶如一個人，有血有肉之軀，既然是一個人，必須朝前發展，日新又新，新陳代謝。現代作家不但要認識傳統，還要發揚傳統，不斷吸收新的東西來壯大傳統。台灣歷年文藝論戰的關鍵，第一是對西化的態度，第二是對傳統的態度。

最後談到近期，也就是 1971 年到現在，不過三、四年之間的事。大家都有了一個認識，就是文學在這個時期必須關心社會，所以文學作風上有很大的轉變。西化的運動已經太不切題，必須大加修正了。

剛才我提到的書評雜誌是《書評書目》，最近兩個月來開了一張等於外國報刊上 BEST-SELL SELLERS 的最暢銷書單，由讀者來推薦，逐月統計後加以發表。二月份最受歡迎的十本書是：鹿橋的《人子》與《未央歌》，潘琦君女的散文集《煙愁》。《未央歌》是抗戰末期寫的小說，不能放在台灣地區的賬上。然後是台灣省籍青年小說家黃春明的《莎喲娜拉，再見》，很有鄉土氣息，如果

是在十年前，這樣的書大概是不會入選的。

接下去是《聽聽那冷雨》是我的散文集。再下面是白先勇的小說《台北人》。然後是彭歌翻譯的兩部書，《改變歷史的書》和《人生的光明面》。第九名是傳統的名著《紅樓夢》。第十位是《小太陽》，是子敏的一本散文集。這名單多少可以看出近來讀者愛好的一個趨勢。當然這名單每月都在變化之中。

再講到出版情況。早年台灣的文壇，小說銷路非常好，一路領先。近年小說銷路比較差，反而不如散文，這是很有趣的現象。

詩集早年簡直銷不動，近年漸為讀者所接受，例如去年和前年出版的，便有三本詩集都已經再版。在短短一年之間竟能再版，這情形十幾年前是沒有的。另一個現象，翻譯書很好銷。剛剛才講到彭歌翻譯的書，《改變歷史的書》出版到現在，大概三年，已經銷了三十多版。這情形本來是很好的，可惜有一個不好的現象，就是有時候濫譯搶印一些名著，例如某書得了諾貝爾獎，大家就一窩蜂翻它。川端康成得了獎，大家就來搶翻，而且互相抨擊。

對於 20 年來的台灣文學，報紙的副刊很有貢獻：中央副刊、聯合副刊、新生副刊，以及較晚的中國時報的人間副刊，最近急起直追的中華副刊，對作家鼓勵都很大。至於刊物，有官方的，也有民間的。最有影響力的，當推《文學雜誌》，《現代文學》，《文學季刊》，《幼獅文藝》，《中外文學》等等。

20 年來台灣地區的文學，論戰也非常之多。有的論戰淪為人身攻擊，當然很不幸。我的看法是：論戰多少說明文學有活動、有生氣。如果一個地區的文學連論戰都沒有了，或者論戰僅是政治鬥爭的工具，就太悲哀了。台灣的文藝論戰往往卻是自生、自發的，可貴在此。

還應一提，海外的尤其是香港的文壇對於台灣文壇也有相當貢獻。事實上香港多數作家往往也在台灣發表作品。像徐訏先生的全集，就是在台北出版的。可是香港的某些刊物在台北看不到，因此香港文學對於台灣的影響也許不如台灣對香港的影響這麼大。不過，香港文壇某些人士對於台灣文學似有一點誤會，說它是殖民地的文學，過份受美國的影響，沒有民族觀念等等。這個現象不是完全沒有，剛才我就分析過，有一個時期有西化現象，可是並非大多數作家如此，有民族感、有社會意識的作家還是佔大多數。同時，一再論戰的過程中，也可以說教育了這一班西化的作家。

　　我剛才提到書評書目所列十本暢銷書裏面，除了兩本是翻譯書以外，其它都是富有民族意識的，豈可誣為殖民地的文學？台灣省籍的部份作家，是從日文擺脫出來再學習中文的。這種精神尤其可貴。有一位台灣省籍的作家叫葉石濤，現在可能是五十多歲了。他在二次世界大戰時間，被日本人拉去當兵，日本投降後，他才回家做個老百姓。他的作品就有一篇描寫二次大戰，說他在戰壕裏聽見日本天皇廣播：「日本投降了」。

　　最後我要附帶報告台灣地區的文學譯成外文的情形。台北的中國筆會有一個季刊，按期把傑出作品譯成英文。婦女寫作協會也英譯了一部選集。許多詩集、詩選都翻譯成外文，英文、德文、日文、法文、韓文都有，甚至還翻成馬來文。最近教育部編譯館也很重視此事，邀請許多學者和翻譯家，前後工作三年，現在這部英文翻譯的 20 年來台灣地區的中國文學選集，分為詩、散文、小說三部，就要出版了。大概今年夏天就可以推到國際學界和文壇上去。這工作，我本人也曾經參加編輯翻譯。這部書大概有

一千頁，可以說是一部龐大的翻譯。二十年來台灣地區的文學甚為豐富。由於準備不夠，學養不足，我的看法恐怕不免有所偏所蔽，還要請我的評議員李秋生先生以及在座的各位女士、各位先生指教！

——出自 1979 年 10 月出版的《二十年來的中國文學》

詩詞七首

朱鴻林

擬古飲酒（1977 年）

與公同飲酒，我醉公不走。我謂公可歸，公態忽殊狃。
謂言古之徒，臨難不捨友。顧子自頹然，欲以微我咎。
子誠學陶潛，我亦親魯叟。人生天地間，會當知所守。
患難不相違，通達乃可久。況今世薄澆，我留稍復厚。
願子見周公，安然聽所授。我聞公斯言，頓起視星斗。
今夕是何夕，清風盈胸肘。恍惚物象新，六合無塵垢。
古道氣森嚴，熱腸真不朽。我醉終可醒，公言心永有。
願言更努力，無落古人後。富貴豈驕矜，貧賤亦不苟。

羅元一師輓詞（1978 年 4 月）

逝矣賢良士，勞謙君子如。丁年尋墜緒，乙部建豐旟。厚植千
䅵樹，敦和百里居。世人皆有述，吾意未過譽。二載遊鬵舍，雙丸
邁塞驢。

無言親四教，有誨惜三餘。謬可文章論，曾將學費除。執鞭重
許願，神氣遽升虛。往事成橋杌，柔腸付帝閭。哀音緣內發，激感
藉何擄？

痛哭千行淚，難酬一紙書。揮涕挽靈車。

遊九龍寨城公園　四首（以下 1998 年 4 月）

狗肉人皮毒藥溏，雉盧呼喝逝如川。
紫荊已放清陰好，臥閱興衰拓殖篇。

衙前敵艦火硝煙，衙後遺民恨百年。
未信東風吹霧散？請看宮粉競新妍。

後山獅子已醒眠，狼豕歸途不用鞭。
曲巷翻成周道直，更栽桃柳滿旁邊。

殘基斷額鎖流年，官富民康近勝前。
種德還能先種樹，吟詩應到二南篇。

王懷冰師輓詞並序

經術楊吳接簡康，文章北闕問高黃。百年志學依回尹，千首詩歌繼宋唐。

嶺海焚餘皋比暖，風雲變盡洞天長。青春沂浴蒙吹煦，老大扶靈未敢忘。

與雲浮莫雲漢泛舟歸來卻寄

君家雲浮遠，我家舊潮州。
相見錦渡頭，結伴盟沙鷗。
壯園慕擊楫，携手上蘭舟。
離亂傷萍轉，天風抒我憂。

得遂鷦鷯計，一枝足春秋。

行藏鍥不捨，抱古求東周。

夜泊梅窩

野港夭桃二月嬌，

傍人燈火倚溪橋。

東風未免無情意，

入夜偏吹斷纜潮。

題施子清博士香港孔子學院個人書法展覽

已空色相等如來，

任掃煙雲淨硯台。

韻趣從心超格局，

黃花翠竹向天開。

錢穆側影 [1]

金耀基

一

　　1990 年 8 月 30 日，錢賓四先生在台北離世，我曾寫〈在歷史中的尋覓：憶國學大師錢穆先生〉一文，追念我有幸相識相交 13 年的一代學人。賓四先生在我夫婦心目中，不止是一位望重士林的國學大師，更是一位言談親切、風趣可愛的長者。我們感到錢先生已走進歷史，後人只能在歷史中去尋覓他了。記得許倬雲大兄 1989 年見了錢先生後跟我說：「一位歷史巨人正在隱入歷史」。誠然，賓老不死，只是隱入歷史。

　　錢賓四先生走進歷史，留給人間的是一筆巨大的文化遺產。他手創的新亞書院，他與夫人苦心經營的素書樓……當然，最重要的是他一生撰寫的《錢賓四先生全集》，這 54 本著作在錢穆先生生前已經贏得「當代經典」的地位。但錢先生在生之時，並沒有出版全集的意念，這是他的「古人之風」。錢先生曾説：「中國古代學人，從沒有在生前計劃出版全集的。學術是要經得起時代考驗，必要經過後人的評價，才能獲得留傳。」[2]

　　他又説：「自古以來的學人很少有及身而見開花結果的。在今

1　本文為《錢穆先生談話錄》序，轉自中華書局（香港）有限公司。
2　胡美琦：《賓四先生與素書樓》，台北：台北市立大學，錢穆故居，2015，頁 71。

天講文化思想，似乎不像科學家的發明，不論別人懂與不懂，即可獲得舉世崇拜，因為科學有一個公認的外在價值，而講文化思想只有靠自己有一份信心來支持自己向前，靜待時間的考驗，來給予公平的裁判，而其結果往往要在身後，這非具有大仁大智大勇者不能為。我只感謝上天賦於我們這一代人的使命，而它會使我們的生命充滿了意義，具有了價值。」[3]

錢先生於 1990 年逝世，歸葬於故鄉無錫太湖之濱後，錢先生夫人胡美琦便在萬般悲痛的心境中一肩擔負起《錢賓四先生全集》的出版工作。胡美琦陪伴錢先生的後半生，風雨同路，休戚與共，她是以「生死相許」的情懷投入到這份工作中的。胡美琦為出版先夫的全集，曾有這樣的追述：

> 54 本一部大書，沒有編輯處，也沒有編輯委員會，利用我家作總聯絡收發，可以想見我當時生活的忙亂。幾乎一連四年，我每夜工作到早上三、四點，先後兩次心律不整，幸而有驚無險，也幸而那時《全集》即將完工，緊接着我因雙眼模糊，行動不便，先後兩次開刀。
>
> 有關賓四著作出版的事，此事說來話長，幾十年的經過，點點滴滴在我心中竟成了一連串不忍訴說的辛酸史。[4]

一點不誇張，錢夫人是以「洪荒之力」完成了《錢賓四先生全集》的。此部全集於 2000 年由台灣聯經出版事業公司出版。又經過

3　胡美琦著，頁 18。
4　胡美琦著，頁 70-75。

幾年的周折，「全集」終於「一字不改，以繁體直排，在大陸發行」。[5]
我相信，身在太湖之濱的賓四先生在天之靈，一定會對他的夫人和
知音胡美琦的用心之苦與用心之美是極感欣慰與感念的。因為胡美
琦明白「賓四晚年最大的心願是把他全部著作帶回中國大陸」。[6]

二

　　去年（2019 年）12 月，北京的陳志明先生來信，信上說：錢穆
先生是現代文化史上的巨人，他的學術思想，歷數十年而影響不
衰，學界對錢穆先生的研究，方興未艾。此前有《錢賓四先生全集》
行世，為後人保留一份完整而系統的專著文獻，功莫大焉。本人此
次遍尋海內外報刊，以及求諸網絡，發現《錢賓四先生全集》未收
的先生談語錄若干篇，輯為一冊，算是為全集做一補遺。也算是替
學界做一小小的蒐集整理工作。

　　陳先生並表示，他知悉我是賓四先生的「忘年之交」，又言計劃
於今年（2020）錢先生逝世 30 週年之際出版《錢穆先生談話錄》，且
曾徵求錢先生次公子錢行兄的意見，並請我為此集作序。讀信，驚
覺賓四先生仙去已 30 年了，真不勝懷念之至。令我欣慰的是，錢
先生走進歷史 30 年之後，他的身影在歷史的長廊中越來越清晰，
也越來越高大了。當然，今時後世的讀者，最可能接觸、認識到錢
先生其人、其學、其事的就是《錢賓四先生全集》。但《全集》之全
未必包有了所有錢先生生前的言談、論說。陳志明先生是一位有心

5　　胡美琦著，頁 93。
6　　胡美琦著，頁 93。

人，他花了大氣力所蒐集到的是九篇文字，它們是錢先生歷年接受訪問中的談話錄，散佚在港、台、大陸的報刊雜誌。這本談話錄，包括蔣中正與錢先生的對話，金庸對錢先生的訪問。錢先生在即時即興的談話中，經意不經意地透露了他對儒學、文學、對中國文化、對人文和人生等等的看法。這集談話錄所展現不是《全集》之外的另一個錢穆，而是《全集》中錢穆這位偉大學者的一個側影。

三

《錢穆先生談話錄》其中幾篇的訪談，很引發了我對錢先生其人、其學、其事的一些聯想，我很願趁此寫序的機會把它寫出來也可為〈錢穆側影〉增添一個視域。

本集收入最早的一文是 1942 年 6 月 22 日的〈蔣中正、錢穆討論宋明理學、儒家思想等的談話〉。我根據錢先生自撰〈屢蒙總統召見之回憶〉。[7] 所記，覺得該文日期應該為 1943 年。錢先生自述，1942 年蔣中正先生第一次召見他，錢先生是以「無可獻替，而輕應召，以妄費委員長之精神」為由婉辭謝召的。到了 1943 年春，蔣委員長再召見他與另一百人同見，錢自述「是為我親瞻總統顏色，親聆聲音之第一次」。在第一次晤見時，因為與會者逾百人，「垂詢應答，各不超過一兩分鐘」。但翌日上午，蔣氏又召見錢先生於成都軍官學校。二人自 11 時談論到 12 時，並請錢先生一同午餐，錢先生自述：「歡暢盡懷，如對師長，如晤老友，恍如仍在我日常之學究生活中。」此次與蔣中正先生晤談，錢先生最感到快樂的應該是：

7　《錢賓四先生全集》第 23 冊，台北：聯經出版事業公司，1994。

「回憶當時社會相識不相識之人，都說我專治史學，而總統當時和我初次見面，卻即說到理學上，而這正是我內心平日最看重、最愛研究的一項學問。」我們知道，錢先生在 1940 年出版了《國史大綱》，聲名大震，當時社會以史家目之，也十分自然，而蔣中正先生獨獨知錢先生精研理學，並以宋明理學之利弊向他請益，錢先生以理學為「最愛」，對蔣中正此舉自不禁有知己之感了。說到這裏，不免引起了錢穆的學術身份的問題，在一個現代學術專業化的時代，學者幾乎都必然是專家，但偏偏錢先生就不是個專家，他是史學家，也絕對是儒學家。其實，錢先生所寫的中國學術思想的著作，如《西漢經學今古文爭議》、《中國近三百年學術史》、《中國文化史導論》、《末明理學概述》、《四書釋義》、《論語新解》、《陽明學沈要》、《朱子新學案》，無一不是有關儒學的傑作。我在此文開端稱他是「國學大師」，正因為儒學是國學中的核心組成，但儒學不等同國學。錢先生謝世後一年 (1991)，錢先生的高足、著名史學家余英時先生發表了《錢穆與新儒家》四萬字的長文 [8]，風動一時；毫無疑問，這是一篇為錢穆學術定性定位的，最深刻、精微的文字。千言萬語，余英時總結地說：「錢先生的學問宗主在儒家，終極信仰也歸宿於儒家，錢先生是二十世紀國學界的一位通儒。」但余英時此文所要強調的是，錢先生卻不屬於八十年代海內外所盛稱的「新儒家」這個學人門派（主要是指熊十力的哲學門派）。余英時清楚地指出，錢先生與「新儒家」有相同，亦有相異之處。相同的是錢先生與「新

---

8   余英時：《猶記風吹水上麟 —— 錢穆與現代中國學術》，台北：三民書局，1992，頁 31-98。

儒家」之間有最低限度的一般立場，即都是為中國文化說話，「都在為闡明中國文化的特性」。但除此之外，錢先生與新儒家之間，真是「所同不勝所異」，而根本的根本是，錢先生與新儒家的「學術取向以及對儒學傳統的認識都格格不入」。誠然，如余英時大兄所說：

> 新儒家特重中國文化中的「心性之學」的陸、王傳統，而錢先生雖也十分推重陸、王，尤其是王陽明（錢先生著有《陽明學述要》），但他所要繼承的則尤在北末的綜匯經、史、文學的儒學傳統，他之所以在宋代理學家中獨尊朱子，還不僅因為朱子集理學之大成，更重要的是朱子同時也繼承和發展了歐陽修以來的經史文學。[9]

這樣，我們也不必問為何錢先生晚年要花十年時間去完成的大著作是《朱子新學案》了。余英時的《錢穆與新儒家》發表後，我覺得身為「新儒家」第三代代表之一的新亞書院亡友劉述先的說法是平實的，他說錢穆先生不屬狹義的「當代新儒家」，卻是廣義的「現代新儒學」的代表人物。[10]

四

錢穆的史論，不少是春秋筆法，《春秋》是孔子所述之書，是古代「六經」之一，寫史當然求客觀，但客觀的論述中是有褒貶之筆的，亦即是有價值判斷的。經學是講價值的學問。故錢先生的歷史書寫是絕對帶有儒家的價值觀落筆着墨的。

9　余英時著，頁 70-71。
10　劉述先：《論儒家哲學的三個大時代》，香港：香港中文大學出版社，2008，頁 195。

讀過錢先生的史學論著，都會覺得他是司馬遷一路的史家，通古今之變，窮天人之際，經、史會通，文、史兼美。在〈錢穆訪問記〉文中，當被問到「中國過去的史學家，先生最推崇哪幾位呢？」錢先生微笑答說：「司馬遷、歐陽修、章學誠。」此三位史學家都可說是在不同程度上「綜匯經、史、文學、儒學傳統的」。錢先生的著作，處處有司馬（遷）、歐陽（修）筆法，灑灑洋洋，引人入勝。

　　在民國三四十年代，史學界大才雲集北京，錢先生以一中學教師之身，孤軍突起，輕身進入燕京、北大的學術殿堂，其聲名不能為大名家如梁啟超所盡掩，而自有光芒（他先後寫過與梁啟超兩本學術史名著同書名的書，不能說沒有一點爭勝的自信）。錢先生寫中國歷史，始終抱有一種「溫情與敬意」，他對金庸與胡菊人自認「我以一中國人來寫中國史，多寫些好處亦應該」。錢先生回憶起他與蔣夢麟先生（曾任北大校長，著有《西潮》等書），在美國史丹福大學見面時一段對話。蔣夢麟到台灣後曾先後讀了《國史大綱》五遍之多，他在美遇到錢先生，問道：「你寫《國史大綱》怎麼總是挑中國歷史上好的一面來講？」錢先生就反問他：「所謂的好的一面是否是講錯了？」錢先生說：「蔣先生倒也同意我沒講錯。」（見金庸、胡菊人訪談錄）我想指出，蔣夢麟是留美的自由派學者，學識俱佳，在對史學「學派」上的看法，他自然是同情並傾信當時史學的主流派，亦即是當時稱尊的實證主義的科學史學派。錢先生在中國史學界，素來被視為傳統派、保守派，當然，這主要是指錢先生的學術思想的取向，並非指他屬於哪個實際的學派。錢先生一生不立門戶，更不歸附甚麼宗、甚麼派。五四之後，中國的學術風氣無疑是西化派當道引領的，所以不論錢先生的著作份量有多重，錢先生的著作在科學史派學者那邊是得不到共鳴的。事實上，錢先生是被

冷落，被邊緣化的。長期來，中華民國最高學術機構中央研究院的歷史語言研究所，不論在大陸或在台灣，一直都是由傅斯年、李濟之、胡適等持科學史觀的歐美回歸的學者所主持、掌控。也因此，並不太令人驚訝，中央研究院自 1948 年起有院士選舉以來，連續長達 20 年，就未聞有錢穆當選院士的訊息。

錢穆先生的早年高弟（錢曾任教於齊魯大學），以歷史地理研究享譽海內外的史學家嚴耕望先生，曾表示他生平最服膺的中國現代四大史學家是錢穆、陳寅恪、陳垣與呂思勉。但錢穆並未如陳寅恪、陳垣於 1948 年當選為中央研究院第一屆院士。其後，嚴耕望先生有一次曾說服胡適先生，由胡適親自提名錢穆為院士候選人，但仍不成功。直到 1968 年，錢先生在勸請下接受了院士提名，最後以高票當選為第七屆中研院院士。而此其時，傅斯年、胡適固已早逝，實證主義的科學史觀也已在詮釋派史學興起後，再沒有昔時的壟斷位置。據翟志成先生〈錢穆的院士之路〉一文所記述，1968 年的院士選舉，固然有何炳棣對錢穆的積極推動，但蔣中正對當時中研院院長王世杰也曾表示，中央研究院對錢穆「有欠公道」。其實以錢先生的學術聲望與地位，根本不需要院士桂冠。翟志成很深刻地注意到，錢先生在《師友雜憶》中，對香港大學與耶魯大學頒授他榮譽博士之事，娓娓歡談，但對當選中研院士一事，則「隻字未提」。[11]

在這裏，我想指出，錢先生雖長期為主流的史學圈所冷落，但

---

11 參見翟志成：〈錢穆的院士之路〉，台北：《中央研究院近代史研究集刊》第 103 期，頁 91-126。

他的聲名與影響力則終其一生未見褪色。我注意到 1978 年，金庸、胡菊人訪錢穆伉儷，所作〈歷史、家國與中國人的生活情調〉的訪談錄中，武俠文學大師金庸先生（查良鏞）當錢先生之面是以「一個偉大的學者」稱錢先生的。金庸先生對錢穆先生如此稱呼，很能反映中國社會的知識界、文化界心目中錢穆的崇高地位。

五

上面，我說到錢賓四先生在社會知識界、文化界心目中的地位，這使我再次想談談蔣中正與一代通儒錢穆之間是如何的關係。

錢穆先生一生是一位教師、學者，他從未想過學優而仕，但他也從未忘國事、天下事，從未「兩耳不聞」現實世界的政治。在中國當代的政治人物中，他對創立民國的孫中山先生是最為讚美的。認為孫中山是「湯武革命與堯舜禪讓，他一身兼而有之」。對於領導抗日戰爭的蔣介石，錢先生亦自認是「平日素所崇仰之人」。當年，錢先生在《大公報》發表過不少文字，其中對蔣氏之領導抗日自有所推崇稱譽。我在鄭會欣出版的《日記中的歷史》[12] 中發現，有辛樹幟其人讀錢先生文，甚為賓四惜，謂其「如此發表文字，實自落其聲價也了」。[13] 誠然，錢先生與當代許多學者對蔣介石之評價大有區別。當時自由派特別是左派學者，對蔣氏幾無有正面的評論。就我所見，錢先生對蔣氏之「素所崇仰」，在自由派學者中恐只有蔣

12　鄭會欣：《日記中的歷史 —— 民國名人的公務與私情》，香港：商務印書館，2020，頁 19。

13　鄭會欣著，此是《顧頡剛日記》1941 年 11 月 10 日所記。

廷黻。[14] 之視蔣中正為「偉人」與他是同調的。[15] 實則錢穆先生從不「自抬聲價」，因此也談不上「自落聲價」，我認為錢先生對蔣中正心存敬意，最根本的原因是錢先生認為蔣氏是一個對中國傳統文化有深情與擔當之人。而我有興趣的是蔣中正對錢穆先生的相接之道，在我看來，蔣氏對錢先生自始是以國士之禮待見的。

二十世紀的中國政治領袖中被學者或知識份子，批評最多最兇的可能是蔣介石。但比較地說，蔣介石先生對待學者或知識份子卻是最能「禮賢下士」的。蔣介石最後在大陸失敗，可能與他失去學者或知識份子的「士心」有重要關係，這是個十分複雜的大問題，非數語可盡，存此不論。簡單地說，蔣中正對中國文化中「禮」字的把持是頗用心的。他對錢穆，對胡適這樣的大學者大知識份子是特別敬重，特別以「禮」相待的。蔣在敗退台灣後，痛定思痛，整軍經武之時，仍以中國文化為念，遂有中國文化復興的運動。這與大陸反右，文化大革命之反知識份子，反中國文化形成強烈的對比。1949 年後，中國文化之得到維揚無疑是在台灣。

錢穆於 1968 年決定自香港移居台北終老正是這個緣由。1949 年錢先生從大陸南下香港，成為一個「文化的流浪人」。英國殖民統治的香港，長期來是一個政治意識形態最免疫的地方。香港與大陸之間有一政治的隔絕，五四新文化運動，中國的共產主義革命對香港都沒有產生大影響，百分之九十八的華人中，絕大多數長期來是依循中國文化「小傳統」的生活方式與習慣的（這情形到五十年

14　參見本書〈蔣延黻其人其書〉一文。
15　見蔣延黻：《蔣延黻回憶錄》，長沙：岳麓書社，2017，頁 161。

代，特別是七十年代後，才發生質的變化）。英國殖民「政府」對華人「社會」基本上採取不干預政策。在五十年代初始，錢穆與唐君毅、張不介等先生在香港創建新亞書院，是抱着為中國文化保血脈的悲情大願的。究實言之，錢唐諸子所主事的文化大業是在香港發揚中國文化中的「大傳統」。新亞最後成為一儒學重鎮，成為中國高等教育中的南天一松。

　　錢先生創立新亞實是書生事業一偉作。但回顧新亞書院初創時，手空空，無一物，艱苦之情，難以言喻，幸得商人王嶽峯先生之濟助，得以苦撐度日，而就在新亞最困難之際，蔣中正也曾從日常辦公費中節省出三千港元送贈新亞。錢先生生前曾不止一次對我語及此事，錢先生固知蔣氏此一雪中送炭之義舉實是支持、體會他維揚中國文化之苦心。1963 年新亞受港府邀請，與崇基、聯合二專院合作建立香港中文大學，自此，新亞成為中大的一個有機組織，而中大亦成為以維揚中國文化為特色的一間現代中國人大學。中大成立不久，錢先生辭去校長（當時稱謂）之職，專心書寫他的《朱子新學案》了。1968 年，錢先生移居台北故宮附近的素書樓，在素書樓，錢先生度過了二十二年的晚年，意想不到的是素書樓的故事中又有一個蔣中正對錢先生以國士之禮相待的插曲，更想不到的是這個很美的插曲，最後竟引起台灣一場有理說不清的軒然大波。

六

　　該書收集的曲鳳還的《日出而作，日入而息》這篇談話錄，是記者在素書樓訪問錢穆先生時所寫的。從她筆下，我們可以想見素書樓庭園樓廊，花木扶疏，那一份入目可觸的中國式的清雅古趣。

　　素書樓何由而來？素書樓主人錢穆先生在素書樓如何度過他

22 年的晚年？這個素書樓的故事最好聽素書樓的另一位主人，錢穆夫人胡美琦女士親身說法。下面我根據胡美琦著《賓四先生與素書樓》一書簡述一二，以告天下錢先生的讀者。1968 年錢穆夫婦從香港到台北，搬遷外雙溪素書樓的新宅，以期終老。錢氏伉儷於 8 月間抵台，入住自由之家，帶了自己的新宅草圖，到故宮博物院附近物色土地，得陽明山管理局長潘其武之助，選定在東吳大學鄰近一塊「預留墳地」，並商定先租後購，隨即請錢夫人二哥胡美璜介紹的年輕工程師着手建造。一切安排定當後，就在錢氏伉儷準備返港前二天，「經國先生銜命來訪，表示老總統知賓四準備在台建造家宅，認為應由公家負責」。[16] 當時，錢先生並未接受蔣中正之盛意，但後來蔣經國先生直接從胡美璜手上取得新宅設計圖，蔣中正已命陽明山管理局負責興建。就這樣，素書樓應是錢穆的私宅，變成了國府的賓館。錢先生固知蔣先生是以國士之禮待學人，這是公事，並非私情，當然也不能再辭讓了。寫到這裏，不禁想起一段往事。八十年代錢先生伉儷來港，在我家閒談，因當時香港樓價高漲，談到住所的事，錢先生還曾微笑語我，「素書樓若非蔣總統盛意定要為我建造，我今天亦可稱富有了」。

事實上，蔣中正先生在台灣為學人建賓館，非止錢先生一人，蔣中正先後在南港為胡適，在陽明山為林語堂，在外雙溪為錢穆都建造賓館。我曾到過二人的賓館，我到胡適先生的賓館時，他已仙逝（我曾聽過胡適先生數次演講，印象好而深刻）。林語堂先生陽明山的賓館，在六十年代，我曾以商務印書館副總編輯身份前往拜

16　胡美琦著，頁 22。

見，所談是出版之事（他曾賜信給我，惜已遺失）。至於外雙溪錢穆先生的素書樓，則是我在七八十年代登門請益最多的。那個時期，我每次自港赴台，不論因公事或私事，必留一個上午的時間到素書樓看望錢先生，這是因為錢先生的雅意。錢先生曾語我：「今日可以與談的人太少，望君來台時，務必來舍作長談。」因此，有許多個上午，在素書樓，我不但享受到與錢先生的言談之樂，也品嚐到錢夫人親烹的午餐佳餚。當然，也時時感受到素書樓的清幽雅趣，廳中掛的「靜神養氣」橫幅，應是朱熹的書法，為全室增加了一份和睦寧靜的氣氛。是的，我多次停足於庭園中的青松素竹，總會聯想到素書樓主人與朱晦翁的千年神交。

素書樓之所以充滿中國庭園美學的情趣，蓋因建築是依錢穆伉儷的手繪的圖樣建造的，而庭園的造境佈景，則全出於錢先生與夫人胡美琦的設想，錢穆先生夫婦在入住素書樓後的三年時光中，對庭園用心最多，「花在院子的費用，常超過每月的生活費」（胡美琦語）。園中一樹一花，一草一石，除了幾顆高松和大石之外，莫不是錢夫人親力親為，有時搞到「雙掌起繭，腰臂痠痛」，還是苦中有樂。從這裏顯示錢先生伉儷是十分講求生活美學的。是的，我覺得在我所識的當代學者中錢先生最能展現中國士人的生活美學。他在讀書著述之餘，撫琴，下午茶，擺棋譜（最喜吳清源棋譜），只是到台灣後，牙齒已拔光，不能吹籠了。但我記得不止一次他在視力恐不及半的情形下，還滿懷興致陪我夫婦到台北近郊陽明山、北投看山觀水。

七

素書樓是錢先生在台灣 22 年的居息之地，也是他晚年讀書著

述之所，不經不覺素書樓因人而名傳海內外，成為台北的一道文化風景。萬萬想不到的是，在錢先生九四垂暮之年，1988 年 5 月，錢先生所居的素書樓被指未與市政府簽約，是「非法佔用公產」，要「限期收回」。此事一時喧騰於社會，對錢老當然是一大打擊，錢老對黨外議員的指控，實欲辯已無心力，何況根本也沒有給他辯解的空間，錢先生夫婦便決定於 1990 年 6 月搬出素書樓，錢夫人追憶說：

> 搬家前，賓四當時正在病中，我不敢詳告。有天夜裏，我獨自坐在廊上，賓四忽然起牀走來對我說：「要是我再年輕幾歲，寧可到國外去流浪，唉！可惜我現在已經太老了」，緊接著一聲長嘆，停了一下，他又說：「我有一句話要交代你，將來千萬不要把我留在這裏。」又是一聲長嘆。我的淚水隨着他的長嘆而長流，我為他感到無限辛酸。[17]

我聽到錢先生「要是我再年輕幾歲，寧可到國外去流浪」的話時，我想他是有孔子「乘桴浮於海」的心境的，而他的長嘆更顯露了他絕望性的無奈。事實上，1990 年 6 月 1 日，錢先生夫婦遷出了素書樓，但僅只是三個月，一代學人錢穆與世長辭，而無留一言。

在這裏，我必須再引一段錢夫人的話，說明錢氏夫婦為甚麼決定提前遷出素書樓，錢夫人說：

> 5 月 27 日（1990 年），我代賓四寫了一篇文章，在《聯合報》

17　胡美琦著，頁 22。

上發表，題名「非法？合法？訴說外雙溪賓館事件」，簡單地對素書樓興建始末作一說明，也表明我們遷出的意願，此後就積極進行找房子的事。

許多朋友都知道賓四對素書樓的深厚情感，認為既找到了借用契約，沒有滿期，居住合法，不必再搬。賓四漸復原，有一天我們在廊上聊天，他突然說：現在我們來討論一下，為甚麼一定要搬出素書樓？他命我叙述理由，我說，別人看重契約的期限，要辨明現在居住的合法性。我們自己該要辨明的是民國七十二年以前沒有契約時的合法性，否則，對不起最初以禮相待的主人。搬出素書樓主要基於兩點理由……一是為你，人活着必該要有尊嚴，借用契約於 81 年 1 月到期，報上說某議員表示到期還要再議論。那時你 98 歲了，難道還要再受一次他們呼名喚姓的羞辱嗎？素書樓再好也不值得了。[18]

錢夫人說出了搬遷素書樓的理由，一是為兩位去世的蔣先生爭清名，一是為錢穆保尊嚴。錢先生對錢夫人的這番話是怎樣的回應呢？

那天我們夫婦曾談到半夜，賓四稱讚我是「得道之言」。第二天，故宮鄭小姐來訪，他愉快地對客人說：「我的太太昨天發表了得道之言」，對於遷出素書樓的事，他已經處之泰然。[19]

錢先生稱錢夫人所說是「得道之言」，這是不能再高的評語，而錢先生之所以認為錢夫人之言是「得道之言」，是因為錢夫人不僅深

18　胡美琦著，頁 49。
19　胡美琦著，頁 50。

明蔣中正「禮賢下士」之初心，也明白潮流已變，搬出素書樓是當時為蔣中正「爭清名」的必要之舉。所以，錢先生在搬出素書樓時，心地已是泰然，而素書樓故事的結局也仍然是美好的。錢先生駕鶴仙去後不久，政府已將素書樓永久性地命名為「錢穆故居」。2002年，「錢穆故居」整修，重新開館時，馬英九親臨主持，公開澄清錢先生未霸佔公產，並向錢穆夫婦道歉。2010年，馬英九更以官方身份，參加素書樓錢先生逝世20週年的追思會。素書樓終於成為兩岸三地一個樓因人而傳遠的文化景地。

我寫錢先生與素書樓之事，屢屢引用錢夫人胡美琦之文，實因胡美琦女士與錢先生同為素書樓的主人。錢先生在素書樓22年的晚年生活是與胡美琦朝夕相對，一起度過的。知錢先生之所思、所念、所愛、所苦，胡美琦之外，世上殆無第二人。胡美琦記得，她與錢先生剛結婚時，錢先生曾對她表示不希望她「是一個只懂管理家務的主婦」，希望她「做一個懂得他，了解他的知己」。[20] 胡美琦婚後亦真的成為了錢先生的知己。

有一年，胡美琦戲言為她夫婦各取一號，為賓老取「素書老人」，為自己取「素書女使」（是女使，不是女史），並笑說，將來真有隱居的一天，可用此兩號來取代她與錢先生的名字。錢先生是欣然同意的。[21] 胡美琦自稱「素書女使」，當然有為「素書老人」做助手和代表的意思。事實上22年的日子裏，特別是錢先生在86歲眼睛瀕於失明之後，胡美琦就是錢先生最心契的知音，最得力的助手，

20　胡美琦著，頁13。
21　胡美琦著，頁28。

最信賴的代表。事實上，胡美瑜有多年在《中華日報》寫的「樓廊閒話」專欄，就不全是她個人的意見，而是「我們夫婦共同討論的意見」。錢先生與錢夫人很多時是分不開的了。說實話，錢先生的晚年，因為胡美琦可能才有了一生中最安逸、寧靜和愉快的歲月。

在邱秀文的〈富貴白頭皆作身外看〉訪談錄中，邱秀文在素書樓的左側牆上看到一幅胡美琦女士為慶錢穆先生 80 歲生日所繪的《牡丹圖》，《牡丹圖》的題款是：「富貴，白頭人所喜愛，甲寅季夏，賓四年八十矣，既不貴又不富，頭亦未白，不知賓四之意，赤謂有當否。實四言，知恥印貴，不愛即富，白不在髮而在眉，是亦足以當之矣，因並識之。」「余又謂，富貴不在我，在花；白頭不在我，在鳥，一切皆作身外看，如何？賓四喜曰：善哉，善哉。」

從《牡丹圖》的題識中，我們可以想見錢穆伉儷的生活情趣和人生境界。

素書樓中，日月悠悠，錢夫人與錢先生多年的共同生活，使她深知錢先生衷心所願學孔子「學不厭而教不倦」「發憤忘食，樂以忘憂，不知老之將至」的那一種心胸抱負。[22] 誠然，錢先生進入古稀之年後，仍然著述不絕，他的《朱子新學案》最後是 1971 年在他搬進素書樓後三年完成的。記得 1978 年秋，我代表新亞書院邀請他親自主持以他命名的「錢賓四先生學術文化講座」第一講，錢先生伉儷還把這本巨著的手稿從台灣帶到香港，送贈新亞書院圖書館收藏。當時新亞師生對於老校長十年來第一次返校演講，並帶來厚禮，是何等激動與興奮！往事歷歷，猶在眼前。

22　胡美琦著，頁 15。

在素書樓的歲月中，錢先生完成的《八十憶雙親》與《師友雜憶》（合刊）也是轟動海內外的著作，這是第一流的文學書寫，令我驚訝不已的是，籍此書時，錢先生「雙目已不能見字」。錢夫人說：「我辭去文化大學兼課，幫他抄稿，改稿，我們夫妻足足花了五年時間完成他這本自傳。」[23] 錢夫人這段話使我想起錢先生在七八十年代時與我通信的情景。錢先生自因於黃斑變性症眼疾後，胡美琦女士就由錢先生的知音更成為錢先生的眼睛了。我在《人間有知音：金耀基師友書信集》[24] 中，寫有以下一段話：

> 那年（1977 年），我剛接任新亞書院院長之職，我就在第一時間致函錢先生，表達有意去台北拜訪他老人家之意。不久，我即收到錢先生的第一封毛筆信，顯然他老人家（錢先生長我一輩，當時我是不惑之年後兩歲）是樂於見到我這個後學的「新亞人」的。又不久，我收到錢先生第二封信，也是毛筆書寫的。之後十餘年，我與錢先生通信不絕，但自第三封信之後，錢老就改用鋼筆、圓珠筆來書寫了，因為他已患上黃斑變性症眼疾，視力日趨模糊，用不上毛筆了。再下去，錢老已幾乎失明，他的信是下一個字疊在上一字之上。最後我收到的信，則已是錢先生口述，錢夫人胡美琦筆錄了。

> 每次閱讀錢先生的信，都是一件樂事，我覺得他寫信是十分

23　胡美琦著，頁 89。
24　金耀基：《人間有知音：金耀基師友書信集》，香港：中華書局，2018。

在意的，字也寫得漂亮，無論毛筆字或鋼筆字都是很可觀賞的書法。當然毛筆字更有韻味，剛健婀娜，自成一格。真的，他給我的兩封毛筆信，「置諸南北未名家（包括朱燕）手札中，絕不少有漲色也」。[25]

八

錢先生自晚年進入暮年，他的著作就越來越多由胡美琦抄稿，改稿了。至於正式著作，胡美琦說「賓四向不喜用錄音或由人筆錄方式寫稿，他總是堅持自己寫初稿」。據她回憶，自她與錢先生共同生活以來，錢先生口述，由她筆錄的文稿只有兩篇。[26] 而第二篇文稿卻成了「賓四生前最後遺稿」。[27] 此稿完成於錢先生夫婦搬離素書樓前的三天。錢先生的這篇最後遺稿，寫的是〈天人合觀〉，他開首就說：「中國文化中，『天人合一』觀，雖是我早年已屢次講到，惟到最近始徹悟此一觀念實是整個中國傳統文化思想之歸宿處。」

並說：「我深信中國文化對世界人類未來求生存之貢獻，主要亦即在此。」錢先生的〈天人合一觀〉，他以最平白的文字作了詮釋：

中國人是把「天」與「人」和合起來看，中國人認為「天命」就表露在人生上，離開「人生」，也就無從來講「天命」，離開「天命」，也就無從來講「人生」。所以，中國古人認為「人生」與「天命」最高貴最偉大處，便是能把他們兩者和合為一。離開了人，又從何處來證明有天。所以中國古人，認為一切人文演進都順從天道來。違

---

25 金耀基：《人間有知音：金耀基師友書信集》，頁 91。
26 胡美琦著，頁 42。
27 胡美琦著，頁 38。

252 · 文學世界回眸

背了天命，即無人文可言。「天命」，「人文」和合為一，這一觀念，中國古人早有認識。我以為「天人合一」觀是中國古代文化最古老最有貢獻的一種主張。

錢先生之作此文，不止是以中國文化之未來為念，亦是以「此下世界文化又將何所歸往」為念，而他是深信「此下世界文化之歸趨，恐必將以中國傳統文化為宗主」的。

錢先生的「天人合一觀」，無疑是錢先生的「天鵝之歌」。我覺得讀者要深入體味錢先生的「天鵝之歌」，最好看看錢夫人揮淚書寫的一篇〈後記〉。在〈後記〉中，錢夫人告訴我們，這篇文字「記載了他生前最後想要向國人說的話」。而此文之初始起念，則是在1989年香港五日行期間。是年9月，錢先生忻儴應邀出席新亞書院創校40週年慶，他就是在香港旅店中，徹悟到一個從未想到的大發現。10月1日，在由港返台的飛機上，錢先生對胡美琦說：「這一趟去香港真好，想不到我竟在這趟旅行中，發明了我自己從來沒有想到的大理論，我已經95歲了，還能有此徹悟，此生也足以自慰。」[28] 胡美琦是錢先生的知己，但她護夫心切，總不時做一個「忠誠的反對派」，她覺得錢先生的「天人合一觀」，「早曾講過的，我勸他寫了不必發表，盡興就好」，不想錢先生聽後，頗覺失望，長嘆一聲說：「我從前所講，和現在所想講，大不相同。我從前雖講到『天人合一觀』的重要性，我現在才徹悟到這是中國文化思想的總根源，我認為，一切中國文化思想都可歸宿到這一個觀念上，兩者怎能相提並論，這是我對學術的大貢獻，你懂嗎？」

28　胡美琦著，頁49。

錢夫人自言，「到此時，我算是體悟到他的意思了」。[29]

自那次對話後，錢先生與錢夫人就開始一個口述，一個筆錄撰寫「天人合一觀」了，筆錄後，錢夫人又一再重複地讀唸，錢先生又一再地修正，如此至再至三。最後一次是端午節上午，正是他們要搬出素書樓的前三天。在發表之前，錢夫人又曾表示文章太短，「怕讀者也會和我當初一樣，體悟不到作者的用心所在。」不想，錢先生斥她「世俗之見」。錢先生說：

「學術思想豈能以文字之長短來評價，又豈可求得人人能懂，個個贊成？不懂的人就是你寫一本書來說明，他還是不會明白。能懂的人，只要一句話，也可啟發他的新知。我老矣，有此發明，已屬不易，再作深究，已非我力所能及，只有符後來者之繼續努力。我自信將來必有知我者，待他來再為我闡發吧！」[30]

錢先生的「天人合一觀」最後是以〈中國文化對人類未來可有的貢獻〉為文題，於 1990 年 9 月 26 日發表於台北《聯合報》副刊。1991 年北京的《中國文化》轉載此文後，曾引起大陸學者正反兩面的熱烈回響，持續達四年之久。毫無疑問，「天人合一觀」這個學術文化的命題，將長永為中國學人鑽研闡發的大課目。令人驚喜不已的是錢老夫子逝世後 24 年，他的高弟余英時教授完成了《論天人之際：中國古代思想起源試探》[31] 的大著。這是余英時在思想史上的扛鼎之作，對「天人合一觀」作了發前人所未發的全方位的論述，是

29　胡美琦著，頁 42。
30　胡美琦著，頁 43-45。
31　余英時：《論天人之際：中國古代思想起源試探》，台北：聯經出版事業公司，2014。

年余英時大兄亦已是 84 歲的老學者了。我不禁想像，錢老夫子在天，撫覽《論天人之際》之餘，歡然曰：「知我者，誠英時也。」

誠然，講錢先生的「天人合一觀」必不能不說香港中文大學山之巔新亞書院的「天人合一亭」。於 2003 年我曾有〈天人合一亭〉一文記之，曰：

> 賓四先生一代國學通儒，天人合一之說，生平屢有講述，但是次卻是他生死交關時刻絕筆之言，可說意義非凡……當時新亞書院梁秉中院長乃動念修建「天人合一亭」，以誌念錢先生其人其學，於是有了今天中文大學山之巔的陳惠基教授的傑出建築。[32]
>
> 天人合一亭之入口牆上則刻有李潤桓以隸書撰寫的錢穆的〈天人合一觀〉全文。欣賞合一亭，或坐或立，都有可觀。
>
> 一池清水，兩樹半抱，非傳統園林，有現代筆意，唯中國情趣悠然而出。
>
> 而遠眺馬鞍山之雄奇，八仙嶺之玄美，再看池水與吐露港之大海相接，大海盡頭又是水連天，天連水，水天一色，人天渾然一體，天人合一之境，悠然心生矣。
>
> 天人合一亭近二十年來，是海內外訪新亞之人必到之處，早已成為香港的文化絕景，我並稱之為「香港第二景」（但我不知何地何景是第一景）。魂兮歸來，錢先生與夫人胡美琦在雲訪素書樓之後，必聯袂登臨新亞的天人合一亭！

32　此文收入金耀基：《最難忘請》，香港：牛津大學出版社，2019，頁 63。

九

今天到素書樓，到天人合一亭的人，想到錢穆這位一代學人時，第一時間大都會把他看作是中國文化的一位代表性的大人物。我從這本《錢穆先生談話錄》中，得到的也正是這樣的印象。故我決定在〈錢穆側影〉中再寫一段，以為結篇。

金庸、胡菊人的訪談錄中，錢先生對中西文化的特性有這樣高度的表述：「西方文化是宗教的，科學的；中國文化是道德的，藝術的。」落實到日常生活中，錢先生就有「中國人的人生，是道德人生，藝術人生」[33] 的說法。

我覺得錢先生是把中國傳統文化特性視為是「人文」的，「人文」在他是中國文化的代名詞。1958 年 5 月，台灣《文星》雜誌記者訪問他，談到學術界的現象時，錢先生說：

「目前的學術界，科學研究與人文研究之間顯已失去平衡。」

當記者請他就太空時代科學發展對人類的前途發表意見時，他悵惘地說：

「到月球去解決不了地球上的問題，科學的發展解決不了人類的問題，猶如過去歐洲人向外殖民，解決不了歐洲本身問題一樣。」

在這裏，我想指出，錢先生不是反科學，甚至絲毫沒有輕視科學的意思，但他確是反「科學主義」的。科學主義者犯有一種「知性的傲慢」，把科學與知識等同起來，認為只有科學才是知識，也即人文學問不是知識了，這當然是錢先生所不能同意的。記者訪問錢先

33　見曲鳳遷：〈日出而作，日入而息 —— 錢穆訪問記〉，台北：《文星》一卷六期，1958。

生時，他還在香港農圃道新亞初創階段，他對記者說：「新亞已有文商二個學院，今年增設生物系，明年計劃添設化學、物理二系」，他對科學還有下面一段話：

中國未嘗學不到科學，倘使中國政治與社會獲得安定，我相信科學在中國很快就能生根。

錢先生說「科學研究與人文研究之間，顯已失去平衡」，其實這是二次大戰之後，不論中國或西方的大學教育的共同現象。中國古代的大學之道以「止於至善」為終極目標，但今日的大學之道已變成「在明明『理』(明科學之理)，在新『知』。(創科學新知)，在止於至『真』」了。在大學，「知識的科學範典」已當陽稱尊。「價值教育」(「求善」「求美」之學問) 則已失位，被邊緣化了。故我數十餘年來一再強調大學教育應該求「真」、求「善」並重，亦即古今大學之道必須同立並舉。[34]

錢先生講教育，講人生，最着重的就是求善，他說：

西方的人生，講的是真、善、美，在中國來說，是一體的，發揮善性，便是最真、最美的人生。所以我們說中國人的人生，是道德人生，藝術人生。[35]

從我所見的錢先生的文字中，他似乎認為中國文化是由三種知識 (學問) 展顯的，儒學 (經學、理學) 求善、史學求真，文學求美，而三者是互攝交通的，不是割裂的，在他的遺文中我讀到下面

34　見金耀基：《再思大學之道》，香港：牛津大學出版社，2017。
35　見曲鳳遷著。

名家　·　257

一段話：

> 我可以肯定地指出來，中國有兩大人物，即是兩位大文學
> 家。一位是屈原，他解答了文學與道德的問題，一位是司馬遷，
> 他解答了文學與歷史能否合流的問題。[36]

錢先生這段話，是指中國文化中，美（文學）與善（儒學）的合流，美（文學）與真（史學）的合流。也是從這段話中，我們可以推論在錢先生的思維裏，中國文化中，真、善、美是共存同在的。誠然，在這裏，我們可以見到錢先生對中國「舊文學」是極之重視的，在半個世紀前（1958 年），錢先生說：

文學是表現人性深處的，中國文學與人生有特別關係，從某個觀點看，中國文學有些宗教的作用，它能使人恬靜與解脫；與西洋文學讀後往往使人掩卷徬徨，精神緊張而困惑的，迥然不同。中國文學可供「回味」，西洋文學旨在「刺激」，從文學去了解中國文化是一條正路。[37]

我們且不論同不同意錢先生對中西文學的看法，這是錢先生非常個性的論述，但他對中國舊文學的推美卻是他最真實的體悟。他的「從文學去了解中國文化是一條正路」一句話，真是意義非常。

錢先生是史學家，也是儒學家，但上面指出他是要繼承「綜匯經、史、文學的儒家傳統」的儒學家。在這個意義上，錢先生要繼承的可說是包括了經學、史學和文學為核心的中國文化。錢先生心

36　錢穆講述，葉龍記錄整理：《中國文學史》，成都：天地出版社，2016，頁
　　81。
37　見曲鳳遷著。

目中的「中國文化」的含義比一般專家或學者所講的中國文化要廣博得多，此所以錢先生是「通儒」的根本原因。

誠然，我們知道中國舊文學，像中國傳統儒學，是具有多元性格的。中國舊文學大致上說，應該可分以韓愈為代表的「載道派」，主張「文以載道」「文必宗經」（劉勰語）。另有以屈原、莊子為開路，更滲入道家、禪宗的思想的「性靈派」（這是我杜撰的），性靈派是獨立於儒家之外的，文學史上著名的蘇東坡、黃庭堅等一大批文人，都可歸屬之。平實而論，歷朝歷代的文學，詩也，詞也，曲也，歌賦也，小說也（我相信錢先生還必會包括書法與國畫等），不論歸不歸於儒門，其精粹者，皆為中國文化的瑰寶。我發現錢夫子對於「載道」的文學固然歡喜，對於「性靈派」的文學也一樣欣賞，而多有會心。錢先生一生讀古人書，寫古人事，上友古人是他人生樂趣之根源。有一次，我問錢先生：「就秦諸子不計，在國史中可請三位古人與先生歡聚，請哪三位？」錢先生以朱熹、曾國藩及陶淵明為答，可見錢先生的生命世界中，文學家是佔一重要位置的。在邱秀文的訪談中，錢先生說：

回想我這一生的為人，生活受到好些古人的影響，我雖然極少寫詩，但愛讀詩，最佩服二位詩人：陶淵明和陸游。

錢先生深愛陶淵明那些「寄託」於山水田園間自然、平淡的作品，其中蘊含着儒家嚴正負責之精神，老莊那種清靜逍遙的境界。至於陸放翁的詩，錢先生說：

放翁的詩，有兩種風味，一種是陶詩深愛田園山水的樂趣，另外一種卻表現出他的傷時憂國，不忘世事。這些是我最欣賞

的，我自己在無形中也感染了這份氣質。[38]

錢先生說陸放翁之詩對他還有另一種影響，陸放翁活了 80 幾歲，經歷了人生好幾種境界。錢先生表示他的祖父、父親都沒活過 40 歲。當他讀放翁晚年的詩時，「才認真想到自己是不是也可能和他一樣高壽？自己注意健康和養生」，他說：「現在我已 83 歲了，這真是陸詩所賜。」[39] 錢先生談到他的人生觀時，說道：

> 我喜歡孔子，也喜歡莊子，他們代表人生的兩面。

又說：

> 我教書，是受了孔子儒家精神的感召，發揮人生積極的一面。然而，我的私人生活，卻是莊子哲學的表現。

再說：

> 我們的人生，有積極的一面，也有消極的一面；有進一步的人生，也有退一步的人生。[40]

作為一位國學大學者，錢穆先生一生的學術之路，余英時見得清楚，他說：

> 錢先生最初從文學入手，遂治集部，又「因文見道」轉入理學，再從理學反溯至經學史學，然後順理成章進入清代的考證

38　見邱秀文的訪談錄。
39　見邱秀文的訪談錄。
40　見邱秀文的訪談錄。

學。清代經學專尚考證，所謂經古訓以明義理，以孔、孟還之孔、孟，其實即是經學的史學化，所以，錢先生的最後歸宿在史學。[41]

錢先生的學術之路「最初從文學入手」（讀韓愈之文），「最後歸宿於史學」確是不易之論，我只想說，錢先生固從文學入手，但終其一生，他從沒有離開過文學。錢先生在《師友雜憶》中說：「余愛讀古文辭，愛誦古詩詞，則終生不變不倦。」錢先生在人生的不同階段，書寫過不少文學的作品，他的《湖上閒思錄》、《領魂與心》、《雙溪獨語》到《八十憶雙親》、《師友雜憶》，無不是抒發他個人感性與思想，文情兼美的文學佳構。我想指出，錢先生講「中國文化」總會講到中國人的「人生」，而他認為中國文學賦予了中國人生一種特殊的人文風致。我更想說，錢先生一再強調中國文化的特性是它的人文性格，如前面所說，他有時把「人文」視作為中國文化的代名詞。在錢先生生死交關時刻所作的「天鵝之歌」——〈天人一觀〉中，他把「天」「人」合一是以「天命」與「人生」相對而不相隔來講的。他說：「這一觀念，亦可說即是古代中國人生的一種宗教信仰，這同時也是古代中國人主要的人文觀。」在錢先生心中，人文精神就是中國文化的精神，錢先生垂暮之年，曾作一春聯：

> 塵世無常，性命終將老去；
> 天道好還，人文幸得綿延。

41　余英時：《猶記風吹水上麟——錢穆與現代中國學術》，頁 135。

30 年前，錢穆先生逝世之年，我曾著文記念，其中一段是：

> 錢先生一生，承擔是沉重的，他生在文化傾地，國魂飄失的歷史時刻，他寫書著文有一股對抗時流的大力量在心中鼓動，他真有一份為往聖繼絕學的氣魄。他的高足余英時先生以『一生為故國招魂』來詮釋這位史學大師的志業宏願。[42]

錢先生逝世 30 年後的今天，我再三默讀他離開人間前兩年所撰春聯，覺得錢先生撰寫時，蒼涼中有一份豁達。他對中國文化的前途，懷抱的仍然是一份樂觀的心情與信念。

2020 年 6 月 11 日夜

42　見金耀基：《在歷史中的尋覓：憶國學大師錢穆先生》，收入《有緣有幸同斯世》，廣州：廣東人民出版社，2018。

近詩二首

招祥麒

壬寅元正晨起對水仙花賦寄親友

似蘭香送催夢醒，曙色微茫入元正。凌波宜室不泥染，緗裘縞衣燈下明。傾城待訪明夷日，潛處江湖持素貞。因緣際會英雄事，幽光自許何熒熒。梅兄薔弟誰與識，報春年年步盈盈。興寄騷人非無賴，起來看花自搖情。詩德壬林天德滿，我心寅亮攄我誠。

谷愛凌冬奧滑雪大跳台奪冠喜賦

憑高踏雪疑飄仙，直下凡間不沾塵。才從谷底騰挪[43]上，腰轉凌空力破難。轉體五圈一瞬目，雪板還持態絕倫。鷹隼雄飛失猛氣，鵰鶚翩然輸壯觀。疾降無瑕驚寰宇，嫣然一笑意往還。摘金從來辛苦後，征程好向年復年。一六二零[44]舉世識，冰雪無垠映翠鬟。

43　騰挪：圍棋術語，指以輕巧有彈性之技巧，在逆境中作戰。這裏借用，寫谷愛凌在逆境中之應變。

44　一六二零：指谷愛凌使用之1620度轉體動作。

文化領域也要打假

胡志偉

　　記不起從哪一年開始，市場上湧現了假冒偽劣商品，其中光是有毒食品便多得數不清：毒大米、漂白麵粉、化肥月餅、黑餡餃子、死豬肉鬆、三聚氰胺奶粉、敵敵畏火腿、毒香腸、紅心雞蛋、瘦肉精豬肉、硫磺竹筍、激素桃子、甲醛密棗、吊白塊粉絲、酒精兌白酒、坑渠油、亞硝鹽蠔油、假藥……接着就有學術打假，假文憑、假博士一直追蹤到大洋彼岸的野雞大學，中外騙子已結成國際造假集團。最近本港又發現山寨版的國際作家組織。

　　十幾年前，有個香港落魄文人召集美國人、英國人、日本人、澳洲人各一，到太平山下聚會，酒酣耳熱之際，各自冊封自己為「桂冠詩人」，殊不知「桂冠詩人」的頭銜依法是由英皇任命的，擔任宮廷詩人與皇室史官，年俸一百英鎊外加一桶雪莉葡萄酒。自亨利七世以來 343 年中，獲此殊榮者僅約翰・德萊頓、威廉・華滋華斯、約翰・梅斯菲爾德、泰德・休斯、安德魯・姆辛等 20 人。由於「桂冠詩人」在香港並無登記註冊審核制度，所以阿貓阿狗心血來潮便可互相封贈，但它畢竟激不起甚麼漣猗。然而近年這一椿個案是冒充國際筆會香港分會，鑒於國際筆會是聯合國教科文組織所承認並贊助的唯一國際作家組織，故此案牽涉到國際聲譽與誠信，於是驚動了文化界的大佬們。

　　國際筆會是聯合國教科文組織屬下 A 級社團豈容假冒？

　　國際筆會成立於 1921 年，其發起人是英國女作家道森・斯各特，首任會長是約翰・高斯華爾綏，早期會員有康拉德、蕭伯納、

威爾斯、哈代、羅曼羅蘭、高爾基等，諾貝爾文學獎得主與世界各國著名作家紛紛加入，歷屆會長有亞瑟‧米勒、瑪爾加斯‧略薩等。她在世界上99個國家成立了141個分會，約有一萬五千名成員。早在1930年，蔡元培、胡適、徐志摩、林語堂、曾孟樸、葉恭綽等文壇上層人士在上海組織了國際筆會中國分會。1957年，中國分會在台北復會，改稱中華民國筆會，先後推舉張道藩、羅家倫、林語堂為會長，重返國際筆會。1954年，香港女作家燕雲與黃天石、易君左、左舜生、徐東濱、徐速、司馬長風、陳濯生等創建香港中國筆會。先後當選會長的有羅香林、徐東濱、林仁超、朱志泰、胡振海等人，現任會長廖書蘭。

彈丸之地的香港曾註冊獲准加入國際筆會的有四個作家團體，一是上述的香港中國筆會，她人才鼎盛，出版過《文學世界》、《文學天地》等刊物，在冊會員多達130人，老中青兼容，詩畫文並蓄。到九七後，會長余玉書移民楓葉國，繼任會長何家驊突然中風癱瘓，會務才陷入低谷。

二是名著《風蕭蕭》作者徐訐創辦的香港筆會，現任會長係徐悲鴻長公子徐伯陽；三是若干西報編記組織的香港英文筆會；第四個是1991年由劉賓雁牽頭組織的獨立中文筆會，她已在香港設立辦事處。比香港人口多兩百倍、面積大九千六百倍的中國大陸，到1980年才成立北京、上海、廣州等三個筆會中心。按照國際筆會的規定，各個中心不代表國家，會議不用國旗、國徽、國歌，而是以該中心的作家所使用文字分類，一個國家按照不同的文字與文化傳統，可以登記幾個筆會中心。筆會是英文名 P. E. N. 的意譯，它由 Poets（詩人）、Essayists（散文家）和 Novelists（小說家）三個字的頭一字母所組成。按會章，凡具一定成就，且在文學創作某一領

域具有代表性的作家，滿 20 人即可成立一個中心，向國際筆會申請入會。唯同一語種的第二個中心，必須原有的地區中心同意，方能獲准入會。所以，1987 年成立的台灣筆會一直未獲台北筆會的首肯，因此長期被排斥在國際筆會門外。

山寨版國際筆會　牌照科失責發牌

2009 年 2 月，有人到香港警察總部牌照科申請成立某筆會，還印了兩本會員作品集。該會向特區政府藝術發展局申請出版資助，其會名就遭受質疑，由於繳不出倫敦國際筆會總會的批准書，故其申請兩次被拒。但在其 2011 年 10 月自費刊印的某筆會會員作品集的前言中，竟大言不慚說：「香港中國筆會原牌照被提（持）牌人帶離香港，生死未卜，故正名為某筆會。這就引起一場軒然大波：香港中國筆會是國際筆會認可的第一個在香港註冊的筆會中心，其理事會剛剛改選，由新界鄉議局議員廖書蘭女士當選會長，怎能容忍他人僭冒傳統會名且易名註冊？更令人氣憤的是，有人瞞着香港中國筆會向倫敦國際筆會繳交會費（每人年費 30 元美金，至少付 20 人會費），近年中國筆會人事屢經更迭，被人冒充繳了會費，又領得總會開具的收據，洋人怎知中國人有這麼多刁鑽古怪、蠅營狗苟的鬼蜮伎倆？有錢匯到便開收據，收款人竟是與中國筆會毫無淵源的人，是以合法手段做了非法的事。

說起「原牌照被提（持）牌人帶離本港，生死未卜」是最乞人憎的一句話。查中國筆會第 37 任會長余玉書早已移民加拿大，而此番登記某筆會的余海虎是他的親弟弟，焉能不知親哥哥生死下落？第 38 任會長俞淵若活躍於香港文壇與教育界，第 39 任喻舲居死在飛機上，然他畢竟沒有將社團證書攜至陰曹地府，何況香港社團的

註冊證書倘若遺失，其健在理事是可以向牌照科申請補發的，即便帶離本港亦可以補救改選。事實上，不管經歷了多少風風雨雨，中國筆會的人事制度是健全的。

那個中華筆會之成員究竟是何方神聖？他們有甚麼著作（自費印刷的小冊子不算數）？賣了幾本？本文不擬置評。不過，警察總部社團註冊處確實應該醒醒了，大凡涉及「國際」、「全球」之類的社團名稱，總應該追究其來龍去脈。「不實廣告」是港府廣管局嚴格規管的，所有標榜「世界」「國際」抑或最高級形容詞的廣告，都在嚴禁之列；社團登記處應該向廣告局看齊，管一管文化界的山寨版假貨。

——出自 2012 年 4 月 23 日《文匯報》

讀《目的與存在》敬奉吳叱教授

徐康

亂世狂瀾風逆迎

歌吟動地遍哀聲 [45]

乘桴新亞勤攻讀

親炙大師點化成

自主自由從實證

感通感覺本心呈

人生險困而無悔 [46]

涓滴歸原必照明 [47]

—— 2022 年 12 月 3 日

45　吳叱，1973 年抵香港，74 年編著《敢有歌吟動地哀》，應法國巴黎第七大學東亞研究所邀赴法。

46　錢穆先生新亞校歌「艱險我奮進，困乏我多情」，王國維先生說：「人生過處唯存悔，知識增時只益疑。」

47　唐君毅先生自道「其論述皆逆流上達，滴滴歸原。」吳兄書齋名「必照樓」本名有「明」字，故曰：「必照明」。

題《香港中國筆會文集》

莫雲漢

南渡江頭客淚紛，新亭相感舊風雲。

胸中鬱磊盤騷怨，筆底藏珠盜海文。

招會耆賢唯老手，提攜英俊有生軍。[48]

紫毫價更應珍重，敢揭書焚與棟焚。

48　生軍，即生力軍，趙翼詩：「有如老將力將竭，添以生軍更盪決。」1975 年
　　3 月 29 日青年節，香港筆會假旺角珠海書院舉行 20 週年文藝座談會，珠海
　　羅香林教授、李璜教授等為主席團主持會議。朱鴻林兄與余時為珠海文史系
　　三年級生，有幸參與盛會，得聆多場講座。其中一場王韶生教授講「20 年來
　　香港地區的古典文學」，謂駢文作手有甄陶教授，而擅詩詞之青年則有朱鴻
　　林及周儀。甄陶教授南社（湘集）社員，為朱鴻林中學時國文老師，周儀就
　　讀香江書院，亦為甄教授之學生。

黃天石的《文學世界》

許定銘

黃天石（1898—1983）的《文學世界》是香港重要的文學雜誌，1954 年 4 月創刊，至 1965 年 6 月止，共出 46 期。此刊的督印人一直是黃炎（黃天石），全期亦均註明由黃天石創立的「文學世界社」主編；但刊物其實可分前後兩期，前期指第一至十二期，後期則是第十三期以後。刊物的兩個時期雖然都叫《文學世界》，但出資者及刊物性質卻有很大差異。

前期的《文學世界》是由黃天石自資創辦的，每期封面的目錄上都標明「傑克創辦」，出版及發行的都是「文學世界社」，通訊處是他的住家「香港般含道清風台 1 號」，創刊於 1954 年 4 月 1 日，是十六開的十日刊，每期僅 24 頁，約可容納四萬字，至 7 月 21 日止，共出十二期，是為第一卷，出過精裝合訂本的紀念版，紅色的紙面精裝，極惹蟲蛀，甚難保存。

黃天石在代發刊詞〈世界文學與文學世界〉中，說「世界是文學創造出來的，文學要有共通的世界性，以世界文學來建立更理想的文學世界」。他確信「人類至高至遠的目標，不論古今中外，都憧憬於『四海一家』的理想世界」，而達到這個世界最有力的辦法，就是民族與民族之間的思想交流，亦即是文學的溝通。故此要辦此公開的園地，讓世界性的文學得以呈現讀者的面前，起到潛移默化的作用。

黃天石有此理想，《文學世界》中的翻譯文學是絕對少不了的，每期總有三幾篇外國的文學創作。十二期下來，曾刊過松子譯曼

殊菲兒的〈一杯茶〉、炳靈譯芥川龍之介的〈蜜柑〉、江芙譯毛姆的〈雨〉、碧雲譯賓斯坦‧般生的〈好兄弟〉、宗明譯大仲馬的〈決鬥〉、尚沛譯柴霍甫的〈賭〉、齊桓譯勃萊特布里的〈四月的巫女〉……等二十多篇小說。

關於本刊文學的翻譯問題，最有趣的是刊於第九期「黃石致黃天石函」談〈翻譯〉和第十期「黃天石復黃石函」的〈翻譯與信達〉。兩通函件的往來，是在為翻譯之「信、雅、達」作討論，並強調此三點的重要性。有趣的是「黃天石」和「黃石」這兩人名號之巧合，敏感的讀者不禁產生疑問：真有這些信件的往來，還是編者在故弄玄虛？

「黃天石」大家都知道是《文學世界》的創辦人，至於「黃石」，那也真是確有其人的。他原名黃華節（1901-？），是早年已負盛名的民俗學家，第一個把意大利小說家卜伽丘的《十日談》（上海開明書店，1930）翻譯成中文，當年隱居元朗，甚少人知道（詳見拙著〈被遺忘的民俗學家黃石〉，載 2008 年天地版《愛書人手記》）。這次討論是千真萬確，絕非子虛烏有的！

慕容羽軍在《為文學作證》（香港普文社，2005）談《文學世界》時，說黃天石之所以出版這本期刊，是因為他的書當年很暢銷，讓別人出版時，常會叫人盜印，甚至有人冒用「傑克」的名字，出版些劣質小說，影響他的名譽，因此自己設了版房排印。而版房既已安排好，便想盡用，因利乘便創辦一份期刊是最佳的做法。他還說那時候黃天石寫書甚忙，根本沒時間打理《文學世界》的編務，實際的執行工作是由書法家王世昭做的。

慕容羽軍是曾協助籌辦《文學世界》的，他的資料相當準確，尤其黃天石辦基榮出版社印行自己的單行本這件事，我們可以從每

期《文學世界》的封底或內頁，看到一則「戰後傑克新著」的廣告，列出黃天石以筆名「傑克」，透過基榮、世界和大公書局所出版的小說，從《表姊》到《一片飛花》共十八種。這則廣告是份很好的聲明材料，表明了：若是其他版本，即使署名「傑克」，均為盜印本或冒印本。

大力支持《文學世界》的，是王世昭和黃思騁。王世昭雖然是書法家，卻也很愛寫作，出過《無名氏自傳》和《中國文人新論》，前者即以筆名「長青」，自第三期起連載於《文學世界》，每期發稿數千字，至第十二期刊完，後來還由「基榮」出了單行本。而小說家黃思騁則在這裏發表了〈朱門深處〉、〈影響〉、〈開店記〉和〈招親記〉等四篇。還有一位叫馬硫磺的，也發表了小說〈綠石〉、〈喇叭手〉和〈校役秘記〉，寫得不錯。至於傑克，則在此發表連載十二期的中篇〈痴纏〉。

十二期《文學世界》中有個很怪的現象：除了傑克、黃思騁，李素寫過一篇〈畢業前後〉和任穎輝的〈劉丹梨〉外，甚少見其他名家支持，一些甚少出現的作者，像馬硫磺、劉浪天、陽生、卜公、岐山鳳、阿蘭、皎皎等，都在此發表過小說，不知是新人、某些名家的化名，還是傑克自己隨寫隨改的筆名？

《文學世界》中小說約佔八成篇幅，翻譯和創作約為四六之比；每期的封底裏均刊國畫，間亦刊舊詩詞而不見有新詩，名家的理論及創作最弱，只刊過胡適改寫《西遊記》第九十九回的〈八十一難〉和梁實秋的散文〈下棋〉、〈孩子〉，都是從別處轉載的。

休刊號的第十二期中，有〈本刊籌備擴充〉一文，引述了錢穆、劉伯閔、王聿修、雷嘯岑、左舜生、王世昭、易君在和李運鵬等人提供的意見，說《文學世界》自本期後休刊，並籌備改為季刊。而

這一休刊即休了近兩年，到 1956 年中才能復刊。

1955 年，隸屬於國際筆會的香港中國筆會成立，黃天石被推舉為會長。不久，該會把《文學世界》作為筆會的會刊，於 1956 年 5 月復刊了。復刊後的《文學世界》也是十六開本，改為季刊，篇幅則擴展至九十頁左右，後來雖然縮減至七十餘頁，仍不失為份量極重的文學刊物。此刊出至 1965 年 6 月的第四十六期止，後改為報紙副刊的雙週版，移至《星島日報》易名《文學天地》繼續。

黃天石在代復刊詞〈文學世界與世界文學〉中說，他們復刊的目的是要以《文學世界》來爭齊世界文學的進度。明確的目標是：清理民族文學的遺產、吸收各國文學的精華和趕上世界文學的水準。

慕容羽軍說復刊後的《文學世界》是由嚴南方編輯的，編輯部雖然仍掛「文學世界社」名義，地址仍是「香港般咸道清風台 1 號」，但出版者及發行者則改為「國際筆會香港中國筆會」，地址是「九龍彌敦道 666 號 5 樓」，這個地址即是中國學生週報的社址；換句話說，此時期的《文學世界》其實是由友聯出版社主持了。友聯出版社有強大的作者陣營，而且稿費不低，據說發表作品以每篇三十至三百元不等，相當吸引，自然猛稿如雲，美不勝收！

此時期的《文學世界》是中外新舊文學、戲劇、創作及理論兼備的，內容大致可分：文學研究、西洋文學研究、文藝作品和筆會動態各類。文學研究方面他們有黃天石、曾克耑、易君左、饒宗頤、陳荊鴻、徐亮之、勞思光……西洋文學研究有黃衫客（黃天石）、謝冰瑩、謝康、周翠鈿、黃兆傑……文學創作有徐速、思果、秋貞理（司馬長風）、李素、趙聰、姚拓、百木（力匡）、黃思騁、王敬羲、慕容羽軍、雨萍、盛紫娟、沙千夢、雲碧琳……可說是網羅了本港大部分名家。

台灣作家鍾梅音、司馬桑敦、童真、郭良蕙等，也在此發表過小說。他們還連載了王世昭的長篇歷史小說《吳越風雲》及秋明的《殘缺的自塑像》；組織過《中國戲劇》、《短篇小說研究》、《唐詩研究》、《宋元明詩概觀》等專輯，水平甚高。筆會動態方面，刊出了每年大會的報告、旅行及聚會的記錄，有不少活動的圖片，是香港文學史上一些珍貴的村料。

　　此中最值得談談的，是 1963 年 9 月的七卷三期，辦了個《國際非華人中文比賽特輯》，是以〈中國人〉為題的徵文比賽，結果首名是越南人張英敏，次名由美國人賴威廉和日本人桑一夫並列，第三名的是日本人柳內滋，還有優異獎一名，是日本的佐藤慎一郎。本期刊登了得獎者的肖像和他們的作品，雖然水平一般，卻是別開生面的一項創舉！

　　復刊後的《文學世界》，是一份學術性期刊，水平比第一卷的要高出很多，影響深遠，在香港現代文學史上是絕對不能不提的！

── 寫於 2009 年 12 月出版的香港《城市文藝》[49]

49　選自《舊書刊摭拾》，香港：天地圖書有限公司，2011 年。

莽莽乾坤有幾人 —— 憶饒公

單周堯

憶饒公聯語

大雅云亡　空懷舊雨 —— 與饒公交往點滴談

2月6日早上，我回香港能仁專上學院上古典散文課。下課後，一個學生走過來，問我是否已經知道饒公當日凌晨仙逝的消息。

這消息來得太突然了。12月初，我生日那天，學術界開了一個研討會，饒公行動不便，沒有參加研討會晚宴，卻送來一個上書「壽而康」的祝壽匾額，這實在是一個異常珍貴的賀禮。

1月9日，收到李焯芬教授的電郵，邀約參加1月25日舉行

的「蓮蓮吉慶 2018 新春聚餐暨蓮蓮吉慶饒荷盛放圖冊發佈會」，這是饒公畫冊的發佈會，據說饒公將會親自出席。可惜早已答應參加一個同一晚舉行的婚宴，分身乏術，失去了最後一次親炙饒公的機會。農曆新年轉瞬即至，本打算一如往年，到饒公府上拜年。可是饒公已離開我們了，永遠離開我們了。大雅云亡，空懷舊雨！只餘下沉痛的哀悼和永遠的追思。

認識饒公已四十多年，所以我稱他為饒公，近年才認識他的往往稱他為饒老。我 1975 年回港大工作，當時饒公已從新加坡返回香港，在中大任教，因此時有往還。

1981 年 9 月，饒公和我都參加在山西太原舉行的古文字學研討會。饒公先往北京，我稍後才去。一抵達北京，即趕往北京飯店，與饒公及詞學名家夏承燾先生等共進晚膳。晚飯後，與夏先生道別，前往北京火車站，當時車站內地上躺滿了人，這種情況，在香港很少見到。半夜 12 時發車，清晨 4 時許抵達太原。沿途我因環境陌生而睡不着，只好觀賞饒公熟睡的姿態，既羨慕，又佩服。

在研討會宣讀過論文後，饒公遊興大發，拉着我一起往遊五台山。當時五台山還未對外開放，山西省旅遊局特別派一輛小汽車送我們去，在五台山住了一夜。饒公沿途寫生，用鉛筆鈎勒景物，相信在饒公的遺作中，仍可找到根據當時的畫稿加工完成的畫作。

饒公記性真好，十多年前，他還提及同遊五台山一事，還記得是 1981 年。

另一次與饒公同遊，是在 2000 年 7 月尾 8 月初。那一年是發現敦煌文獻一百週年，為表隆重紀念，先在香港大學舉行一個敦煌學國際學術研討會，然後轉往敦煌，再開另一個國際學術研討會。7 月 29 日抵達敦煌後，先遊莫高窟，傍晚我與饒公在鳴沙山散步，在休

憩處坐下休息片刻，饒公取出紙筆，寫下一首七絕，以「兩頭雞」對「千丈佛」，甚有新意。「兩頭雞」者，指新疆出土之錦製兩頭雞鳴枕，枕之兩端為兩隻公雞的頭，中間枕部為雞身，因「雞」與「吉」讀音相似，故有吉祥之意。由這首「兩頭雞」詩，可見饒公之淵博與才情。

　　另一次與饒公一起往外地參加學術研討會是在 1997 年 9 月。當時為了紀念王國維出生 120 週年，北京大學、清華大學暨台灣清華大學、香港大學聯合於清華園舉辦了一個學術討論會，其後出版之《紀念王國維先生誕辰 120 週年學術論文集》，由饒公寫序言。饒公在序言中說，王國維「乃近世學術史上影響最大之人物，不僅以其學問境界之恢宏與方法之縝密為眾推重，而人格之感召力於來者尤多激發」。甲骨文為王國維主要研究範圍之一。我在討論會中宣讀的論文，乃討論一個王國維曾經研究過的甲骨文。王國維的釋讀，把相關的卜辭都讀通了，貢獻甚大；但有關該甲骨文字的形構，他的說法，其他學者都不表同意。但該甲骨文字到底所象為何，學者之間有不同的說法，各持己見，莫能論定。我在論文中用古音分析，結果把問題解決了。在回港途中，饒公要我把論文給他再看一遍。我說：「相信王國維在天之靈，一定會同意我的說法。」饒公點頭微笑。

　　饒公是蜚聲國際、人所共欽的大學問家。他在歷史、文學、語言文字、宗教、哲學、藝術、中外文化關係等領域，都有卓越的成就和傑出的貢獻。2003 年由台北新文豐出版公司出版的《饒宗頤二十世紀學術文集》，即包括史溯、甲骨、簡帛學、經術、禮樂、宗教學、史學、中外關係史、敦煌學、潮學、目錄學、文學、詩詞學、藝術、文錄及詩詞等不同領域的論著和創作。此一學術文集，全套共 14 卷 20 大冊，卷帙浩繁，而內容又多為專門之學，全書的

校對是一項大工程，饒公為此頭痛不已，李焯芬教授來跟我商量，我帶領一班學生，其中大部分已經在大學任教，學有專精，再加上其他朋友，一起投入此一工作，終於把問題解決了。

饒公除了是大學問家，又是傑出的藝術家。他精於古琴，撰有《宋遼金元琴史考述》等琴史重要論文。國畫方面，他開創了「西北宗」山水一派。書法方面，他的甲骨文、金文、簡帛文字、篆、隸、楷、行、草各體書法，無不極盡精妙。他常說「學藝雙攜」，事實上，饒公本人，博摭羣藝，精研小學，甲骨、金石、簡帛、篆籀等古文字，無所不窺，故其書風亦夐夐獨造，古意盎然。他的草書，尤其是狂草，更與樂理相通。其草書行筆之輕重徐疾，墨色之肥瘦乾濕，變化多端，就像一首高低抑揚的樂章，令人歎為觀止。論者謂饒公文、藝、學三者兼備，堪稱「一身而兼三絕」；饒公卻非常謙虛，有一次跟我開玩笑說：「琴棋書畫，我不下棋，是缺一門。」

饒公 80 歲時，香港學術界給他祝壽，要我寫一副壽聯，我寫的上聯是：「壽晉八旬，一代奇才蘇學士」，下聯是：「胸羅四庫，千秋重望顧寧人」。饒公多才多藝，書畫詩詞古文，莫不精妙，與蘇東坡都是天才橫溢，卓絕一代。至於饒公的學問，論者以為「業精六學，才備九能」，實足以與一代大儒顧亭林相比。

與饒公聊天，談的多是學壇動態和他的個人學術研究心得，絕不會說東家長西家短，這正符合古人「閒談莫說人非」的道理，同時也反映饒公為學與做人的「求真」、「求善」、「求美」、「求是」、「求正」。

我讀初中的時候，到學海書樓聽演講，獲贈方繼仁先生編著的《勉學粹言》，該書由饒公題寫書名。《勉學粹言》分〈志氣〉、〈學問〉、〈道德〉、〈待人〉、〈處世〉、〈家庭〉等篇章，彙集古人之嘉言粹語，導人向善。如開首之〈志氣篇〉序言，即引述張橫渠之「為天

地立心，為生民立命，為往聖繼絕學，為萬世開太平」，並謂「英雄將相無種，聖賢豪傑亦無種，只要肯立志，自然無事不成」，使我讀後深受啟發。有一次與饒公，還有其他學術界朋友，一起共進午膳，席間談及此書，饒公即站起來與我握手。聽說方繼仁先生是饒公好友，並曾贊助饒公做學術研究。

回顧過去在港大辦《東方文化》學報，以及香港能仁專上學院舉行慈善齋宴，饒公均捐出書法義賣，協助籌款，並且答允擔任能仁的顧問和卓越教授，又為能仁書寫「香港能仁大學」橫額，表示良好祝願，凡此皆顯出饒公樂於助人的精神。

饒公去矣！但其精神、學藝之光輝永垂不朽。這樣的天才、碩學，莽莽乾坤有幾人！[50]

一剪梅・讀《普荷天地》敬和選堂教授

緲緲湖光映碧天，圓葉田田，甘遠凡緣。紅花金盞競增妍，風也依然，水也依然。

水檻風簾賞曉蓮，畫裏汀煙，物外詞仙。普荷天地樂無邊，香透蘭箋，雅透芙箋。

附饒公原玉 —— 一剪梅・花外神仙

荷葉田田水底天，看慣桑田，洗卻塵緣。閒隨穠豔共爭妍，風也脩然，雨也恬然。

雨過風生動水蓮，筆下雲煙，花外神仙。畫中尋夢總無邊，攤破雲箋，題破濤箋。

---

50 此文曾發表於 2018 年 3 月 2 日明報副刊世紀版，乃當時應世紀版編輯邀約而作。

詩二首

羈魂（胡國賢）

敬輓羅師香林

走過的側影您抹去

從此以後

您抹去拱形門與十字架飄自的

森嚴

輓聯過多的空白載不下誰底生平

燭光如常淡淡

倒映的燭光無端妝點

琉璃下您一臉安躺的悠然

累了，安躺

倦了，回歸

凝重了，您厚實的棺柩

黯落的神色黯不落

您昨夜的書聲暖暖

曾士曾師　曾經曾史

誰才是孑然去來的醒者

瞻

是仰還俯張張緩繞而過的

顏容

敬悼饒師宗頤

期頤仁壽盡榮哀　一代宗師淨土回
高處不勝寒暗襲　濟時猶自志弘恢
擎天笑對羣蠅擾　活水長流一鑑開
寵辱兩忘乘造化　饒荷餘墨眾心栽

——2018 年 2 月

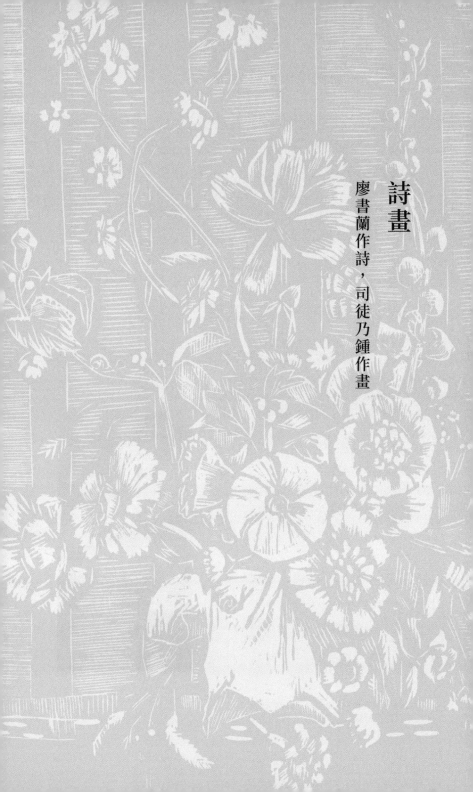

詩畫

廖書蘭作詩，司徒乃鍾作畫

山旅 —— 台灣中部橫貫公路

追雲
尋坡
涉水跋山過
抬頭望
白雲處處
碧海金波

陣陣燕子身邊掠
淙淙溪水響幽壑
峻山野嶺
無人煙
摘下閒雲二三朵

穿越荒蕪的山徑
走過湍急的溪河
無懼荊棘
不畏險阻
揹上青春的行囊
邁開堅定的腳步
攀登　那
高聳　奇麗的
山峯

山巔上
蒼鷹翱翔
我
迎向朝陽
擁抱前方

夢想在呼喚
鑼鼓心中響
你我心連心手牽手
直上雲霄

海戀 —— 台灣北海岸

愛大海的孩子
總喜歡
與浪追逐
堆沙嬉戲
年輕的笑語
灑落在
金光閃爍的岸堤
波濤翻湧的浪巔

愛大海的孩子
以青春迎向　朝陽
把歡樂融入　雲端
讓夢想化做　彩虹

愛大海的孩子
應勇敢　面對
波譎雲詭的氣候
起伏無常的風浪
堅持樂觀　進取的航道
駛向一片絢麗的蔚藍的
海天

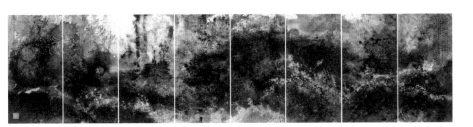

星月夜

繁星燦爛的夜空　　　　　盼望
只讚美一顆星球　　　　　是交錯的網
波瀾壯闊的海洋　　　　　勾住
只眷念一扇貝殼　　　　　一顆不慎跌落的星
　　　　　　　　　　　　盼望
窗外的風鈴　　　　　　　是素潔的百合
搖曳風中的思念　　　　　花影下含幽吐夢
門外的月影
捎來月圓的盼望　　　　　為你
　　　　　　　　　　　　緩緩綻放
　　　　　　　　　　　　徐徐飄香
　　　　　　　　　　　　為你
　　　　　　　　　　　　像初夜的少女

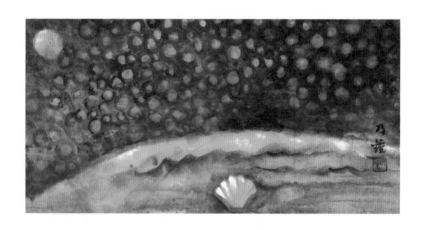

天上人間

三月雨是温柔的手
在我身上輕輕滑過
春日風是旖旎的吻
在我血液流淌着千個唇印

晨光小巷
露珠依在　霧濕深重
留着昨夜的温存

含笑杜鵑是你深情的眼
凝望妊紫嫣紅的春色
從我心　飛向你的真
霧中楊柳伴我痴痴柔情
守候你
一如春日的陽光

繫夢

你眼底
我是一株温柔小藤
輕纏你寬厚的雄腰

你手中
我是一條繾綣的小蛇
向你吐着濕滑的舌尖
你胸前
我是一匹奔放白馬
馳騁你莽莽的原野

我夢裏
你是一座爆發的火山
熊熊的烈焰
漫天覆地席捲我
灼熱的岩漿噴薄而出
吞噬我

曾是枯槁的沙河
因你澎湃流蕩

春深

為甚麼
不回頭
眷戀我一會兒

目送你的身影
自暮色中隱去
我心又想飛近
你的身旁

與你共渡一個
美景良宵
時光匆匆
不冀常留
只要
春深與意真

心貼着你的心
唇印着你的唇
我的手合着你的掌
我的髮纏繞你鬢角
時間遺忘我
情愛填滿我

讓我丟掉
人間的日月
只想念你
臂彎下的
山河

請回頭
再望我一眼

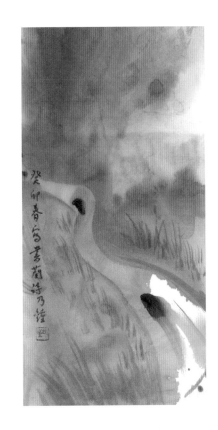

情之海洋

披一襲白色海浪　　　滾滾波濤　向我襲捲
站在岩石上　　　　　拍打礁石
縱情旋舞　放聲歌唱　一層比一層高昂
海風 巨浪　　　　　　一浪比一浪奔放
掀起我衣裙　　　　　奏出天籟的和弦
濺濕我心房　　　　　叩響心醉的樂章

　　　　　　　　　放眼天邊 大海無垠
　　　　　　　　　只與藍天相依
　　　　　　　　　激越的海潮　湧進心中央
　　　　　　　　　不斷 迴蕩

情舟唱晚

為你高歌
為你淺唱
譜出澎湃洶湧的浪潮
吟出迴腸千轉的柔情

肌膚因你顫動
細胞因你張合

如果
你是沙灘
我是貝殼
讓我倆藏進沙堆
蜜蜜消磨此一生

波濤層層拍捲
浪花疊疊起伏
雲霧裊繞的山海
摟抱我融入詩畫

因你魂牽
為你癡迷

鳳凰花之戀 —— 天長地久

五月的鳳凰
漫天奔放
遍地落紅
火一樣的朱唇
烈焰燃燒

樹上千多彤霞
林中萬種風情
相思結蕊
相戀成流
滲進熾熱的沙土
化成滿天蝶彩
飛舞在
仲夏的綠野

撐開小花傘
抖落陣陣香
瓣瓣朱唇
醉倒在
五月的懷裏

你是鳳
我是凰
我倆原是同一體

不眷春風
只戀夏日
你開花
我吐蕊
我倆生就在一起

你凋了
我謝了
我倆同墜
在泥裏

來年初夏時
重臨人間
棲故枝
展歡顏
相看兩不厭
只在歲歲年年

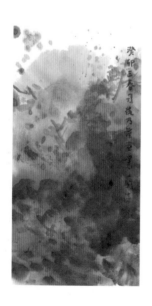

戀戀三月

我想去田野看看
有沒有雙雙飛舞的蝴蝶
我想到溪流看看
有沒有對對追逐的游魚

我躺在青青草地上
聞着小草的清香
聽着樹上鳥兒的聒噪
見到帶露珠的杏花
在微風中顫動

那遠方的一道風景又在心頭浮現

我凝望天上，可有
白雲輕輕飄過？

問夜

誰告訴我
蝴蝶是否戀着花
白雲是否戀着風
在那寂靜的夜晚
我戀着的是誰？

溪池淙淙不休
細雨敲打着窗
是誰在輕叩我的門扉？

海浪翻湧追逐沙灘
留下點點足印
是誰
綻開我淺淺的梨渦
撩撥我多情的長髮？

夜忘我，我忘夜

静極的夜晚
花無語
蟲無聲
水也無紋
星星隱沒
月亮消匿

花開自有花謝
潮漲自有潮退

我迷戀春天的花香
卻承受不了秋季的葉落
我喜愛湖水的清盈
卻不忍瞥見湖底的泥淖

究竟是
人間遺忘了我
還是
我忘了人間

幽黑的深谷裏
我尋覓那曙光

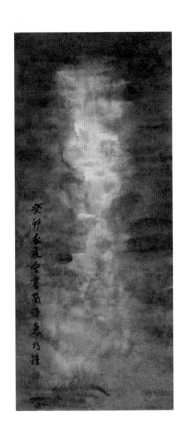

鳳凰花 2016

你的年輪多少圈
細說
你經歷多少年風雨
你的樹幹倚滿青苔
細說
你飽嘗幾世紀甘苦

滿樹翠綠茂密的葉
細說
前世今生的夢
一片片朵朵艷紅花
吐出纖纖嫩白的蕊
細說
千年誓言

經過一年又一年
無懼
仲夏炙熱的陽光
孟冬刺骨的寒霜
枯葉留在樹梢
誓言鎖在記憶
就這樣
你我相擁睡去
管它日月更替
無懼紅塵紛擾
沉睡

沉睡中來到初夏
風又將我倆喚醒

星空是帳　綠葉為床
月光下我凝視你的眼
夏風中我輕撫你的唇

這前世的愛　今生再續的情
那一圈又一圈的年輪
深藏我對你幾世的思念
只要輪迴還在
與你廝守一萬年
也如花蕊初見

你在，還是不在

甚麼叫相思　就是
閉着雙眼為了　想你
睜開雙眼為了　看你

甚麼叫相戀　就是
與你相遇的剎那
原來是人海中的重逢

甚麼叫相忘　就是
看不到，摸不着時
你卻已在我血液裏流動
悠然游入我心底深深處
與我一起呼吸　一同悲喜
就在今天今年今世……

畫裏春風過

明天當太陽昇起
你是否依然戀我

深宵的風鈴
輕輕地敲窗
似乎細訴
風來　風走
緣聚　緣散
原是人間故事

問蒼天
有些花為何叫鳳凰
有些鳥為何叫鴛鴦
而緣與份
卻總在我身旁溜去

我摘下鮮紅的花蕊
欲使你怦然
我撒出雪白的情網
欲將你罩住

也許我的蕊心顫動
令你笑我
也許我的網絲千縷
使你怯我

風走了可會再來
緣散了可會再聚
天上的雲不停飄過

地上的水不停流走
留也留不住的只能
讓它流去

如果我的詩如此落寞
如果我的畫如此殘缺

不如放棄
戀與不戀
這一生的追求

明日當一覺醒來
從我的眼簾望去
春天
只是遙遠的風景
一齣夢境
留下點點桃紅

圖輯

香港中國筆會

提名胡適為諾貝爾文學獎金候選人（1957 年）

　　一九五六年十二月，瑞典諾貝爾獎金委員會主席威勒斯致函國際筆會香港中國筆會主席黃天石，邀請中國筆會提名候選人一位，候選一九五七年諾貝爾文學獎金。

　　香港中國筆會於一九五七年一月二十四日覆函諾貝爾獎金會，提出本會榮譽會員胡適博士為一九五七年諾貝爾文學獎金候選人，並附寄胡適博士之著作目錄，及對胡先生之介紹。

　　　　　　　　——出自 1957 年《文學世界》春季刊第 47 頁

78th
International
PEN
Congress

www.penkorea2012.org

Poems

2012 年韓國分會出版國際筆會詩歌集書影

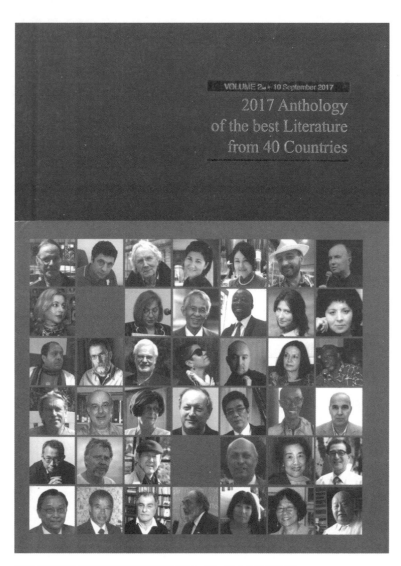

2017 年韓國分會出版國際筆會詩歌集書影，第一排右三為廖書蘭

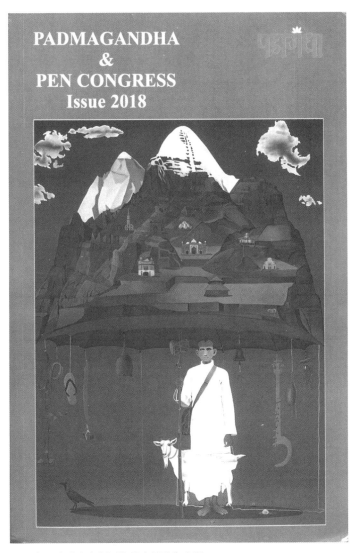

2018 年印度分會出版國際筆會詩歌集書影

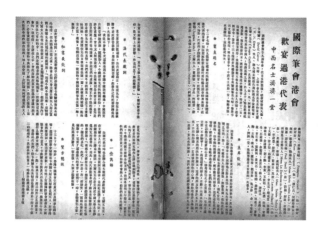

國際筆會香港中國
筆會歡宴過港代表

國際筆會本年會期

國際筆會本年會期

國際筆會定於四月二日及三日，在倫敦召開，將由本屆新任國際筆會主席安德威穆孫先生，同時是法國筆會主席。

又，國際筆會第二十九屆年會，定於本年九月京召開，由日本筆會擔任主人；會後並將至各國對西方文學的認識」或「東西文學所討論之主題暫定為：「東方文學在西方世方各國對西方文學的認識」或「東西文學所」。

喻舲居在中文世界的作家文學交流會中致辭

國際筆會消息三則

附錄

本書作者簡介表列

編號	作者名字	簡介
1	丁淼	原名丁嘉樹，作家
2	方淑範	本會理事
3	司徒乃鍾	廣東省美術家協會第九屆副主席，杭州西湖畫院副院長，香港／加拿大蓉城畫院院長
4	朱志泰	本會前會長
5	老冠祥	本會理事，香港資深新聞從業員，《世界僑報》執行主編
6	江素惠	本會前會長，前台灣《中國時報》駐港特派員、名作家
7	朱鴻林	香港理工大學中國文化講座教授、長江學者講座教授（中國古代史）
8	何文匯	前香港中文大學教務長，香港中文大學－東華三院社區書院創校校長
9	余光中	國際筆會台北筆會前會長，曾任教香港中文大學中文系，晚年任高雄中山大學文學院院長
10	余玉書	本會前會長
11	余詮詁	作家
12	李璜	本會前會長，中國青年黨創始人，曾任教香港珠海書院文史研究所
13	招祥麒	陳樹渠紀念中學校長、香港直接資助學校議會副主席
14	周敏華	出生於書香世家，現為美洲中醫藥針灸協會會長
15	金耀基	前香港中文大學校長，中央研究院院士，名作家
16	岳騫	原名何家驊，本會前會長，香港名作家
17	馬天	本會理事
18	胡志偉	香港中國現代史學會會長
19	徐康	文學博士，香港珠海學院兼任助理教授，影評專欄作者。曾任教香港中大、法住、理工、珠海等多間專上院校。出版《文學精讀》、《子雲集》、《人在天涯—南渡》等著作。

編號	作者名字	簡介
20	黃元瑋	本會理事
21	莫文漢	香港珠海學院中文系退休教授
22	許定銘	香港著名作家
23	黃宇翔	本會理事，亞洲週刊編輯
24	黃韶生	前任教香港中文大學崇基學院，香港珠海書院文史研究所所長，曾撰《蔡元培先生墓表》
25	黃思聘	本會前理事，名作家
26	黃康顯	本會前理事，前香港大學校外課程部高級講師，專欄作家
27	陳蝶衣	本會前理事，香港資深新聞從業員，填詞人，著名作品包括《南屏晚鐘》等名曲
28	單周堯	前香港大學中文系教授，香港能仁專上書院副校長（學術）
29	喻舲居	本會前會長、前《香港時報》副社長
30	程法望	著名金石書法家高拜石弟子，1990 年安排在台灣展出福建名書畫家作品展，開兩岸文化藝術交流之先河
31	曾時華	作家
32	裘天英	翻譯
33	葉德平	本會理事，香港現代史學副會長
34	雷嘯岑	筆名「馬五先生」，本會前會長，前《香港時報》總主筆、前香港明德書院新聞系主任
35	廖書蘭	本會當屆會長
36	劉伯權	本會秘書長
37	賴慶芳	香港大學中文學院碩士課程講師、香港作家聯會學術部副主任、國際筆會香港中國筆會理事
38	羅承運	本會會員，作家。台灣大學工商學士、香港中文大學碩士、英國倫敦大學博士。著有《運承詞》、《蒿萊集》、《Institutionalized Altruism》。

編號	作者名字	簡介
39	龐森	本會理事，電腦老師，曾八度獲得最佳教師獎
40	羅香林	本會前會長，香港著名歷史學家，前香港大學中文系系主任，前珠海書院文史研究所所長
41	饒宗頤	本會前理事，前香港中文大學中文系系主任，香港著名漢學家，與內地的季羨林齊名，在學界被稱為「南饒北季」
42	羈魂	原名胡國賢，退休校長。港大駐校作家計畫基金委員會創會主席，歷任香港重要文學獎評判。編著詩集、文集、評論集等十多種，近年轉向粵劇及舊詩創作。

製表人：老冠祥

備注：列表中凡稱本會者皆指國際筆會香港中國筆會各作者的資料，部份參考自互聯網上的記載。製表人已力求資料準確，如有錯漏，懇請見諒。

香港文學大事年表 [1]

盧瑋鑾、黃繼持、鄭樹森

香港文學大事年表　1955

香港文學大事年表　1957

香港文學大事年表　1957

香港文學大事年表　1957

1　摘自與香港中國筆會有關的消息。

香港文學大事年表 *1958*

日期	活動	文化人往來	出版
1958.7			桑簡流散文《西遊散墨》出版。
1958.7			王德民劇本《大慈善家》出版。
1958.8.8			南宮搏小說《魏武帝》開始在《星島晚報》連載，至1959.9.18完結。
1958.8.12		李約瑟(Joseph Needham)由廣州經香港返英國。	
1958.8			徐訏小說《女人與事》出版。
1958.8			張徽詩集《沙漠之歌》出版。
1958.8			王道詩歌散文集《去國集》出版。
1958.8			張英戲劇《鄭成功》出版。
1958.9.1			史得（三蘇）小說《拳寶記》開始在《大公報》連載，至1958.9.30完結。
1958.9.5			夏喬周（李輝英）小說《人鬼戀》開始在《新生晚報》連載，至1958.10.30完結。
1958.9.7	"國際筆會香港中國筆會"舉行會員年會，黃天石（傑克）連任主席。		
1958.9.11			董千里（項莊）小說《銅雀臺之戀》開始在《香港時報》連載，至1958.11.11完結。
1958.9.23			易金小說《含羞的薔草》開始在《香港時報》連載，至1959.4.24完結。
1958.9.24			劉以鬯小說《女兒恩》開始在《星島晚報》連載，至1959.1.4完結。
1958.9			徐速小說《第一片落葉》出版。
1958.10.1			史得（三蘇）小說《鴛鴦劫》開始在《大公報》連載，至1959.2.7完結。
1958.10.5			唐人小說《翠山飛夢》開始在《新晚報》連載，至1961.10.4完結。
1958.10.5			梅濼小說《閨閣》開始在《新晚報》連載，至1959.2.6完結。
1958.10.9			《星島周報》停刊。

74

香港文學大事年表 *1959*

日期	活動	文化人往來	出版
1959.6.10	文化界雅集紀念屈原，參加者：曹聚仁、陳君葆、高貞白、阮朗、葉靈鳳等。		
1959.6.13	港澳詩人聯合舉行「己亥詩人節雅集」，有十餘詩社共百多人參加，參加者：吳灞陵、林仁超、徐速等。		
1959.6.13	《新生晚報》因刊載淫褻文字被罰款一萬零五百元。		
1959.6.16			黃思騁小說《怨婦魂》開始在《星島晚報》連載，至1959.7.11完結。
1959.6			思果散文《藝術家肖像》出版。
1959.7.5			文藝雜誌《中學生》創刊，由雷碧琳主編，主要作者：岳騫、黃思騁、劉以鬯、李素、慕容羽軍、李輝英、李雨生、秋貞理（司馬長風）等。
1959.7.12		"臺北中國筆會"代表陳紀瀅、羅家倫來港。	
1959.7.15		"國際筆會香港中國筆會"會長黃天石（傑克）、雷嘯岑、鄭紀青三人赴西德，代表香港出席"國際筆會"年會，黃天石（傑克）在會上演講，題目為〈科學時代的想像文藝〉。	
1959.7.17			李雨生小說《淪落人》開始在《新生晚報》連載，至1959.11.28完結。
1959.7.22			鄭辛雄（海辛）小說《第二個春天》開始在《文匯報》連載，至1959.11.18完結。
1959.7.24	"西區扶輪社"舉行每周餐會，由洪濤飛講〈詩人的修養〉。		司空明（周石）小說《幽靈線》開始在《星島晚報》連載，至1959.10.31完結。
1959.7.30			劉以鬯小說《壞女人》開始在《星島晚報》連載，至1960.1.16完結。
1959.7			黃崖詩集《敲醒千萬年的夢》出版。
1959.7			李素詩集《街頭》出版。

80

香港文學大事年表 *1960*

日期	活動	文化人往來	出版
1960.6			幻影小說《世紀末的幽情》出版。
1960.6			幻影小說《永恆的迷夢》出版。
1960.6			楊仲碩散文《失去的羅曼斯》出版。
1960.7.1			史得（三蘇）小說《曉風殘月》開始在《大公報》連載，至1960.9.30完結。
1960.7.1			秦西寧（舒巷城）小說《劫後春歸》開始在《大公報》連載，至1960.7.30完結。
1960.7.4			司空明（周石）小說《鳳凰山》開始在《星島晚報》連載，至1960.10.22完結。
1960.7.9			董千里（項莊）小說《真情假愛》開始在《香港時報》連載，至1960.8.17完結。
1960.7.15		"國際筆會香港中國筆會"代表習文美赴巴西，出席國際筆會年會。	
1960.7.17			劉以鬯小說《香港居》開始在《星島晚報》連載，至1960.12.31完結。
1960.7			徐訏小說《江湖行》（下一）出版。
1960.8.9			易金小說《留住了的夕陽》開始在《香港時報》連載，至1960.12.31完結。
1960.8.15-19	"香港教師會"「中文部」與"中英學會"「中文戲劇組」合辦「暑期戲劇講座」，有： 1960.8.15 胡春冰講〈世界戲劇趨勢〉 1960.8.17 熊式一講〈劇本之寫作〉		
1960.8.18			董千里（項莊）小說《馬可波羅》開始在《香港時報》連載，至1961.2.14完結。
1960.8.23			阮朗小說《沙田尋寶》開始在《文匯報》連載，至1960.9.8完結。
1960.8.31			梁羽生小說《紅粉深宮怨》開始在《大公報》連載，至1961.2.14完結。

86

香港文學大事年表 *1964*

日期	活動	文化人往來	出版
1964.9.16			司空明（周石）小說《梅香劫》開始在《星島晚報》連載，至1965.8.16完結。
1964.10.1			徐訏小說《時與光》開始在《香港時報》連載，至1965.3.19完結。
1964.10.3			南宮搏小說《侯門》開始在《星島晚報》連載，至1965.5.9完結。
1964.10.3-12.9	"維多利亞聯青社"與"中青社"合辦「文藝叢談」，第二階段為「文藝座談」，有關文學的部份有： 1964.10.10 〈寫作技巧座談會〉，由徐仁仕、沈展如、唐碧川、衛國綸、鄭郁郎主持。		
1964.10.5			梅濼小說《苦果》開始在《新晚報》連載，至1964.12.31完結。
1964.10.5			夏易小說《千面女郎》開始在《新晚報》連載，至1965.10.4完結。
1964.10.15			文藝雜誌《水星》月刊創刊，由李雨生主編，主要作者：盧惠芬、許昌平、于環、張一弓、藍海文等。
1964.10.18			李輝英小說《擎》開始在《香港時報》連載，至1966.1.8完結。
1964.10.20			黃思騁小說《通閒的蘭花》開始在《香港時報》連載，至1965.8.10完結。
1964.10			朱子家散文《亂世文章》（第一集）出版。
1964.10			羈魂等著詩歌散文集《戰象》出版。
1964.11.21		"國際筆會香港中國筆會"黃天石（傑克）、習文美、王啟初、徐亮之等代表香港赴泰，出席「筆會亞洲作家第二次會議」。	
1964.11			范劍（海辛）小說《遠方的客人》出版。

112

日期	活動	文化人往來	出版
1966.4.11			
1966.4.21			
1966.4.25			
1966.4.30			
1966.4			
1966.5.1			
1966.5.1			
1966.5.1			
1966.5.23			
1966.5.30			
1966.6.5			
1966.6.1			
1966.6.8			
1966.6.11			

120

日期	活動	文化人往來	出版
1966.10.5			
1966.10.24			
1966.10.28			
1966.10			
1966.10			
1966.11.2			
1966.11.3			
1966.11.24			
1966.11.26			
1966.11			
1966.12.2			
1966.12			
1966			

122

日期	活動	文化人往來	出版
1967.4.19-20			
1967.4.20			
1967.4.27			
1967.4.29			
1967.4			
1967.5.10			
1967.5.27			
1967.5			
1967.5			
1967.7.6			
1967.7			
1967.7			
1967.7			
1967.8.6			
1967.8.8			
1967.8.14			
1967.8.18			
1967.8			
1967.8			
1967.8			

124

日期	活動	文化人往來	出版
1967.9.1			
1967.9.15			
1967.9			
1967.10.5			
1967.10.12			
1967.10.25			
1967.10.29			
1967.10			
1967.11.1			
1967.11.15			
1967.11.22			
1967.11			
1967.11			
1967.12.23			
1967.12.30			
1967.12			
1967			
1967			
1967			
1967			

125

附錄　・　311

日期	活動	文化人往來	出版
1968.1.1			
1968.1.4			
1968.1.6			
1968.1.7			
1968.1.25			
1968.1.27			
1968.1.31			
1968.1			
1968.2.2			
1968.2.18			
1968.2.20			
1968.2.23			
1968.3.12			
1968.3.15			
1968.3			
1968.4.12			

126

日期	活動	文化人往來	出版
1968.4			
1968.4			
1968.5.26			
1968.6.3			
1968.6.29			
1968.6			
1968.6			
1968.6			
1968.6			
1968.7.18			
1968.7.24			
1968.7			
1968.8.31			
1968.8			
1968.8			
1968.9.1			
1968.9.9			
1968.9.28			

127

日期	活動	文化人往來	出版
1969.4.19			
1969.4.23			
1969.4.25			
1969.4.26			
1969.4			
1969.4			
1969.5.10-11			
1969.5			
1969.5			
1969.5			
1969.6.10			
1969.6			
1969.7.1			
1969.7.22			
1969.7.29			
1969.8.15			
1969.8.29			
1969.8			

130

日期	活動	文化人往來	出版
1969.9.2			
1969.9.7			
1969.9.21			
1969.9.29			
1969.10.10			
1969.10.18			
1969.10.24			
1969.10.25			
1969.11.23			
1969.11			
1969.12.1			
1969.12.15			
1969.12.25			
1969.12			
1969			

(3)

國際筆會香港中國筆會會章

1957 年 8 月 10 日第三屆會員大會通過

一　名稱

本會定名為「國際筆會香港中國筆會」(The Chinese P.E.N. Centre of Hong Kong, the International P.E.N. Club)。

二　宗旨

本會由中國自由作者 (詩歌作者、戲劇作者、文藝編者、散文作者、長短篇小説作者) 組成，以實現國際筆會會章之各項宗旨為目的。

本會進行與國際筆會會章宗旨相合之各種活動，絕不介入政爭或黨爭。

三　組織

會員

凡中國自由文藝作者或編者，不論性別、年齡、籍貫、宗教及信仰，經本會兩位會員介紹，及幹事會以不記名投票方式通過，即為本會正式會員。

幹事會得向對中國文學有重大貢獻之中外作者，贈予名譽會員會籍。

會員得以書面通知本會秘書退出會籍。

會員大會

會員大會每年由幹事會召開一次，必要時得提前或延遲；如有

三分之一以上會員提議，幹事會即須在最短期內召開大會，出席會員人數超過總數之半始為有效。

幹事會

會員大會選舉主席一人及幹事十人組成幹事會（包括主席、秘書、司庫各一人及其他幹事八人），推動會務。幹事任期一年。無法召開大會時以通信方式進行改選；連選得連任。

幹事會對外代表本會與世界各地筆會、出版界、文藝社團及類似機構進行聯繫。

四　會務

本會為鼓勵並協助會員從事文藝工作，得舉辦出版、徵文等工作。

本會儘可能舉行各種文藝活動，例如文藝晚會、演講及討論會等，使中國自由作者編者多有機會交換意見；以促進文藝工作。幹事會得邀請非會員參加本會之聚會。

對各國筆會，本會應邀供給關於中國文藝界之消息。

五　財務

每位會員每年須交納會費港幣五元，除交付國際筆會會費外，其餘做本會基金。

本會會務之經費，得由幹事會向會內外籌募之。

幹事會司庫管理本會一切款項，司庫向幹事會負責。

六　會章修訂

本會章修訂權屬於會員大會。

本會章之修訂，須由出席會員大會之會員三分之二以上通過，始為有效。

香港中國筆會簡介

岳騫

香港中國筆會成立於 1955 年 3 月 26 日，到本月整整 20 年，時光真快，20 年雖然是很長時間，但久居香港的人，仍如一彈指間就滑過去了。

筆者二十年前參與筆會之成立大會，回想起來如同昨日，但當日許多參加會議的朋友，有的死了，有的遠去外國，留在此地的朋友，見面機會也不多，偶然談起筆會成立經過，也都有點模糊。由此想到中共一大，到今天始終不能確定哪一天召開，雖然出席會議的人尚有三分之一在世，但也無法記憶開會日期，以此類彼，無怪其然；筆者幸而記有日記，能確定開會日期是 3 月 26 日，至於其他細節，只就尚能記憶的寫出。

香港中國筆會之成立，要歸功於燕雲女士，她在 1954 年應邀出席在巴基斯坦達卡舉行的「亞洲作家會議」。在會上燕雲女士見到國際筆會 (International P.E.N, Club) 的秘書長大衛・卡佛爾先生 (Mr. David Carver)；他委託燕雲女士在香港組織一個分會。筆會 P.E.N. 三字母分別代表詩人 (Poet)、劇作家 (Playwright)、散文家 (Essayist)、編輯 (Editor) 和小說家 (Novelist)。

燕雲女士回港後即積極籌備，與相熟朋友交換意見，於 1955 年 3 月 26 日，假座界限街 156 號 A 友聯出版社召開成立大會，當日出席的有二十幾位，記憶所及的有黃天石、燕雲、羅吟圃、左舜生、易君左、水建彤、徐速、力匡、孫述憲、鄧中龍、金達凱、鄭竹章、古梅、姚天平、王道、黃思騁、胡欣平、陳濯生、徐東濱諸

先生及筆者。可能還記漏了幾位朋友，希望能給予補充。

　　燕雲女士主持開會，報告成立經過後，即進行選舉，先以舉手表決方式，推選黃天石先生為會長，黃先生不肯就，再三謙辭，並建議推燕雲女士任會長，但最終以眾望所歸而當選。另外推七位幹事，推定，左舜先生、羅吟圃、易君左、水建彤、燕雲、徐東濱、陳濯生。濯生堅持不肯擔任，推薦黃思騁自代，經大會通過，是為第一屆幹事。接著召開幹事會，推選燕雲任秘書，黃思騁任司庫，筆會乃告成立。

　　筆會由第一屆至第十屆皆由黃大石先生任會長，至 1965 年黃先生因專心寫作，謝絕酬應，堅辭繼任會長，十一屆大會改推羅香林漱授任會長，以後由李枝教授、李秋生先生先後相繼袓任會長，本屆會長仍為羅香林教授。

　　筆會已成立 20 年，但本屆筆會為第十九屆，究竟怎麼回事，過去未曾注意，一旦想起來，變成了疑團。筆者曾用心細查過《文學世界》所載開會日期，原來 1960 年未曾開會。第五屆大會在 1959 年冬天召開，第六屆大會在 1961 年春天召開，當時不知甚麼原因第六屆大會未在 1960 年冬天召開，現在大家大概都不記得了。

　　筆會組織除會長之外，重要負責人為秘書及司庫。先後擔任過秘書的有燕雲、徐東濱、雷嘯岑、陳克文、冒季美諸先生、女士，現任秘書為徐東濱先生；東濱任秘書最久，前後超過十年，對筆會貢獻最多。

　　先後擔任過司庫的有黃思騁先生、費愛娜女士、筆者、胡菊人先生、焦毅夫先生，現任司庫為焦毅夫先生，擔任司庫已將及十年，貢獻甚大。

　　筆會一度設副秘書及副司庫，擔任副秘書的有胡菊人先生及筆

者，副司庫只有沙千夢女士一人担任過，此兩職務現已裁撤。

自 1974 年起，筆會又增設副會長一位，現由筆者濫竽充數。自 1966 年起，筆會修改章程，會長任期一年，連選只能連任一次，本屆又增添一條，規定副會長任期與會長同。

本屆筆會理事、候補理事：丁淼、李秋生、李璜、何葆蘭、林仁超、陳克文、徐訏、徐東濱、焦毅夫、劉家駒、盧幹之、羅小雅、藍海文、王韶生、王世昭、黃思騁、萬里、羅翠瑩。

以前十八屆理事皆一時俊彥，就記憶中所及，除前述第一屆幹事（筆會自第八屆起，幹事改為理事）外，尚有于肇貽、朱志泰、李輝英、沙千夢、林大庸、林國蘭、金達凱、胡欣平、胡菊人、冒季美、徐速、徐亮之、徐泓、梁風、陳蝶衣、陳錫餘、張贛萍、曾克耑、費愛娜、雷嘯岑、劉子鵬、趙戒堂、趙滋蕃、裴有明、鄭郁郎、鄭水心、潘柳黛、盧森、蕭輝楷、饒宗頤、羅錦堂諸先生女士，其中左舜生、易君左、于肇貽、徐亮之、張贛萍、鄭郁郎均已身故。羅吟圃、水建彤、燕雲、金達凱、徐泓、趙滋蕃、羅錦堂八位則已離港，定居他處。

筆會尚有一位受薪助理秘書，一直由黃衫客先生擔任，前後歷 15 年，出力甚大，現已退休。

香港中國筆會 20 年來，對國際筆會活動，亦盡力之所及從事，計曾參加國際筆會在日本、西德、巴西、美國、韓國等國召開的各屆國際筆會大會，及在馬尼拉、曼谷、台北等城市先後召開的三次亞洲作家會議。在本港，筆會曾舉辦一次徵外國人寫中文，題目：中國人。第一名為越南進士張英敏，第二名是日本作家桑原壽二（筆名桑一夫）及美國作家賴威廉。第三名為日本作家柳內滋，文章都寫得很好，曾在筆會刊物「文學世界」發表。

至於筆會本身的活動，除歷屆大會、新年團拜，每年尚有兩次郊遊，港九名勝地區，遠至大嶼山寶蓮寺、延慶寺、都有筆會同仁遊蹤。

在 1966 年以前，本會曾每月舉辦文藝座談會。從 1966 年 1 月開始改為公開活動，每個月最後一星期六下午在大會堂舉辦學術演講。前後數十次，後以租不到會場而停頓。

筆會所辦刊物，大型的有文學世界季刊，前後辦十年。以後所辦文學天地，筆薈皆是報紙副刊，前者發表於星島日報，後者發表於香港時報，目前《文學天地》已停，只有筆薈每兩週一次在香港時報發表。由劉家駒先生主編。

筆會尚出版有小說選，詩歌選，散文選，均由丁淼先生主編。

香港中國筆會無任何憑藉，能存在 20 年，一直在平穩中渡過，有幾位先生、女士的功績是不可埋沒的。

第一位是燕雲女士，不是她在巴基斯坦見到國際筆會秘書長，受命回港組織筆會，則香港中國筆會便不可能誕生。

第二位是前會長黃天石先生，黃先生連任筆會十屆會長、主持會務 11 年，香港中國筆會是他一手建立的。尤其前十年一切客觀條件也較好，所以出版大型刊物，屢派出代表團到各國參加會議，使香港中國筆會成為國際筆會大家庭的一員，都是不朽的成就。

第三位是現任會長羅香林教授，當 1965 年黃先生倦勤，不肯繼續領導筆會，一時情況相當混亂，幸而羅先生出來，受命於危難之間，領導筆會渡過難關，十年來羅先生任筆會會長六年，不辭勞瘁，事必躬親，筆會始有此安定局面。

第四位要說到秘書徐東濱先生，徐先生任秘書 13 年，所有筆會對內對外函件、規章、預算，對外交涉，請求補助，皆是他一手

辦理，使無徐東濱，筆會也沒有今天。但由於他不愛說話，只作實事，所以除了筆會幾位負責人，很少人了解他的貢獻之大。

第五位就要說到司庫焦毅夫先生，焦先生任司庫已將十年，一向是筆會會員連絡的樞紐，任勞任怨，賠錢又賠精神，筆會業務之正常進行，出力甚大。

還有李棪、李秋生兩位會長，陳克文、冒季美兩位秘書也都出了大力。理事中在個人印象中，出力最大，最熱心會務的是王世昭、林仁超二位，因限於篇幅，不能詳舉其功績了。

今日執筆寫筆會二十年之事，正如白髮宮人談天寶，想到那裏說到那裏，掛一漏萬，自所難免，尚祈各位同仁指正、補充、原諒。

淺談筆會六十八年史略

廖書蘭

國際筆會（International PEN）成立於第一次世界大戰結束後三年的 1921 年，最初由英國一些文化人，在倫敦的一家俱樂部聚會，談天說地開始，從不定期到定期，從倫敦發展到國際性的文化組織，從純文化人、藝術家聚會發展成為聯合國教科文組織下的一個支持機構，宗旨是藉由各國作家互訪，文學交流，維護獨立思考的寫作精神，出版自由，促進世界和平。每年輪流在世界各國的城市舉行年會，亦即世界代表大會。

筆會 P.E.N 的名稱由來，P 是 POET（詩人）E 是 EDITOR（編輯），NOVELIST（小說家），取三者的首一字母，簡稱為 PEN，中文譯為筆會。

1939 年歐洲大戰擴大為第二次世界大戰，國際筆會年會停開八年，到 1946 年方在瑞典斯德哥爾摩重新召開年會，恢復正常活動，至 2020 年 11 月再次回到瑞典斯德哥尔摩舉行年會，是為第 86 屆年會。

按照國際筆會規章，會員團體是以城市為單位，而非以國家為單位，例如美國就有紐約筆會，洛杉磯筆會，並無美國筆會，有的國家只有一個城市為會員，有時也簡稱某國筆會。團體會員的成立，須按規章向大會申請，經大會審核通過；未經此一程序，自稱某某筆會實屬違法，又如在倫敦的國際筆會總會登記為某某筆會，而在當地卻以某城市筆會代表自居，皆屬非法。

國際筆會總會（International PEN）長設於倫敦，在組織方面，

設有會長、副會長 2 名、秘書長、財務主管、會刊主編、會籍統計、寫作自由人權關注等單位,年度報告與統計工作,分門別類,論述詳實。另有一個基金會,籌募管理會務經費。會長、副會長等各部門主管,都由年會,即世界代表大會投票選舉產生。

國際筆會已經聯合國教科文組織正式支持,列為世界性的作家組織。

香港中國筆會

香港中國筆會 The Hong Kong Chinese PEN Centre(簡稱 HONG KONG PEN)於 1955 年假九龍界限街 156 號 A 友聯出版社召開成立大會,成為聯合國教科文組織支持的國際筆會(PEN International),所屬的會員組織,也是華文地區歷史悠久的筆會。依章定期參加國際筆會會議,每年繳交總會會費,並向香港政府立案。迄今(2023 年)已逾 68 年。

一、創立經過

1954 年,香港作家燕雲(本名邱然)應邀出席在巴基斯坦達卡(現為孟加拉國首都)舉行的「亞洲作家會議」時,國際筆會總會秘書長大衛・卡佛爾(Mr. David Carver)在會中與燕雲傾談,委託她回港後發起組織香港筆會(Hong Kong PEN)燕雲回港後即與文化學術界熟識朋友交換意見,積極籌備,香港筆會於是成立了。

參加成立大會的創會會員俱為文化和學術界知名人士,計有燕雲、黃天石、羅吟圃、左舜生、易君左、水建彤、徐速、力匡、孫述憲、鄧中龍、金達凱、鄭竹華、支梅、姚天平、王道、黃思騁、胡欣平、徐東濱、陳灌生、何家驊等二十餘人。稍後耆宿陳克文、

INTERNATIONAL

57-63 High Holborn
London WC1V 6SH
UK

Fax
Email
Web

Liao Su Lan

71365 Kowloon Central Post Office,

Hong Kong

2 February, 2012

Dear Sulan Liao,

Thank you for your correspondence and your visit to the PEN International office.

We look forward to continuing to work with you in your role as President of the Hong Kong Chinese PEN Centre.

Thank you for informing us of the changes within the Centre. We have updated our records.

If at any time you are aware of any other group claiming to be a PEN Centre please do inform us.

2012 年 2 月 2 日，國際筆會倫敦總會發出確認信函，確認廖書蘭擔任香港中國筆會會長

雷嘯岑、冒季美、以及健筆作家等多位也陸續參加（詳見筆會三十週年「會友作品聯展」名錄）。

成立大會由燕雲主持。報告籌備經過後，選舉黃天石為會長，左舜生、羅吟圃、易君左、水建彤、燕雲、徐東濱等七位為幹事，並推燕雲為秘書，黃思騁為司庫。

二、二十年茁壯

香港筆會自 1955 年至 1975 年的 20 年間，是發展壯實期。由於筆會宗旨是鼓勵並維護自由寫作的精神，所以很多小說家、劇作家、藝術家、新聞編輯、評論家等等都認同這種精神，或加入為本會會員，或參加本會的文學藝術研討活動，或在《文學世界》本會刊物上惠稿，或贊助本會的專輯出版等等。本會會員出外參加文藝活動，推派代表參加國際筆會的各種會議以及地區性的作家會議非常頻繁，各國筆會會長、會員、以及文學團體人士到香港訪問也不斷，本會都集會接待，邀請講演座談等等。

此外，本會多次舉辦研討，包括每月或每季的小型座談會、大會堂的公開講演會，以及在珠海書院大教室不定期的講演會。在邀請的外籍人士講演中，有法國謝和耐教授（Prof・J.Genet）譜「近代法國的漢學」，日本前筆會會長平松幹夫教授、韓國筆會會長白鐵博士、澳洲筆會會員紀鼎斯夫人（Jean Gittins）等來港之時，都應本會邀請，與會友聚會座談，共同商討合作事宜。

本會參加國際筆會的各種會議，先後推派代表出席在日本、西德、巴西、美國、韓國等地筆會的年會。

本會二十週年慶典於 1975 年 3 月底舉行。由會長羅香林致詞，題目是「我們的理想和工作－表達人類的心聲」。在文藝座談會上，

黃思騁主講「二十年來香港的新文學」，徐速評論，王韶生主講「中國古典文學二十年來在香港的發展」。

前述很多成績，大都是在羅香林主理會務期間與眾多會友致力達成。羅氏於 1978 年 4 月 20 日因積勞病逝香港，享年 73 歲。1980 年 8 月 25 日，蔣經國先生明令褒揚香港前筆會會長羅香林，並將羅氏生平事跡宣付國史館立傳，永垂青史。

三、三十而立

自 1975 至 1985 年的 10 年期間，本會會務發展更趨活躍。除各種文藝集會、交流訪問之外，於春秋兩季佳日還舉辦郊遊聯誼。曾任本會會長的朱志泰出任澳門東亞大學（現澳門大學）教授，主持校方學術研討會時，廣邀本會會員及文友前往參加。

1980 年 4 月 20 日，在香港藝術中心舉行本會成立 25 週年會慶暨文藝研討會，分由丁淼、朱志泰、岳騫主持致開幕詞及作專題總結。中午在尖沙咀美心酒樓聯歡，席開十餘桌。晚會由主席羅翠瑩主持，名譽會長李秋生致詞。到會者有文化界知名人士、社團代表、以及議員等多人。

研討會中，名譽會長王世昭抱病出席。由胡菊人主講「中國小說的路向」。余光中、蔡思果、李援華、羅小雅、胡振海、余玉書等人發言及評論。

1985 年的 30 週年慶祝活動則全年進行。7 月 27 日舉行「慶祝典禮」、「會友作品聯展」（包括著作書畫等）、「港台作家座談會」及「聚餐」四個部分，地點在旺角國際酒樓。餐會由會長林仁超、秘書徐東濱、名譽會長丁淼及王韶生教授主持，秘書長岳騫報告 30 年來本會概況。佳賓有胡家健教授、報界曾恩波、黃得基、喻

舫居等。

四、四十大慶

　　1995 年為本會 40 週年大慶，全體會友非常重視。重要決定之一是特別正式函邀國際筆會會長、行政秘書、會刊主編等三人以及台北筆會代表來港參加盛會。各人機票食住等費用俱由本會招待。10 月 21 日大會於上午九時半在太古廣場光華新聞文化中心會議廳舉行。到會的文藝界人士十分踴躍，得臨時增加座位。江素惠會長、羅納‧哈伍德（Mr.Ronald Harwood）會長、香港英文筆會雅文道會長以及台北齊邦媛教授分別致詞後，便由總會哈伍德會長作專題講演，主旨是言論自由。他認為任何文明社會都必須藉言論自由來達到真正的民主。他也提到香港將面臨「另一種形式的新世界」，而寫作的人則將受到「嚴厲的考驗」。他講話的中英文稿同時在會

20 週年書影

場派發。同日 11 時舉行「中國文學研討會」，由理事喻舒居主持。與會者發言踴躍，話題也廣泛。雅文道、李默、甄燊港、張文達、金東方、蔡詠梅、徐伯陽、裴有明、岳騫等人俱提出了精闢的見解。

研討會上，嘉賓台大教授齊邦媛主講「台灣文學界概況與作家的待遇」；她說，台灣專屬的文藝期刊很多，出版社每年出版的文學作品有數千種，各大報的文藝副刊每日一大版登載小說、散文、詩歌。各大報與基金會每年舉辦多種文學徵文，獎金與稿費都很優厚。台灣作家可以靠寫作過活。至於寫作的自由，則已無任何限制。

本會於次年 (1996 年) 3 月，出版了《國際筆會香港中國筆會40 週年紀念特刊》彩色精印一冊，詳述了本會沿革及 40 週年慶典記錄，為本會重要史料彙編。

五、知命之年

本會創會之始，即集學術、教育、文學、藝術、新聞、出版各界名家精英於一堂，個人著述之宏豐、會務活動之成績，斐然可觀。有些會友中堅，或老成凋謝，或移居外地，或健康欠佳，或自有生涯。會務是靠志趣做義工，維持運行自非易事。歷任本會會長的資深會友，如黃天石、羅香林、李棪、李秋生、王世昭、岳騫、徐東濱、朱志泰、林仁超、余玉書、胡振海、廖顯樹、江素惠、裴有明、張傑昌、喻舒居等十六人，多數俱已逐漸遠去。擔任主席、秘書長、理事兼各組事務的會友，雖熱忱依然，但難免有力不從心之感。所幸近來很多文教、新聞、出版界的朋友，惠然參加本會，貢獻心力支持會務。大家緬懷歷史的光輝，堅持筆會的理念，共同攜手邁向新里程。

六、甲子之年

本會在 2011 年 56 週年之際，由廖書蘭擔任第十七屆會長，至今已連任四屆，12 年間為中興本會不遺餘力。上任後，旋即於 9 月 11 日向倫敦總會繳交多年結欠之會費，幾經波折，通過本會資深會友許之遠和國際筆會總會（International PEN）唯一的華人理事楊煉說項，恢復本會的國際會籍名稱，至今仍為國際筆會在香港唯一中文筆會合法代表，賡續筆會前賢香火，在國際視野上承傳與宏揚中國文學。（編按：香港英文筆會 Hong Kong English-speaking PEN 於 1991 年成立，之後漸漸淡出至無蹤，總會曾三番兩次透過電郵請廖書蘭代為尋人尋會無果，悉英文筆會於 2016 年 11 月復會，惜已不見當年會員影蹤。）

12 年來，廖書蘭每年按時續繳交會費予總會，並積極參與國際筆會文學年會，計有 2008 年在中南美洲哥倫比亞的首都波哥大，

40 週年總會長發言稿書影

2012 年在韓國的古都慶州，2018 年在印度的普那。並於 2013 年成功登記「香港藝術發展局藝術範疇代表提名推選活動選民」、2020 年成功登記「立法會功能界別選民代表」，為本會在近十多年來於國際及香港的認受性提高不少。

十二年期間，筆會以中國香港的本地文化和中華民族傳統文化為研討主題，舉辦多次研討會、座談會及新界古物古蹟採風，如：2016 年 2 月 27 日、3 月 1 日由香港藝術發展局贊助，本會與新界鄉議局研究中心聯合主辦「香港文學講座系列」兩期，廖書蘭主持，分別邀請：司徒乃鍾演講「藝海鍾情 - 繪畫藝術」、薛浩然演講「易學淺談 - 淺論易經與民間風水和占卜的關繫」、招祥麒演講「中國情詩」、薛浩然演講「中國文化淺談」，2015 年 1 月 17 日慶祝本會 60 週年邀請林建強演講「三合會幫會文化的神秘文字」，2014 年 6 月 1 日本會與香港珠海學院亞洲研究中心聯合主辦「歷史視角下的日俄戰爭」，邀請來自俄羅斯、日本、韓國，以及中國多位學者舉行學術座談會，同時亦不定期舉辦文史講座等等。此外，為聯絡與團結會友，於 2012、2013 年、2017 年舉辦三次郊遊活動：探秘沙頭角禁區遊、元朗大棠荔枝山莊遊、彭氏、鄧氏粉嶺古村古蹟遊等，足跡踏遍新界幽微之境。

如今筆會已屆滿 68 週年，邁向 70 週年；子曰：「六十而耳順，七十而從心所欲不逾矩。」，作為香港中國筆會，自當承傳中華文化，秉持 68 年前南來文人風骨，為延續香江文脈而筆耕不輟。

2023 年 2 月 11 日

本文參考 2006 年 12 月本會刊物《文訊》，由廖書蘭增修整理

「文學天地」雙週刊稿例

（一）本刊為國際筆會香港中國筆會主辦之文藝雙週刊，逢星期四出版。

（二）本刊園地公開，凡屬文藝理論、文學批評、書評、短篇小說、詩歌、散文、獨幕劇，皆所歡迎。譯稿請附原文。

（三）詩歌每篇以二十行為限；小說及劇本以四千字為限，其他以二千字為限。

（四）稿費每千字港幣二十元；詩歌每行一元。每月結算一次。

（五）來稿一經發表，版權即屬本會所有。來稿本刊宥刪改權，不願刪改者請先聲明。

（六）來稿請附姓名、住址；發表時用名聽便。來稿如不合用，自當退還。

（七）來稿請寄「九龍城郵局信箱第九三〇六號本會」。

香港中國筆會通訊錄附錄一

文學天地稿例

• 149 •

《文學天地》雙週刊稿例（1967 年）

2013 年，香港中國筆會到元朗大棠荔枝山莊郊遊，莊主梁福元（居中）全程招待

2014 年，會長廖書蘭在「歷史視角下的日俄戰爭研究」國際學術研討會上發言

2018 年，南印度中心舉辦國際筆會第 84 屆年會，會場展示香港中國筆會會長廖書蘭簡介

2014 年 2 月 25 日，倫敦總會發來信函，只承認「香港中國筆會」為香港唯一認可並活躍的筆會中心，現任會長為廖書蘭博士；總會亦認可另一香港英文筆會中心，但該中心已不再活躍

會務紀要

回歸「文學天地」

◎理事會

本會會刊自「零零九」一月起的這一期，有兩項改變：其一，回復「文學天地」的刊名。其二，以每本港幣十元的低廉價格在市面公開發售。其他改進方向，將待另作討論與規劃。

本會會刊之所以作上述兩個改變，趕近獲一、三十中，擁有很多會友的反應。也有不少會外朋友的愛心。幾經商酌，博采眾說，作出決定。

本會自一九五九年二月二十日創會成立，迄今經五十四。越過半個世紀，會史大事紀要：

一、本會會刊的名稱。從五十多年中曾有四個刊名，就以「文學世界」季刊「評兒「文訊」第二期「會史大事紀要」〕，前兩個刊名為時都短。「筆薈」在香港又被人習為誤用，不久也夭折〔評見「文訊」第二，三期合刊「會刊源流：文訊編印報告」〕，主要著眼在「文」之外，還有「訊」，就是增加文藝界的資訊與會友的動靜。但是要容納「訊」，必須刊期較短，方能及時刊出，不致成為明日黃花。要半月刊或月刊才適合，之間對文與訊難以兼顧，如為半月刊或月刊，經費龐礦就是問題。這是理想與現實的差距，也是編者的悲哀郎未周，實在抱憾。

會刊回復「文學天地」的名稱，而不用過去「筆薈」這個語意雙關的佳名。於了此不贊同用「筆薈」這個詞以外，更因為「文學天地」雖刊行有近二十年的歷史，先後住民為每年報每單刊刊行出，合計已有千餘期，最值得許意的是「文學天地」版名上註明本會會名全稱〔國際筆會香港中國筆會主編〕，接納各方健件，所過去免費贈送會友，各公共圖書館，大中學校與文藝團體，蕭受文藝界重視。但也預留一部份向书加發售，目的不在收回一趨成本，而在於讓人可以買列看到：由身內刊物稱為社會刊物，由小眾傳播變逐為大眾傳播。

這一期新復會刊，有很多的愿品味的好文章，「文化視刊」，「筆會園地」，「藝文菁萃」，「采風剪影」等欄的各篇，春華秋實俱有特色。在多輪編畫書法中，有兩非大名家的精品和功力深厚的學者力作，可供大雅方家鑑賞。

回歸《文學天地》（2009年）

文學世界季刊各期篇目索引

（一）文學研究

①文藝理論

篇目	作者	期數	出版年季	原刊頁數	附註
文學世界與世界文學（代復刊詞）	黃天石	一三	五六夏	一～三	出版年季以西曆為準，省署「一九」二字。
詩的塑型	鄭水心	一三	五六夏	六三～七三	
論散文	思果	一四	五六秋	一七～二二	
語體和文言	曾克耑	一六	五七春	三七～四七	
屈原二千二百年誕辰	王世昭	一六	五七春	七二～八一	
甚麼叫作桐城派？	曾克耑	一七	五七夏	七一～二一	
中國文學之史的發展	易君左	二二	五九春	五一～一	
科學時代的想像文學	黃天石	二四	五九冬	五九～六二	
文心雕龍與南朝文學	孟戈	二四	五九冬	五七～六二	
文藝與生活體驗	周業釗	三三	六二春	六二～六六	
精神世界需要文藝領導	周翠鈿	三七	六二春	一〇～一三	
從典論論文談到文氣	鄭利安	三九	六三春	一～八	
論歌謠	李素	四三	六四秋	二七～三六	
東坡文學之分析研究	黎湓林	四五	六五春	一〇一～一四	

②詩經

篇目	作者	期數	出版年季	原刊頁數
詩經的特點	易君左	一四	五六秋	三九～四二

《文學世界》季刊各期篇目索引（1967年）

國際筆會動態目錄（1967 年）共 4 頁

香港中國筆會

許定銘

成立於 1955 年的「香港中國筆會」，是「國際筆會」的分支，香港受國際承認的文化團體之一。此會第一屆至第十屆的會長，都是黃天石（傑克），第十一屆（1966 年）起則由羅香林主持。我對羅教授以後的「香港中國筆會」所知甚少，好像現在還存在，不過，其活動似乎大不如前了。

「香港中國筆會」成立之始很重視出版，1956 年起出版《文學世界》季刊，出了三十四期後，改為《文學天地》雙週刊，與《星島日報》合作，附於該報刊行。在 1968 年還由李輝英和黃思騁合編了四十多萬字的《短篇小說選》，多年來每月舉辦文學講座，對香港文化界貢獻良多。

在「香港中國筆會」出版的書刊中，我最有興趣的，是由黃天石和徐東濱合編的這本《香港中國筆會通訊錄》（香港中國筆會，1967）。這種通訊錄的目的是羅列會員資料，供會員間互相認識、交往，沒想到幾十年後竟成為撰寫香港文學史一份重要文獻。「香港中國筆會」有約二百名會員，都是一九五〇、六〇年代香港右翼文壇上的中堅份子，他們的原名、籍貫、住址，及在香港出版的書目均一覽無遺，而且均為本人提供，十分可靠。

此外，冊子內還刊出了三十四期《文學世界》的分類目錄，查閱極方便，是研究者不應忽略的重要資料。

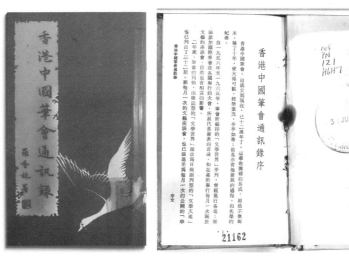

1967年，筆會出版筆會會員通訊錄（封面及編者附錄）

意義。

例如關於會員寶貴的認識，香港筆會，是在香港的中國自由作者的團體，所謂作者，實際包括詩歌、小說、散文的作者，和報刊的作者，有的是最近十幾二十年才由中國內地遷來香港的，也有本來住在香港，但現在則已暫時轉居別地的，但各人都仍然寫明原來的籍貫，這就顯示中國的轉變與自由作者的關係，而且也顯示中國海外各地的轉變。又如關於會員各方面的認識，香港筆會，雖然沒有事務所，但各會員主要的寫作工具，還是中文，所謂所著的文章，也還是以中文寫為主，不過香港究竟是個中西文化交流的地方，所以中西並重，是人所周知的。而且要以中國文學流派與國際接上去，也非具有中西，或者以西文發表論著不可，這是從這冊通訊錄所載各會員的著作，分析他的內容，而能夠印證的。

資訊座」。風雨蒼茫的已編行了共十五次，以後還要發展下去，這在香港來說，已是難得的了。

每年每年，春、秋二次市樓與郊區的筆會雅集，從來沒有間斷，高山流水，自由自在，其間不知沒有多少的雅趣，這不是令人忘記下子了。正在進行中的「香港當代文選」、雖然工作艱鉅，遲遲過沒有出版，但已得到文選小組委員會的努力，正如孔子說的：「譬如平地，雖覆一簣，進，吾往也。」終歸是要完成的。可惜此次，香港還有些會員，因工作或研究的關係，亦已經轉往別地，要互相討論，談此不易見面，而且有些會員，面對有過盛誌的出現感吧。筆會看着這個應付實際的需要，所以，亦已經轉往別地，使決議於本年三月，由筆會編印通訊錄一冊，除會員雅集外，更由有國際筆會香港中國分會現代文化與文藝的人士的敬意，把這些具有愛於通信的文用的手冊，給除具有愛於通信的文用的，極識有種種學術研究上的

現在這冊通訊錄，出於徐東濱先生與黃思彥先生的經速編輯，就要出版面世了，謀事會同人，要我寫一篇序文，來作開幕的遺白，我想以上的報告和此見，是應讀提出來，請各位指教的。

一九六七年三月三十一日羅香林序於香港大學中文系。

《會員通訊目錄》編後附記

徐東濱　黃衫客

　　香港中國筆會從 1955 年成立，到現在已有 12 年歷史。歷年不斷有新會員參加，同時舊會員的通訊地址也多有更改；因此理事會早有意編印一本會員通訊錄，以便會員相互聯繫。在 1966 年 11 月 27 日本會第十二屆會員大會上通過議案，要在三個月內將會員通訊錄整理完竣。秘書處便在 12 月 13 日寄發表格給各會員，請在 1967 年 1 月 31 日以前填妥寄回。到 1 月下旬時仍有許多會員未寄回表格，秘書處在 1 月 24 日對這些會員重發表格，促請填妥寄回。等到 2 月中旬，收到的表格共計 128 份；2 月 26 日舉行的第十二屆第二次理事會議決定付印，並將未填回通訊錄資料表各員之原有通訊地址列入通訊錄。這些原有通訊地址也許有若干已不適用，但或仍可作轉交地址。會議並決定將通訊錄給每位會員寄奉一冊；此外如有機構或個人需索，得經理事會同意發給，每冊收費港幣 10 元，以資限制。

　　會員通訊錄的編印，是本屆工作的一項。除此之外，本會的工作項目還包括出版「文學天地」雙週刊、每月舉辦學術演講、籌編「1955 年至 1966 年香港文選」、為中外作家提供出版及翻譯服務，以及促進會員康樂聯誼等。

　　《文學天地》雙週刊由本會主編，與《星島日報》合作，在該報副刊篇幅出版。這是 1966 年 1 月 12 日創刊的，現已出至 32 期。在 1966 年以前，本會出版《文學世界》季刊共 34 期。

　　在 1966 年以前，本會曾每月舉辦文藝座談會。從 1966 年 1 月

開始改寫為公開活動，每個月最後一星期六下午在大會堂舉辦學術演講。到 1967 年 3 月，已舉辦演講之講題及講員依次如下：

羅香林：「聊齋誌異作者蒲松齡的家世問題」

林語堂：「國語的將來」(在信義會真理堂舉行)

潘重規：「五十年來之紅學」

羅錦堂：「小說觀念的轉變」

朱志泰：「戲劇的欣賞」

莊　申：「王維在中國藝術史上地位的變遷」

簡又文：「有關太平天國之最近書刊」

岳　騫：「水滸傳之寫作技巧和人物刻劃」

金達凱：「漫談中國詩學」

鐘景輝：「近代話劇的趨勢」

左舜生：「梁啟超與新文學」

李　璜：「談文化與文化復興」

饒宗頤：「唐代變文與連環圖畫」

李　棪：「唐人絕句之聲律」

李秋生：「南北曲的演變」

至於《香港文選》的籌編，在第十一屆就已開始，但最初是計劃編印「1966 年香港文選」。後來決定擴大範圍，由本會成立之年到 1966 年，前後 12 年內在香港出版之文藝作品，都作為甄選對象。這一項繁雜的工作還在進行當中。

本會的創立，始於燕雲女士 1954 年應邀出席在巴基斯坦達卡舉行的「亞洲作家會議」。在會上燕雲女士見到國際筆會 (International P.E.N Club) 秘書長大衛‧卡佛爾先生 (Mr.David

Carver）；他委託燕女士在香港發起組織一個分會。筆會 P.E.N 三個字母分別代表詩人 (Poet)、劇作家 (Playwright)、散文家 (Essayist)、編輯 (Editor)、和小說家 (Novelist)。在香港有許多中國作家，因此在燕雲女士的發起之下，很快就組織了「香港中國筆會」(The Chinese P.E.N Centre of Hong Kong)，得到國際筆會的承認，並在香港政府註冊。第一屆會員大會選出黃天石先生（筆名傑克）為會長，燕雲女士為義務秘書。

其後 10 年間黃天石先生連選連任會長；義務秘書一職先後由燕雲女士及徐東濱、雷嘯岑、陳克文、冒季美諸先生擔任。到 1965 年 11 月 21 日第十一屆會員大會時，黃天石先生堅辭繼續連任會長；大會選出羅香林先生擔任會長。1966 年 11 月 17 日第十二屆會員大會選舉羅香林先生連任會長；並選出于肇怡、王世昭、左舜生、李秋生、李璜、李輝英、沙千夢、何家驊、易君左、冒季美、徐東濱、焦毅夫、裴有明、盧幹之、胡菊人、張贛萍、黃思騁、鄭郁郎、潘柳黛等會員擔任理事及候補理事。1966 年 12 月 4 日第十二屆第一次理事會議推舉徐東濱先生擔任義務秘書，焦毅夫先生擔任義務司庫，冒季美先生及何家驊先生負責學術組，易君左先生及盧幹之先生負責《文學天地》，李輝英先生及黃思騁先生負責「香港文選」，胡菊人先生負責翻譯組，李秋生先生負責出版組，王世昭先生及沙千夢女士、潘柳黛女士負責康樂組。1967 年 2 月 26 日第二次理事會議又增設「香港文選編選委員會」，除原推定之二位負責人外，由羅香林、李璜、左舜生、徐速、盧森、易君左、王韶生、王世昭、何家驊、徐東濱等組成。

這次會員通訊錄的編印，雖然仔細校對，錯誤恐仍難免。各會

員如發現錯誤或有補充資料，請通知秘書，俾資補正。今後各會員如有地址或電話更改，以及新著問世，亦請函告秘書，以便通函增補修改。通訊錄封面圖案，承會員羅冠樵先生設計，順此致謝。

1967 年 3 月 23 日
—— 出自《香港中國筆會通訊錄附錄二》

筆會歷史及活動

本會早期出版叢書文集

◎劉伯權

短篇小說選

這是本會第一本選輯出版的叢書，包括五十二篇精選的短篇小說，內容豐富，題材多元。

作者都是當時文藝界著名人士，包括：黃思騁、沈雄德、雨萍、白水、郁楓、張讚、梓人、叔孫子、李素、廖汀、張潔心、盛紫娟、費愛娜、江詩呂、赤容、藥民、復、陳炳瀅、方端玫、項里雲、藍山居、張愛倫、合珊、盧玫敏、南木、趙聰、辛楓、沙千夢、歐陽憾、張贛萍、岳騫、眉眉、朱泳沂、陶洛蒂、蓬榕、蕭草、朱韻基瑩、王敬羲、曉歌、林吟、何成、林琵琶、陳其滔、凌麥思、盧森、費立、蔡文甫、陸希、李輝英、慕容羽軍、司馬桑敦、司馬長風。

這部短篇小說選，由本會會長、港大文學院院長羅香林作序。二十五開本，六百三十四頁，道林紙精印。

散文選

這是本會第二本選輯的叢書，這部叢書共分為六輯。作者都是文壇名家。

第一輯作者為：思果、李素、王化民、柳臨風、雲碧琳、費愛娜、沙千夢、何葆蘭。

第二輯作者為：吳瀟陵、徐泓、張饒萍、盧森、白山、黎尚恒、盧維眷、丁淼、慕容羽軍。

第三輯作者為：司馬長風、何世明、何政清、盛紫娟、焦毅夫、李秋生、林仁超。

第四輯作者為：羅香林、林國蘭、黃思騁、李輝英、趙聰、王翼、唐培初。

第五輯作者為：盧幹之、梁從斌、雨萍、李熹熹、陳文受、陳炳元、藍海文。

第六輯作者為：李棪、徐東濱、朱志泰、孟戈、王世昭。

散文選輯由李棪教授作序。

現代詩歌選

這是本會第三本選輯叢書。內容分為三輯。

第一輯為：有關詩歌的論述。

第二輯為：傳統古典詩歌的作品。

第三輯為：語體詩歌，即新詩的作品。

編印會友文集

本會為協助會友個人著作，出版其文集單行本，由本會當年的文選委員會支援編印，列為香港中國筆會叢書。如：萬文翰著、王世昭著：野性的呼喚。何葆蘭著：南遊記散記等，共計有數十種。

以上的小說選、散文選、詩歌選、文集叢書等，雖然時日較遠，但是仍然散存於圖書館與個人存書櫃之中，很多會友文友的文章也留存於本會會刊「文學天地」等的報紙專刊之中。※

國際筆會香港中國筆會會章

2016 年 2 月 22 日第六十週年會員大會修訂通過

一、名稱

本會定名為「國際筆會香港中國筆會」(The International Hong Kong Chinese P.E.N CENTRE)。

二、宗旨

本會由中國香港自由寫作者(詩歌作者、戲劇作者、散文作者、長短篇小說作者、文藝編者)組成,以實現國際筆會會章之宗旨為目的,絕不介入政爭或黨爭。

三、組織

會員

凡具有中國國籍之香港永久居民擔任編輯或從事文藝工作者,不論性別、籍貫、宗教及信仰,經本會兩位會員介紹,及理事會以不記名投票方式通過,是為本會正式會員。

理事會得向對中國文學有重大貢獻之中外作者,贈予名譽會員會籍。

會員得以書面通知本會秘書長退出會籍。

凡與本會宗旨不符,妨礙本會會務進行者,經會員大會出席會

員二分之一以上票數通過，得報請香港政府社團註冊處註銷其會籍。凡經註銷會籍者不得再申請入會。

凡三年未出席大會及未繳交會費者，即失去會籍，以後如申請入會須按一般手續辦理。

會員大會

會員大會每年由理事會召開一次，必要時提前，或延遲；如有三分之一以上會員提議，理事會即須在最短期內召開大會，出席會員人數超過總數之半始為有效。

理事會

會員大會每五年選舉會長一人及理事會九人組成理事會（包括會長、秘書長、司庫各一人及其他理事六人），推動會務，無法召開大會時以通信方式進行改選，連選得連任。

理事會對外代表本會與世界各地筆會、出版界、文藝社團及類似機構進行聯繫。

四、會務

本會為鼓勵並協助會員從事文藝工作，得舉辦出版、徵文等工作。

本會儘可能舉行各種文藝活動，例如文藝晚會、演講及討論會等，使中國香港自由作者、編者多有機會交換意見，以促進文藝工作。理事會得邀請非會員參加本會之聚會。

對各國筆會，本會得應邀供給關於中國文藝界之消息。

五、財務

每位會員須交納每年會費港幣三百元，除交付國際筆會會員每年每人 13.5 英鎊外，其餘作為本會經費。

本會會務之經費，得由理事會向外籌募之。

理事會司庫管理本會一切款項；司庫向理事會負責。

六、會章修訂

本會章修訂權屬於會員大會。

本會章之修訂，須由出席大會之會員二分之一以上通過，始為有效。

國際筆會香港中國筆會
六十八週年彙編的出版說明

編輯委員會主編 廖書蘭

一、編輯委員會首先多謝各位作者撰文或提供稿作和畫作及書法作品。

二、編輯委員會也要多謝曾參與本書打字、編輯、校對、制作的各方好友，他們為本書的出版付出了很多的辛勞。

三、本書是國際筆會香港中國筆會 68 週年文集彙編，內容分為下列七個主要部份：

1、筆會記憶

2、昔日會員

3、今日會員

4、名家

5、詩畫

6、圖輯

7、附錄

四、本書早期的文獻或以往成員的文章，編輯委員會已盡可能找出文章的來源，並加以說明，方便讀者查閱。

五、部份文章基於編輯的需要，曾作刪減。而為了適應當前社會的環境的需要，部份內容曾作出適當的技術處理，懇請原作者和讀者見諒。

六、編輯委員會盡量根據原來的出版品作校對，但若遇到有疑問的地方，已盡量翻查資料，或作出推敲，以符合作者的原意。

七、由於時間倉卒，如有處理欠周的地方，祈請見諒。

八、編輯委員會也要衷心多謝香港藝發局、江可伯先生、梁和平先生和徐嘉慎先生的贊助，李曉穎、陳德泉的協助，使本書得以順利出版。

編輯委員會：廖書蘭　劉伯權　老冠祥

龐　森　黃宇翔　毛嘉佳

跋

　　廖博士書蘭女史錦心繡口，揮翰天成，其文俊逸如其人。今主編《文學世界回眸》既畢，屬余跋之。余披校稿，得賞先輩之鴻文，愛而感慨係之矣；復得覿朋儕之傑作，皆琳琅珠玉，非尋常鋪陳者也。及觀書蘭之新詩，覺其深情繾綣，動魄搖魂；字字醇醪，令人心醉。昔成連去遠，遂移伯牙之情；雍門鼓琴，能倍孟嘗之痛。今書蘭賦詩而使醒者醉，所藉不同，能事則一。人謂書蘭詠絮才高，信矣。

　　　　　　　　　　　　　癸卯春分，何文匯誌於山樓